abc LA COLLECTION

Excellence

Le BREVET brillamment

Histoire-géographie 3e

Enseignement moral et civique

Sandrine Gstalter
Pascal Jézéquel
Anne-Sophie Malgrand

Nathan

Crédits photographiques couverture : Shutterstock

Crédits photographiques intérieur :

14 GETTY IMAGES France/Hulton Archive ; 21d BIS/Ph.H.Manuel Coll. Archives Larbor ; 21g BIS/Ph. Lou © Archives Larbor ; 22 BRIDGEMAN IMAGES/RUE DES ARCHIVES/The Granger Collection ; 27 BIS/Ph.Michel Didier © Archives Larbor ; 30d AKG-Images ; 30g BRIDGEMAN IMAGES/Peter Newark Historical Pictures ; 33d LEEMAGE/Fine Art Image ; 33g AKG-Images/IAM ; 35 et 36 Coll.BDIC ; 37 GAMMA RAPHO/Keystone ; 41 Pol Ferjac,Le Canard enchîné, 1936 ; 43d BIS/Ph. G.Tomsich © Archives Bordas ; 43g Archivo L.A.R.A/PLANETA ; 44bas BIS/Ph. Coll.Archives Larbor ; 44d BIS/Ph.Coll. Archives Larbor ; 44g GAMMA RAPHO/Keystone France ; 50 GETTY IMAGES France/Archives photos/marechal de franceMPI ; 57 KHARBINE-TAPABOR/Jean Vigne ; 62bas Collection ARCHIVES NATHAN ; 64bas GAMMA RAPHO/Keystone ; 64htg BIS/Ph.J.L.Charmet © Archives Bordas ; 64mg Collection ARCHIVES NATHAN ; 71 DR ; 75 Corbis/Bettmann ; 79 BIS/Ph.Jeanbor © Archives Larbor © Adagp, Paris 2016 ; 80 GAMMA RAPHO/Keystone ; 84 Daily Mail London ; 91 Communautés Européennes 1951 ; 94basd Collection BIS ; 94basg SHUTTERSTOCK/© 360b ; 94htd Collection BIS ; 94htg Archivo L.A.R.A/PLANETA ; 100 PARIS MATCH SCOOP ; 106 PLANTU ; 108basd © Everett Collection/SHUTTERSTOCK ; 108htd SHUTTERSTOCK/© 360b ; 108htg Archivo L.A.R.A/PLANETA ; 110 SIPA PRESS/Dan Loh/AP ; 117 ROGER-VIOLLET/Bibilotheque Forney © ADAGP, Paris 2016 ; 121 PLANTU ; 123 ht CIRIP/A. Gesgon ; 123m Avec l'autorisation du Centre de recherches politiques de Sciences Po (CEVIPOF) ; 130 CIRIP/A.Gesgon ; 134 Rue des Archives/AGIP ; 137d PHOTO12.COM ; 137g AFP/Hermann Wendler/Passage de Retz/Image Forum ; 151 L'EUROPE VUE DU CIEL ; 174 LIN Finn Geipel+Giula Andi, photo Jan-Olivier Kunze ; 178 MAXPPP/PhotoPQR/L'Alsace/Thierry Gachon ; 206 REUTERS/Stéphane Mahe ; 216 REA/Ludovic ; 220 Richard Soberka/hemis.fr ; 242 REUTERS/Ian Langsdon/Pool ; 247 © ECPAD-SIRPA Marine/France/Jacques T./2010 ; 252 CHRISTOPHE L COLLECTION ; 262 www.citoyenactif.eu ; 265 REA/Ingrid Gantner ; 269 Médiamétrie, 2010 ; 274 Emmanuel Campion/MAXPPP/PhotoPQR/République du Centre ; 286 SGA/Illustration Glénat Concept ; 289 AFP/Joly Amiet ; 298 SHUTTERSTOCK/Andrey_Popov.

Réalisation éditoriale : Roseline Messager
Édition : Mirna Bousser, Nicolas Waszak, Julie Langlais, Maria Tasso
Conception graphique intérieure : Élise Launay
Couverture : Élise Launay
Schémas et cartes : Légendes cartographie, Renaud Scapin, Corédoc, Afdec
Iconographie : Claire Balladur
Compositeur : Facompo
Fabrication : Kévin Magar

ISBN : 978-2-09-157134-8

Mode d'emploi

Un ouvrage efficace pour réviser et aller plus loin

COURS

- Un cours très complet, illustré de nombreux documents (tableaux, cartes, graphiques, schémas, photographies).
- Des petits encadrés donnant des informations complémentaires, des explications, pour mieux comprendre.

ZOOM SUR...

- Des pages pour faire le point sur une question précise ou sur une étude de cas.

REPÈRES

- Des pages présentant :
  - les mots-clés ;
  - les biographies en histoire ;
  - les chiffres clés en géographie ;
  - les dates clés en histoire ;
  - les repères chronologiques ;
  - les documents majeurs.

EXERCICES & SUJETS

- Des questions de vérification des connaissances.
- Un sujet de type brevet, pour acquérir les méthodes et s'entraîner à l'épreuve.

CORRIGÉS

- Les corrigés rédigés et accompagnés de petits encadrés avec des conseils, des remarques, des astuces pour gagner des points…

→ En fin d'ouvrage, un **Cahier Spécial Brevet** présentant la nouvelle épreuve, avec des **conseils méthodologiques** pour traiter chaque partie du sujet et un sujet type **brevet** avec son corrigé.

Connectez-vous à abcbrevet.com

SOMMAIRE

PARTIE I • HISTOIRE

CHAPITRE 1 Civils et militaires dans la Première Guerre mondiale (1914-1918)

Cours 12
Zoom sur... *Le génocide des Arméniens* 16
Zoom sur... *Verdun et l'expérience combattante* 17
Cours 18
Repères 20
Exercices & sujets 22
Corrigés 23

CHAPITRE 2 Les régimes totalitaires dans les années 1930

Cours 26
Zoom sur... *La propagande, instrument des régimes totalitaires stalinien et nazi* 32
Cours 34
Zoom sur... *1936 : une société française divisée en classes sociales antagonistes* 40
Repères 42
Exercices & sujets 45
Corrigés 46

CHAPITRE 3 La Seconde Guerre mondiale en France et dans le monde

Cours 48
Zoom sur... *Le centre de mise à mort d'Auschwitz* 54
Cours 56
Zoom sur... *Un mouvement de résistance : Combat* 61
Repères 63
Exercices & sujets 66
Corrigés 67

CHAPITRE 4 Les bouleversements internationaux : guerre froide et décolonisation (1945-1989)

Cours 70
Zoom sur... *La crise des missiles de Cuba* 74
Cours 76
Zoom sur... *La guerre d'Algérie (1954-1962)* 80
Repères 82
Exercices & sujets 84
Corrigés 85

CHAPITRE 5 **Affirmation et mise en œuvre du projet européen**
Cours 88
Zoom sur... *La construction européenne dans les années 1950 : les années fondatrices* 91
Repères 93
Exercices & sujets 96
Corrigés 97

CHAPITRE 6 **Enjeux et nouveaux conflits dans le monde après 1989**
Cours 100
Zoom sur... *La guerre en ex-Yougoslavie (1991-1995)* 105
Repères 107
Exercices & sujets 110
Corrigés 111

CHAPITRE 7 **De la libération aux années 1980 : République et vie politique en France**
Cours 114
Zoom sur... *La reconstruction de la France (1944-1946)* 116
Cours 118
Zoom sur... *La réforme constitutionnelle et la campagne référendaire de 1962* 122
Repères 124
Exercices & sujets 126
Corrigés 127

CHAPITRE 8 **Femmes et hommes dans la société des années 1950 aux années 1980**
Cours 130
Zoom sur... *La « société libérale avancée » : les mesures politiques et sociales du septennat de Valéry Giscard d'Estaing (1974-1981)* 136
Repères 138
Exercices & sujets 140
Corrigés 141

PARTIE II • GÉOGRAPHIE

CHAPITRE 9 **Les aires urbaines : une nouvelle géographie d'une France mondialisée**

Cours ... 146
Zoom sur... *L'agglomération parisienne, pôle dominant du territoire français* ... 156
Repères ... 158
Exercices & sujets ... 161
Corrigés ... 163

CHAPITRE 10 **Les espaces productifs et leur évolution**

Cours ... 166
Zoom sur... *La reconversion des espaces industriels français* ... 174
Repères ... 176
Exercices & sujets ... 178
Corrigés ... 179

CHAPITRE 11 **Les espaces de faible densité et leurs atouts**

Cours ... 182
Zoom sur... *Les espaces de faible densité face à l'inégale accessibilité des services* ... 187
Repères ... 189
Exercices & sujets ... 191
Corrigés ... 193

CHAPITRE 12 **Aménager pour répondre aux inégalités croissantes**

Cours ... 196
Zoom sur... *Les inégalités à l'échelle régionale et locale : l'exemple de l'Île-de-France* ... 202
Repères ... 204
Exercices & sujets ... 206
Corrigés ... 207

CHAPITRE 13 **Les territoires ultra-marins français : une problématique spécifique**

Cours ... 210
Zoom sur... *Le rôle des DROM dans le rayonnement de la France : l'exemple de la Guyane* ... 215
Repères ... 217
Exercices & sujets ... 219
Corrigés ... 221

CHAPITRE 14 **L'Union européenne, un nouveau territoire de référence et d'appartenance**
Cours 224
Zoom sur… *Les Pyrénées, de la frontière au territoire transfrontalier* 231
Repères 233
Exercices & sujets 235
Corrigés 237

CHAPITRE 15 **La France et l'Europe dans le monde**
Cours 240
Zoom sur… *La politique de sécurité et de défense commune de l'Europe* 246
Repères 248
Exercices & sujets 251
Corrigés 253

PARTIE III • ENSEIGNEMENT MORAL ET CIVIQUE

CHAPITRE 16 **La citoyenneté française et européenne : principes, valeurs et symboles**
Cours 258
Zoom sur… *Les droits du citoyen européen* 262
Repères 263
Exercices & sujets 265
Corrigés 266

CHAPITRE 17 **Les principes d'un État démocratique**
Cours 268
Zoom sur… *La Laïcité* 271
Cours 273
Zoom sur… *Les médias et la vie démocratique* 277
Repères 278
Exercices & sujets 280
Corrigés 281

CHAPITRE 18 **La défense nationale et la paix dans le monde**

Cours 284
Zoom sur... *La participation du citoyen à la défense nationale* 286
Repères 287
Exercices & sujets 289
Corrigés 290

Cahier Spécial brevet

- Description de la nouvelle épreuve 293
- Quelques conseils pour réussir 294
- Sujet type brevet 296
- Corrigé 299

Index 302

Nathan live!

RÉVISE OÙ TU VEUX, QUAND TU VEUX

L'appli Nathan live, c'est un environnement **sécurisé** pour accéder gratuitement **sans inscription**, sans publicité et d'un **simple scan** aux **contenus numérique** de ton ouvrage.

1. Télécharge l'appli gratuitement sur les stores
2. Lance l'appli et scanne les pages de ton ouvrage pour faire apparaître les ressources quand tu vois ce picto

PARTIE I

Histoire

CHAPITRE 1

Civils et militaires dans la Première Guerre mondiale (1914-1918)

DE QUOI S'AGIT-IL ?

Les quatre années de combats de la Première Guerre mondiale bouleversent les États mais aussi les sociétés. Cette guerre se distingue des conflits antérieurs par la violence de masse, qui a touché les combattants mais aussi les civils. Toutes les sphères des sociétés sont touchées par le conflit : c'est une guerre totale.

Cette guerre totale favorise en Russie la révolution bolchévique de 1917. Cette dernière se propage dans toute l'Europe. À la fin du conflit, les traités de paix modifient la carte de l'Europe : ils font disparaître des empires et apparaître de nouveaux États.

1 Une guerre qui bouleverse les sociétés

A Quatre années de combats

Vidéo
La Première Guerre mondiale : quand ? où ? qui ?

1. Tensions en Europe et déclenchement de la guerre

- **De multiples tensions existent entre les puissances européennes avant l'été 1914** : au sujet des colonies, des territoires annexés par l'Allemagne (l'Alsace-Lorraine) et des revendications des nationalités dans l'Empire austro-hongrois.
- **Des systèmes d'alliances rivaux** s'opposent. La Triple Alliance (Allemagne, Autriche-Hongrie, Italie), créée en 1882, tente d'isoler la France diplomatiquement et d'entraver son expansion coloniale. En 1907, afin de se protéger et de s'allier en cas de conflit, la France, le Royaume-Uni et la Russie créent la Triple Entente.
- **L'assassinat à Sarajevo de l'archiduc François-Ferdinand**, héritier du trône austro-hongrois, le 28 juin 1914 est l'événement déclencheur du conflit : l'Autriche-Hongrie réagit immédiatement en déclarant la guerre à la Serbie, elle-même soutenue par la Russie.
- **L'engrenage des alliances** entraîne des déclarations de guerre mutuelles entre l'Allemagne et la France. Le 4 août, le Royaume-Uni déclare à son tour la guerre à l'Allemagne. Tous les pays décrètent la mobilisation générale des troupes.

2. 1914-1915 : l'échec de la guerre de mouvement

- **Les États pensaient s'engager dans une guerre courte**. Dès l'été 1914, une guerre de mouvement débute au moyen de grandes offensives qui se révèlent très meurtrières. Sur le front ouest, l'avancée allemande est stoppée par les troupes du maréchal Joffre lors de la bataille de la Marne en septembre 1914.
- **Les armées françaises et allemandes épuisées, s'enterrent dans les tranchées** pour se protéger et empêcher l'adversaire de progresser, elles se font face sur un front de 700 kilomètres, de la mer du Nord à la frontière suisse. Sur le front oriental, les Russes perdent à Tannenberg contre l'armée du général Hindenburg.

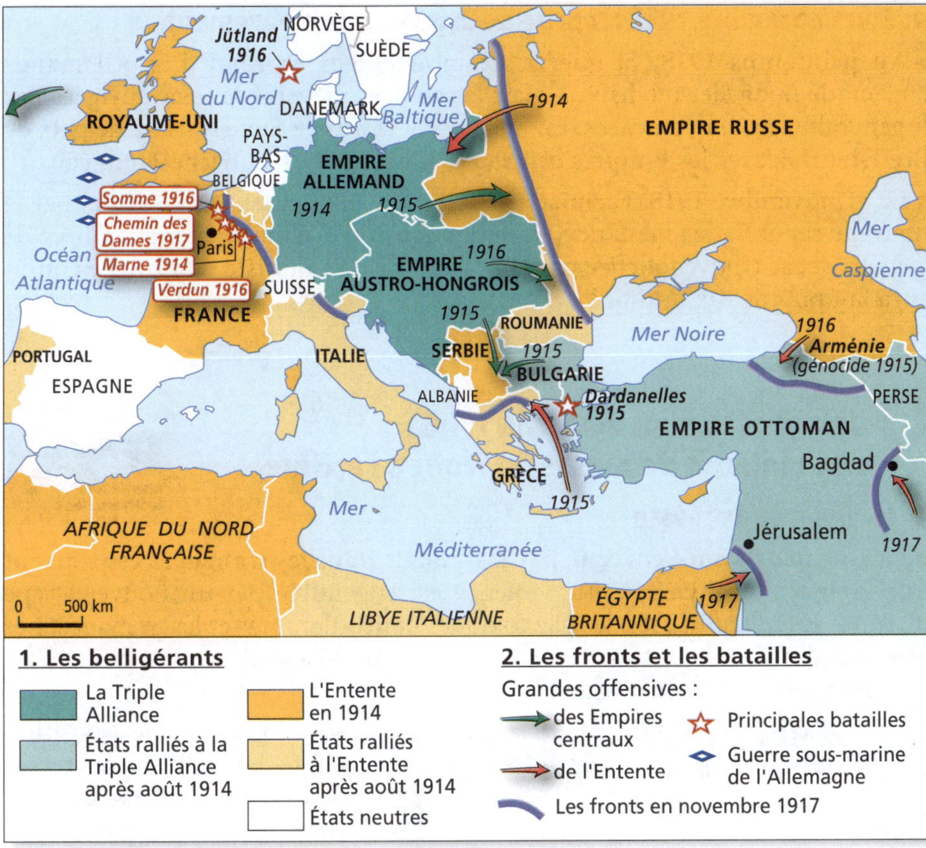

Doc. L'Europe dans la Première Guerre mondiale

3. 1915-mars 1918 : une guerre de position

- **Les armées s'engagent dans une guerre nouvelle** : une guerre de position. Les troupes creusent des tranchées dans lesquelles elles s'enterrent afin d'empêcher l'adversaire de progresser. Les soldats ne sortent de ces tranchées que pour des offensives qui visent à « percer » le front : en 1915 en Champagne, en 1916 sur la Somme et à Verdun. Ces offensives coûtent très cher en vies humaines.

Sachez que...
La bataille de la Somme fit, hors victimes civiles, 1 060 000 victimes parmi les belligérants, dont environ 442 000 morts ou disparus.

- **L'année 1917 est un tournant** : la lassitude des soldats cause les premières mutineries dans les tranchées. En avril 1917, les États-Unis entrent en guerre aux côtés de l'Entente : le conflit devient mondial. Enfin, la révolution bolchevique bouleverse la Russie à l'automne 1917 (voir p. 18).

4. Mars-novembre 1918 : reprise de la guerre de mouvement

- **Au printemps 1918, la guerre de mouvement reprend**. Les Allemands lancent de nouvelles offensives, mais les contre-offensives alliées, dirigées par le général Foch, sont efficaces. En mars 1918, la Russie signe le traité de paix de Brest-Litovsk avec les Empires centraux (Allemagne et Autriche-Hongrie).
- **Le 11 novembre 1918,** l'armistice est signé à Rethondes (en Picardie) par la nouvelle république allemande, la République de Weimar, qui sort épuisée de la guerre et se trouve touchée par la révolution communiste de 1918. Le conflit aura fait près de dix millions de morts.

B Une guerre d'un nouveau type : une violence de masse du front à l'arrière

Vidéo
La vie dans les tranchées

1. La violence de masse

- **La violence donnée et reçue par les soldats dans les tranchées est souvent une violence anonyme.** Cette violence est engendrée par un nouveau type d'armes : les mitrailleuses, les gaz toxiques, lance-flammes et les grenades. Les obus qui détruisent les tranchées et qui tuent ou assourdissent les poilus participent à cette violence de guerre.

Doc. Mitrailleurs anglais équipés de masques à gaz, 1916

- **La guerre de position oblige les poilus à s'enterrer de longs mois dans les tranchées** dans lesquelles les conditions de vie sont très dures. Les soldats souffrent de soif, de faim, de fatigue, des poux qui les envahissent, de la boue, des rats, de la solitude et de la présence quotidienne des cadavres.
- **La violence touche aussi les civils** dans les territoires occupés au Nord-est de la France et en Belgique. **Les civils subissent les violences de l'invasion :** en mars 1914, un million d'Allemands se lancent sur la Belgique et détruisent les champs et tuent les populations. **Les civils subissent également les violences d'occupation** : exécutions d'otages, pillages, pénuries, deuil… Dans l'empire Ottoman, le peuple Arménien est victime d'un génocide en 1915 (voir Zoom p. 16).
- **L'ampleur et l'intensité de ces violences** font la spécificité de la Grande Guerre.

2. Une guerre totale

- **C'est une guerre totale qui engage l'ensemble des sociétés** et leurs moyens.
- **Les différents partis politiques s'unissent** pour lutter contre l'ennemi. En France, Georges Clémenceau, président du Conseil en 1917, incarne l'Union sacrée dans le but de gagner la guerre.
- **Les économies des États en guerre se mobilisent et tous les secteurs d'activités sont tournés vers la guerre.** Les usines automobiles Renault produisent rapidement un très grand nombre d'obus, puis des chars.
- **Les États lancent également de grands emprunts** auprès des populations pour financer l'achat d'armes et de munitions dont le front a besoin.
- **Des soldats des colonies françaises et britanniques sont réquisitionnés** pour participer à l'effort de guerre.

3. L'arrière

- **Loin du front, la population se mobilise elle aussi :** elle constitue l'arrière. Toutes les ressources humaines sont mobilisées vers l'effort de guerre.
- **Les femmes et les enfants remplacent les hommes au travail.** Dans les campagnes, les femmes prennent la tête de l'exploitation agricole de leur époux. En ville, les emplois laissés vacants par les hommes mobilisés au front sont occupés pour la première fois par des femmes. Elles travaillent dans les industries de guerre, confectionnent des masques à gaz, préparent les munitions.

> **Sachez que...**
> Ces « munitionnettes » ont joué un rôle primordial dans l'émancipation des femmes

- **La mobilisation est aussi psychologique :** une forte propagande a pour objectif de faire tenir l'arrière et d'entretenir le patriotisme. La censure de la presse et du courrier postal des soldats fait désormais partie du quotidien. Ce « bourrage de crâne » auprès de civils est dénoncé par les hommes au front.

L'ESSENTIEL

Une guerre qui bouleverse les sociétés

- La guerre bouleverse les sociétés par la violence de masse qui a touché les soldats et les civils.
- Ce conflit a engagé toutes les forces humaines, économiques, politiques et psychologiques des États, en faisant une guerre totale.

ZOOM SUR...

Le génocide des Arméniens

1 Qui sont les Arméniens ?

→ Les Arméniens sont un **groupe ethnique de confession chrétienne** originaire du Caucase.

→ C'est une **minorité** qui vit dans le nord-est de l'Empire ottoman (près du Caucase).

2 Quelles sont les causes du génocide ?

→ À partir de 1908, **le parti nationaliste Jeunes-Turcs dirige l'Empire ottoman**. En novembre 1914, l'Empire ottoman entre dans le conflit aux côtés des Empires centraux. Des fronts s'ouvrent sur la frontière caucasienne avec la Russie, et l'armée ottomane est vite écrasée en janvier 1915 à **Sarikamish**. Les Arméniens de cette région sont accusés d'être responsables de cette défaite et de pactiser avec les Russes, pour obtenir leur indépendance.

→ En février 1915, les dirigeants du parti nationaliste prévoient de **persécuter les minorités, considérées comme des ennemis de l'intérieur**, en transférant la population arménienne loin du front. La déportation n'est en réalité qu'une opération d'anéantissement de tous les Arméniens de l'Empire.

3 Comment le génocide se déroule-t-il ?

→ **Le génocide débute en 1915 et se déroule en deux temps**. À partir d'avril 1915 des rafles, des massacres et des déportations d'Arméniens se font vers les provinces orientales de l'Anatolie. En juillet, les civils, notamment les femmes et les enfants, sont systématiquement déportés dans les zones désertiques de l'Empire (en Syrie). Beaucoup meurent en route en raison des massacres et du manque de vivres.

→ Cette **mise à mort programmée et méthodique** d'un peuple tout entier constitue un **génocide**.

ZOOM SUR...

Verdun et l'expérience combattante

1 Les étapes de la bataille

→ **La bataille est déclenchée le 21 février 1916 face à Verdun par les Allemands** dont le but est de « saigner à blanc » et d'épuiser l'armée française. Il s'agit d'un site difficile à défendre et à ravitailler car il n'existe qu'une route et une voie ferrée pour s'y rendre.

→ **Jusqu'en juillet**, les armées françaises échouent à défendre les forts de Douaumont et de Vaux. **Au début de l'hiver**, les Français reprennent les forts et sont presque revenus à la situation de départ, au prix de grandes pertes humaines.

2 Guerre d'usure et « bataille totale »

→ **La bataille dure neuf mois**. Elle est d'une **grande dureté** du fait de l'utilisation de l'artillerie lourde : 30 millions d'obus au total touchent les tranchées dans lesquelles les poilus vivent dans des conditions effroyables. Ils souffrent d'insomnies, du bruit incessant des obus, de l'omniprésence de la mort, de la faim et de la peur.

→ Afin de ravitailler et d'évacuer les soldats en cas de blessure, Pétain, qui commande les troupes françaises, organise **le transport des hommes et du matériel.** Il fait acheminer des ambulances, des camions de munitions et de ravitaillement si bien que l'on parla de la « **noria des régiments** » du général, sur l'unique route d'accès à Verdun. Cette dernière fut nommée la « **Voie sacrée** ».

→ C'est une **bataille totale** par l'engagement humain, matériel, économique et psychique des sociétés. 30 millions d'obus furent tirés en 300 jours. 3 900 camions empruntaient chaque jour la « Voie sacrée ». Verdun fit 275 000 morts français et 240 000 morts allemands.

→ La construction de l'**ossuaire de Douaumont** a débuté en 1923. Les premiers corps y ont été déposés à partir de 1926.

COURS

2 La révolution russe et les traités de paix dessinent une nouvelle Europe

A La révolution russe et sa diffusion en Europe

Vidéo
La révolution russe

- **En 1917, la Russie est un régime monarchique dirigé par le tsar** Nicolas II. Son engagement dans la guerre aux côtés de la Triple Entente touche la population qui subit de nombreuses pertes, une hausse des prix et des famines. **En février 1917, une première révolution** oblige le tsar à abdiquer.
- **En octobre 1917, les bolcheviks, qui ont pour chef Lénine, prennent le pouvoir** à Petrograd : c'est la **seconde révolution russe**. Le congrès des soviets promulgue des décrets qui donnent la terre aux paysans et qui promettent un arrêt de la guerre. Ils souhaitent la mise en place du communisme en Russie.
- **Une vague révolutionnaire agite l'Europe**. La révolution russe de 1917 inspire des soulèvements communistes en Allemagne, avec Rosa Luxembourg, mais aussi en Hongrie et en Finlande. Ils sont tous très violement réprimés.

B Une nouvelle carte de l'Europe, source de tensions

- **En 1919, la Conférence de la Paix réunit les vainqueurs à Paris**. Le président des États-Unis, Wilson, propose une paix fondée sur le droit des peuples à disposer d'eux-mêmes. Le 28 juin 1919, **le traité de Versailles** rend l'Allemagne responsable de la guerre et l'oblige à payer des réparations aux vainqueurs. D'autres traités font disparaître l'Empire austro-hongrois et donnent naissance à la Tchécoslovaquie et à la Yougoslavie.
- **En 1920, est créée la Société des Nations (SDN)** qui doit régler un tout nouveau conflit menaçant la paix, mais elle ne dispose d'aucune force armée.
- **Malgré les traités des tensions persistent en Europe**. L'Allemagne s'estime humiliée par le traité de Versailles. Les minorités nationales des nouveaux États sont insatisfaites. Les sociétés sortent meurtries de la guerre, les dégâts humains et matériels sont considérables et marquent durablement les populations.

L'ESSENTIEL

La révolution russe et les traités de paix dessinent une nouvelle Europe

- La révolution russe menée en 1917 par Lénine, chef des bolcheviks, introduit le communisme en Russie et en Europe.
- Les traités de paix de 1919 et de 1920 créent une nouvelle Europe mais n'effacent pas les tensions entre États.

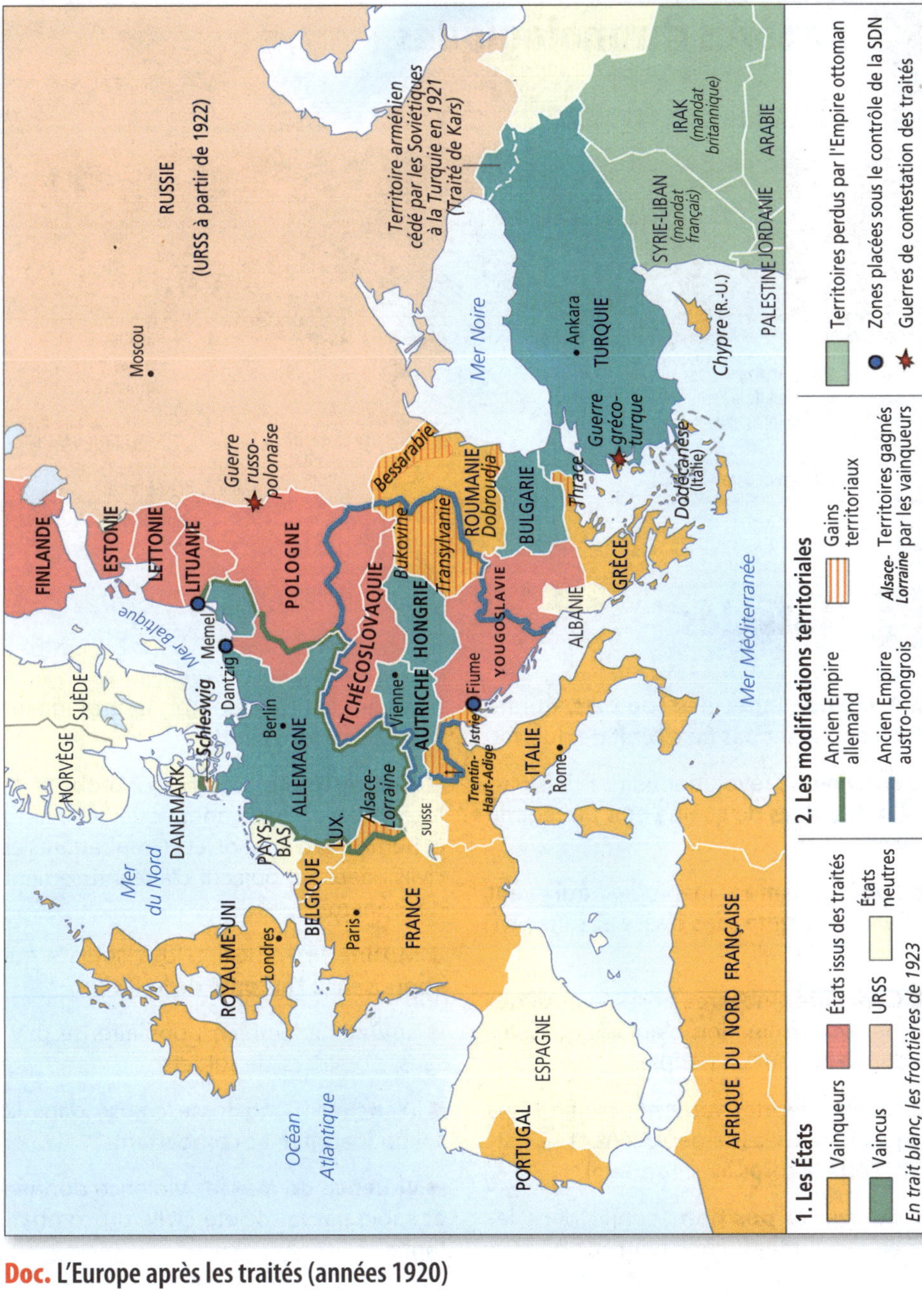

Doc. L'Europe après les traités (années 1920)

Repères chronologiques

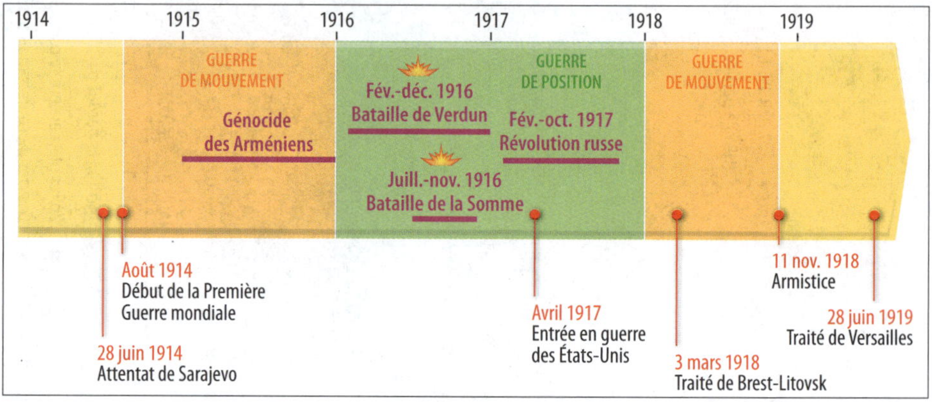

Mots clés

■ **Armistice** : arrêt des combats, qui ne met cependant pas fin à l'état de guerre.

■ **Bolchevik** : révolutionnaire russe partisan des idées de Lénine et d'un régime communiste.

■ **Communisme** : idéologie qui veut créer une société sans classe et sans propriété privée.

■ **Génocide** : mot créé en 1944 pour désigner l'extermination planifiée et systématique de tout un peuple.

■ **Guerre de mouvement** : conflit dans lequel les armées se déplacent et se battent corps à corps avec l'ennemi.

■ **Guerre de position** : conflit dans lequel les armées cherchent d'abord à défendre leur position en la protégeant (tranchées, forts).

■ **Guerre totale** : conflit qui mobilise la totalité des forces économiques, militaires et humaines d'une société (combattants et civils), dans un objectif d'anéantissement de l'ennemi.

■ **Mutinerie** : rébellion des soldats qui s'opposent à l'autorité de leur chef.

■ **Soviet** : assemblée populaire de paysans, d'ouvriers, de soldats.

■ **Tranchée** : long fossé creusé dans le sol pour abriter les combattants.

■ **Violence de masse** : violence donnée et subie par la société civile ou combattante.

Personnages clés

LÉNINE (1870-1924)

Né en Russie, il étudie les théories de Karl Marx avant de devenir le chef du Parti bolchevique. Il part en exil lorsque le tsar Nicolas II est renversé en février 1917, puis revient en Russie et dirige la révolution d'octobre 1917. Il prend la tête du gouvernement bolchevique, signe la paix avec l'Allemagne et met en place l'idéologie communiste issue de ses « thèses d'avril ». Il restera au pouvoir jusqu'à sa mort en 1924.

Maréchal FOCH (1851-1929)

Officier français, il se distingue lors de la bataille de la Marne et dans les Flandres en 1914. En 1916, il dirige la bataille de la Somme, puis devient commandant en chef des troupes de l'Entente en 1918. En juillet 1918, il lance une contre-offensive victorieuse qui oblige les Allemands à battre en retraite. Il devient maréchal de France la même année.

Document majeur

Doc. Extrait de *J'ai tué*, de Blaise Cendrars

Me voici les nerfs tendus, les muscles bandés, prêt à bondir dans la réalité.

J'ai bravé la torpille, le canon, les mines, le feu, les gaz, les mitrailleuses, toute la machinerie anonyme, démoniaque, systématique, aveugle. Je vais braver l'homme. Mon semblable. Un singe. Œil pour œil, dent pour dent. À nous deux maintenant. À coups de poing, à coups de couteaux. Sans merci. Je saute sur mon antagoniste. Je lui porte un coup terrible. La tête est presque décollée. J'ai tué le Boche. J'étais plus vif et plus rapide que lui. Plus direct.

J'ai frappé le premier. J'ai agi. J'ai tué ? Comme celui qui veut vivre.

Blaise Cendrars, *J'ai tué*, À la Belle Édition, 1918.

Je vérifie mes connaissances

1 Expliquez ce qu'est le génocide des Arméniens.

2 Pourquoi la Première Guerre mondiale a-t-elle été une « guerre totale » ?

3 Citez et datez une grande bataille de la Première Guerre mondiale.

4 Qui est Lénine ? Quel a été son rôle en 1917 ?

Vers le brevet

Doc. Une affiche pour l'emprunt de guerre en 1916

1. Qui est l'auteur de cette affiche ? Dans quel contexte a-t-elle été produite ?

2. Décrivez l'affiche.

3. Expliquez à qui s'adresse cette affiche. Pourquoi ?

4. Quel message cette affiche fait-elle passer ?

Je vérifie mes connaissances

1 Le génocide débute en 1915, lorsque le gouvernement nationaliste des Jeunes-Turcs décide d'exterminer tous les Arméniens de l'Empire, accusés de comploter avec les Russes. Les Arméniens sont arrêtés dès avril 1915, puis massivement déportés vers la Syrie, dans des camps de concentration. Cette mise à mort programmée et méthodique d'un peuple tout entier constitue un génocide, c'est une violence faite à l'encontre des populations civiles Arméniennes.

2 La Première Guerre mondiale est dite « totale » car elle mobilise toute la société, civils comme combattants, et demande le soutien de tous les secteurs d'activités des États. Les usines se convertissent dans la production d'armes, la propagande de guerre conditionne les esprits et les civils participent à l'effort de guerre.

> **Conseil**
> Veillez à bien définir le sens des mots clés (ici la notion de « guerre totale ») pour pouvoir répondre clairement à une question.

3 La bataille de Verdun en 1916 est une grande bataille de la Première Guerre mondiale. On peut également citer la bataille de la Somme (de juillet à novembre 1916).

4 Lénine est le chef du parti communiste. Dès 1917, il réclame la paix immédiate, le pouvoir aux soviets et la terre aux paysans. Lénine prépare la révolution bolchevique qui a lieu en octobre 1917. Il prend ensuite la direction du gouvernement et dirige le pays jusqu'en 1924.

Vers le brevet

1 L'auteur de cette affiche est le département du Rhône. Cette affiche date de 1916, le front s'est stabilisé depuis 1915 et la guerre de position dans les tranchées a débuté. L'année 1916 est dominée par la bataille de Verdun, voulue par les commandants allemands. Les Français y perdent 275 000 hommes et les Allemands 240 000. En juillet 1916, le maréchal Joffre lance une offensive sur la Somme qui est un effroyable carnage. 1916 marque bien le sommet de la guerre de tranchées.

> **Conseil**
> Il est essentiel de bien connaître sa chronologie pour expliquer une date et le contexte d'un document.

2 Cette affiche se compose de deux parties. Une première où un soldat allemand, reconnaissable à son casque à pointe et à la couleur verte de sa tenue, est attaqué par une pluie d'obus. Ces obus sont le résultat de pièces d'or qui se déversent d'un sac venu du ciel. En arrière-plan, on distingue des soldats en plein combat, des chars à canons, des chevaux et des fusils. La bataille dans les tranchées est suggérée. La seconde partie de l'image, en bas, est plus petite, avec une phrase qui affirme : « Pour la patrie versez votre or ».

3 Cette affiche s'adresse aux civils situés « à l'arrière ». Les soldats étant au front, seuls les civils peuvent soutenir l'effort de guerre. Dans une logique de guerre totale, toutes les forces du pays sont utilisées.

Conseil
Il faut bien observer les personnages, leurs positions ainsi que les couleurs utilisées dans une affiche : chaque élément peut donner des informations.

4 Le message de cette affiche est explicite : il s'agit de pousser les civils à donner leur or en échange de bons d'emprunt garantis par l'État ou le département. Avec cet emprunt auprès des civils, l'État peut continuer à financer la guerre, notamment en achetant des nouvelles munitions pour vaincre l'ennemi, comme cela est suggéré sur l'affiche. Ces emprunts constituent un ultime effort pour des civils déjà soumis à de dures privations quotidiennes.

CHAPITRE 2

Les régimes totalitaires dans les années 1930

DE QUOI S'AGIT-IL ?

Deux régimes sont considérés comme totalitaires dans les années 1930 : le régime soviétique, issu de la révolution bolchévique d'octobre 1917, et le régime nazi, instauré en janvier 1933. Ces deux régimes sont fondés sur des idéologies très différentes et sont fondamentalement ennemis. Ils se ressemblent néanmoins par leurs pratiques de contrôle de l'économie et de la société et par leur violence.

Les bolcheviks arrivent au pouvoir par un coup d'État, les nazis de façon légale. Mais dans les deux cas, la prise du pouvoir est suivie par la destruction des institutions démocratiques. Une fois celle-ci effectuée, le parti au pouvoir tâche de transformer de fond en comble la société, en fonction de l'idéologie dominante, afin de créer un État totalitaire.

1 Le régime soviétique stalinien

A La mise en place du régime stalinien

1. L'arrivée au pouvoir de Staline (1928)

- Une **guerre de succession** est ouverte à la mort de Lénine, le fondateur du régime, en janvier 1924.
- En 1928, Staline l'emporte définitivement parce que c'est lui qui contrôle le mieux les rouages du Parti communiste de l'URSS et qu'il réussit à se présenter comme l'héritier de Lénine.

Sachez que...
Les principaux rivaux de Staline sont Boukharine et Trotsky. Ce dernier est banni d'URSS en 1929 avant d'être assassiné en 1940, au Mexique, par des agents soviétiques.

Vidéo
Le régime totalitaire de Staline

2. La mise en place d'une économie étatisée

- **À son arrivée au pouvoir, Staline lance la politique dite du « Grand Tournant »** : pour rattraper les pays capitalistes, l'économie et la société de l'URSS doivent être complètement transformées par l'industrialisation, la planification sous forme de plans quinquennaux et la collectivisation totale des terres agricoles. Cette dernière est lancée dès 1928 à travers le premier plan quinquennal.
- Les paysans doivent se regrouper dans des kolkhozes contrôlés par l'État et le Parti communiste. Les paysans propriétaires, même s'ils ne possèdent pas grand-chose, sont considérés comme riches et appelés koulaks. Ils sont désignés comme les ennemis du peuple et à ce titre persécutés : c'est ce que l'on appelle la dékoulakisation, qui vise la disparition d'une classe sociale entière.
- L'industrie est entièrement nationalisée. Le premier plan quinquennal donne la priorité à l'industrie lourde, notamment à la sidérurgie.

B L'URSS stalinienne, un régime totalitaire

1. Le contrôle exclusif de l'État

- **Staline exerce un pouvoir sans partage** : il est à la fois chef du Parti communiste et chef de l'État soviétique. Il concentre tous les pouvoirs.
- **Toutes les libertés sont supprimées.** Une simple critique du régime devient passible de lourdes peines. Prêtres et fidèles de l'Église orthodoxe sont persécutés. Les déplacements de la population sont strictement réglementés à travers l'institution d'un passeport intérieur qui limite les mobilités.

2. L'encadrement de la société soviétique

- **Les loisirs sont contrôlés**. Les enfants de 10 à 14 ans sont fortement incités à rejoindre les Jeunes Pionniers, et ensuite les Komsomols, organisations de jeunesse du Parti communiste. Il s'agit de modeler les esprits selon les préceptes du communisme.
- Un **culte de la personnalité** se développe autour de Staline : il est présenté comme le « petit père du peuple », celui en qui la population doit avoir confiance. Son portrait est présent partout.
- **La propagande sert aussi l'idéologie communiste** : elle vante les réussites du premier plan quinquennal (1928-1933) et développe les fondamentaux de l'idéologie communiste, que Staline, après Lénine, ne ferait que servir.

> **Sachez que…**
> En URSS, les arts sont soumis à la pensée officielle du régime. Les artistes doivent célébrer le communisme stalinien. Exemple : en 1929 le cinéaste Sergueï Eisenstein tourne *La ligne générale* (*l'ancien et le nouveau*) pour soutenir la collectivisation agricole.

Doc. Affiche de propagande stalinienne
Affiche de Victor Deni, pour le 17e Congrès du Parti communiste d'Union soviétique (1934)

COURS

3. Le contrôle de la population par la terreur

● **Staline réorganise la police politique** : le NKVD, police secrète dont les chefs sont soumis à Staline, est créé en 1934. Il fonctionne selon les mêmes principes que ceux définis par Lénine en 1917 : sa mission est de réprimer les « ennemis du peuple », c'est-à-dire ceux qui ne sont pas bolcheviques. Elle répand la terreur : exécutions sommaires, prises d'otages, mise en place des premiers camps de travail forcé.

● **Le NKVD est chargé de l'application de la « Grande Terreur »,** expression qui désigne la répression politique massive, notamment entre 1936 et 1938. Il gère le système concentrationnaire, qui se développe considérablement : 140 000 détenus en 1930, 965 000 en 1935, 1 670 000 en 1940. Les prisonniers sont déportés dans les goulags, des camps de travail situés en Sibérie. Il orchestre également les « procès de Moscou », procès publics de rivaux de Staline accusés de crimes imaginaires. Le Parti communiste lui-même n'est pas épargné et subit des purges, c'est-à-dire l'élimination de cadres et de membres qui ne donnent pas satisfaction.

Sachez que...
Avoir été un proche de Staline ne garantissait pas la sécurité : plusieurs ; comme Kamenev, furent éliminés. Les photos où ils apparaissaient aux côtés de Staline étaient détruites et le négatif retouché afin qu'ils disparaissent du cliché.

● **Le bilan humain du « Grand Tournant » et de la « Grande Terreur » est très lourd** : on estime le nombre de morts à 6 millions et le nombre de personnes ayant été déportées dans les goulags à 7 millions.

L'ESSENTIEL

Le régime soviétique stalinien

- L'arrivée au pouvoir de Staline en 1928 se traduit par une transformation brutale de la société soviétique nommée le « Grand Tournant ».
- L'URSS stalinienne peut être considérée comme un régime totalitaire car tout (vie politique, économie, loisirs, vie culturelle, justice) est sous le contrôle du Parti bolchevik et d'un chef unique, Staline.

2 L'Allemagne nazie

A Idées et moyens du nazisme

Vidéo
Les caractéristiques du regime hitlérien

1. Une idéologie nationaliste, raciste et antisémite

• **L'idéologie nazie est exprimée dans *Mein Kampf*,** écrit par Hitler en 1925. Il y développe une idéologie nationaliste qui veut venger la défaite de 1918 et redonner à l'Allemagne une place dominante en Europe contre la France et le Royaume-Uni.

• **L'idéologie nazie définit des ennemis du peuple allemand** : ce sont ceux qui l'empêcheraient d'accéder à la pureté raciale fondée sur des critères aryens. L'idéologie nazie est donc aussi raciste, fondée sur la « supériorité » du peuple allemand et son droit à obtenir un « espace vital » (*Lebensraum*) contre de prétendus ennemis, les Juifs et les Slaves.

2. Les instruments de l'autorité de Hitler et du nazisme

• **Dès sa prise du pouvoir en janvier 1933, Hitler peut s'appuyer sur divers instruments** : la Gestapo, police politique, et la SS. Un ministère de l'Éducation du Peuple et de la Propagande est créé et confié à Joseph Goebbels.

• **En août 1934, il devient le Führer** : la mort du président de la République allemande, Hindenburg, lui permet de cumuler les fonctions de chef de gouvernement et de chef de l'État.

Sachez que...
La **SS** (« escadron de protection » en français) est initialement la garde rapprochée de Hitler. Elle se développera de plus en plus, au point de devenir une véritable organisation chargée du contrôle politique, de certaines actions de police politique et de la gestion des camps de concentration. Son chef est Heinrich Himmler.

B La nazification de la société allemande

1. La persécution des ennemis

• **Hitler élimine d'abord les opposants politiques** : les partis autres que le NSDAP sont interdits en juillet 1933. Démocrates et communistes sont internés dans les premiers camps de concentration, ouverts dès 1933.

• Les handicapés, les malades mentaux, les homosexuels sont pourchassés et assassinés dans le cadre de l'eugénisme.

Sachez que...
L'élimination des ennemis politiques n'épargne pas le parti nazi : lors de la « Nuit des Longs Couteaux », le 30 juin 1934, la SS tue ou arrête les chefs de la SA qui pouvaient représenter des tendances différentes de celles de Hitler.

COURS

• **Les Juifs sont particulièrement désignés comme ennemis** : dès 1935, les lois de Nuremberg excluent les Juifs de la citoyenneté allemande et interdisent les mariages entre Juifs et citoyens de sang allemand. Le 9 novembre 1938, lors de la « Nuit de Cristal », les magasins et entreprises juifs sont pillés, des synagogues incendiées.

• **Les nazis condamnent ce qu'ils appellent l'« art dégénéré »**, un art qui ne correspond pas aux règles de la beauté aryenne : c'est un moyen d'éliminer des artistes parce qu'ils sont juifs ou de gauche.

2. L'encadrement de la société allemande

• **Le régime nazi exige de tous une obéissance totale** : c'est le *Führerprinzip*. La propagande pare Hitler de toutes les qualités et développe un culte de la personnalité.

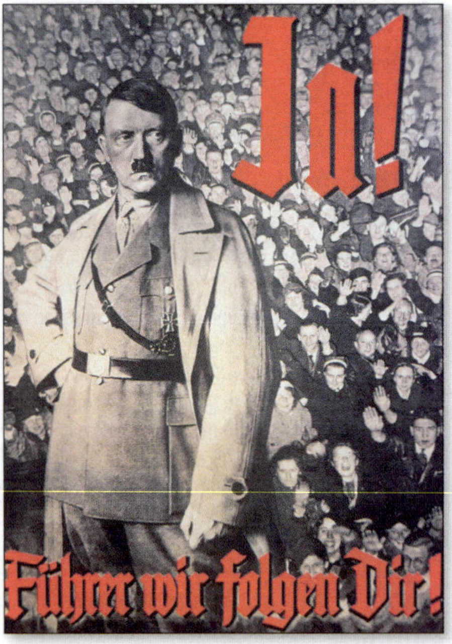

Doc. « Oui, Führer, nous te suivons ! »
Affiche éditée par la direction de la propagande du Parti nazi (NSDAP), années 1930.

Doc. L'« homme nouveau » nazi
Calendrier du Bureau de la politique raciale du NSDAP, 1938.

- **Des organisations de jeunesse et de travailleurs assurent l'encadrement de la population** : les Jeunesses hitlériennes enrôlent garçons et filles de 6 à 18 ans ; le Front allemand du travail remplace les syndicats, tous dissous. L'adhésion n'est pas obligatoire, mais ceux qui restent à l'écart de ces organisations sont mal vus et soupçonnés d'être ennemis du nazisme. L'ambition du régime est de créer un « homme nouveau », fort physiquement et soumis au Führer.
- **Les esprits sont également soumis à l'idéologie dominante**. Des autodafés (destruction par le feu) de livres interdits ont lieu afin de bannir tout ce qui serait étranger à la culture allemande, définie comme un idéal. De grandes cérémonies collectives de célébration de l'Allemagne et du nazisme sont organisées.

3. La préparation à la guerre

- **Dès 1933, la planification est lancée** : elle est d'abord axée sur les transports puis sur le réarmement intensif. Le plan de Quatre Ans, qui débute en 1936, se donne pour ambition d'amener l'Allemagne vers l'autarcie, pour qu'une fois en guerre, elle ne dépende pas d'approvisionnements extérieurs.
- **La société allemande est militarisée** : dans les organisations de jeunesse et de travailleurs, la population est soumise à des entraînements physiques et militaires, ainsi qu'au port de l'uniforme.
- **Hitler opère des coups de force diplomatiques** : il réarme l'Allemagne et réoccupe la Rhénanie malgré les interdictions du traité de Versailles. En 1938, il annexe par la force l'Autriche puis la région des Sudètes en Tchécoslovaquie.

L'ESSENTIEL

L'Allemagne nazie

- Hitler arrive au pouvoir dans un contexte de crise profonde et muni d'une idéologie neuve et séduisante, ce qui contribue à expliquer l'adhésion de la population.
- La nazification de la société allemande est rapide. L'Allemagne nazie peut être considérée comme un régime totalitaire car tout est soumis aux objectifs de l'idéologie nazie : pureté raciale du peuple allemand et création d'un homme nouveau, aryen et soumis au Führer.

ZOOM SUR...

La propagande, instrument des régimes totalitaires stalinien et nazi

1 Que célèbre la propagande ?

➜ La propagande est l'ensemble des méthodes et des pratiques qui sont mises en œuvre par un pouvoir afin de **rallier l'opinion publique à une idéologie donnée.**

➜ Dans le régime stalinien comme dans le régime nazi, elle célèbre le chef, Staline ou Hitler : c'est le **culte de la personnalité**. Elle célèbre aussi l'idéologie dont ils sont les représentants, le communisme et la lutte des classes d'un côté, la supériorité du peuple allemand de l'autre.

➜ **Elle peut pour cela forger de véritables mythes.** *Exemple* : le mythe de Stakhanov. Alexeï Stakhanov était un mineur porté aux nues par la propagande pour avoir, en 1935, extrait en un jour 14 fois la quantité de charbon habituelle (il fut en réalité aidé par d'autres mineurs). Tous les travailleurs furent ensuite incités à se surpasser pour le bien du Parti communiste soviétique.

2 Quels sont les outils de la propagande ?

➜ **La propagande se veut moderne et attractive**. Elle utilise donc tous les médias de l'époque : rassemblements de masse, affiches, radio, actualités diffusées avant une séance de cinéma, films.

➜ **Les arts et les artistes sont enrôlés au service de la propagande** – ou condamnés à l'exil. En URSS, une doctrine officielle est imposée aux artistes : c'est le « réalisme socialiste », qui exige de présenter le Parti communiste et son œuvre sous un jour positif.

➜ **Le cinéma est tout particulièrement sollicité**. En Allemagne, la cinéaste Leni Riefenstahl devient célèbre pour ses films *Les Dieux du Stade* et *Le Triomphe de la volonté*, qui exaltent la supposée force physique et morale des nazis. En URSS, Sergueï Eisenstein exalte la révolution d'Octobre et le « Grand Tournant ».

3 La place de la propagande dans la vie de la population

→ **La propagande est omniprésente** : en URSS, dans les rues et dans les transports publics de la moindre ville sont diffusés par haut-parleurs les messages officiels.

→ **Il est difficile d'évaluer son impact sur la population.** Il est cependant certain qu'elle incitait à se comporter de certaines façons conformes à l'idéologie totalitaire.

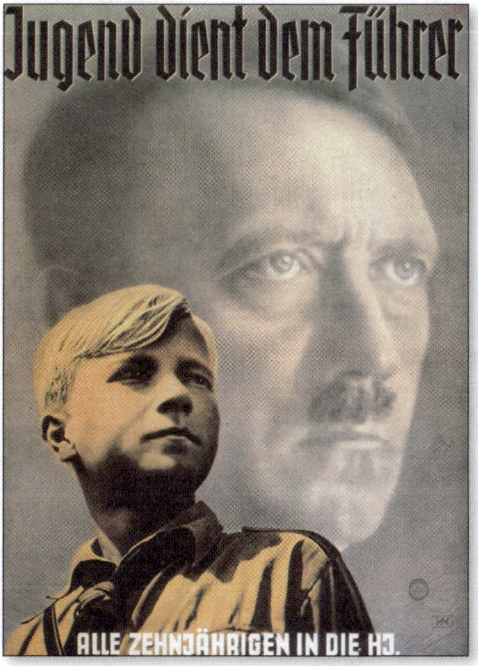

Doc. Affiche des Jeunesses hitlériennes
Affiche des Jeunesses hitlériennes, 1935.
« La jeunesse sert le Führer » et « Tous les jeunes de dix ans dans la Jeunesse hitlérienne ».

Doc. Affiche de propagande soviétique
Affiche de 1939. « Notre armée et notre pays sont renforcés par la pensée de Staline ».

3 La République en crise dans l'entre-deux-guerres

A Les difficultés politiques de l'après-Première Guerre mondiale

1. L'instabilité parlementaire

- **L'entre-deux-guerres est caractérisé par des changements fréquents de gouvernement que l'on appelle la « valse des ministères ».** Aucun parti n'est assez puissant dans l'entre-deux-guerres pour gouverner seul : il faut donc que plusieurs partis forment une coalition. Mais, au moindre désaccord, la coalition éclate et le gouvernement en place n'a plus de majorité pour gouverner.

- **Cela se produit à plusieurs reprises dès les années 1920.** Par exemple, en 1924, une coalition des partis de gauche se forme sous le nom de Cartel des gauches. Elle remporte les élections, théoriquement pour un mandat de quatre ans. Dès 1926, cette coalition éclate et Raymond Poincaré forme un gouvernement de droite.

2. Les conséquences de l'arrivée du communisme sur la scène politique

- **La révolution bolchévique d'octobre 1917 exerce une grande influence sur la gauche française**, dont elle radicalise une partie.

- **La gauche est divisée :** le parti socialiste, la SFIO, doit-il accepter la République, qui suppose une démocratie et l'existence de plusieurs partis politiques, ou la renverser par une révolution sur le modèle bolchévique ?

- **Au congrès de la SFIO tenu à Tours du 25 au 30 décembre 1920, le parti se divise.** La tendance « majoritaire », emmenée par Marcel Cachin, rejoint le communisme et prend le nom de SFIC (Section française de l'Internationale communiste) qui devient ensuite PCF (Parti communiste français). La tendance « minoritaire », emmenée par Léon Blum, reste SFIO. Le journal *L'Humanité* passe à la SFIC ; Léon Blum fait du journal *Le Populaire* le principal journal du socialisme français.

- **La droite fait preuve d'un anticommunisme violent tout au long de l'entre-deux-guerres :** les communistes sont dépeints comme des êtres nuisibles et comme des traîtres à la patrie car ils seraient aux ordres de Moscou.

Doc. Affiche d'Henri Petit commandée par le Centre de propagande des républicains nationaux, 1934

Sachez que...
La description du communiste comme d'un homme sanguinaire, au couteau entre les dents, remonte à 1919. Ce thème fut abondamment utilisé par la propagande anticommuniste.

B Le développement de l'antiparlementarisme

- **La crise économique accélère les critiques à l'égard de la démocratie parlementaire** : manque d'autorité du gouvernement face à un Parlement jugé tout-puissant, division des partis politiques. Le Parlement est également éclaboussé par des scandales de corruption.
- **C'est dans ce climat passionné qu'a lieu l'émeute du 6 février 1934.** Des mouvements d'extrême-droite et des associations d'anciens combattants, marquées à gauche comme à droite, manifestent devant la Chambre des députés. Ils se heurtent aux forces de l'ordre et la manifestation tourne à l'émeute, faisant 15 morts et 1 500 blessés.

Sachez que...
Le plus célèbre des scandales de corruption fut l'affaire Stavisky (janvier 1934), du nom d'un escroc retrouvé mort. La droite accusa les députés radicaux-socialistes de l'avoir fait assassiner pour l'empêcher de parler.

Doc. Affiche pour la révision de la Constitution
Affiche anonyme, entre 1931 et 1934.
Collection de la BDIC, Nanterre.

C La montée des extrêmes politiques

- **Sur les instructions de Moscou, le PCF incite à l'insurrection et applique la tactique « classe contre classe »** : seule la classe ouvrière doit avoir le pouvoir, ce qui implique de combattre tous les partis « bourgeois », y compris la SFIO.
- **À l'extrême-droite, se développent des ligues** (le francisme, les Croix-de-Feu) : ce sont des groupes qui ne reculent pas devant les combats de rue avec la gauche. Ils sont antiparlementaires et parfois admiratifs du fascisme italien.

Doc. Le défilé des membres de la ligue « Solidarité française » aux obsèques d'un de ses membres tué le 6 février 1934

L'ESSENTIEL

La République confrontée à la crise des années 1930

- La crise économique et politique débouche sur la remise en cause de l'institution majeure de la Troisième République, le Parlement.
- Cela encourage une radicalisation de la vie politique et une montée en puissance de l'extrême-gauche et de l'extrême-droite.

4 Le Front populaire, une expérience politique et sociale innovante

A Génèse et victoire du Front populaire

1. Le rassemblement des partis de gauche

• **La première condition nécessaire est l'évolution de Staline.** Jusqu'en 1934, il avait interdit les coalitions entre communistes et autres partis de gauche : c'était la tactique « classe contre classe ». Inquiet de la montée en puissance des totalitarismes de droite en Europe, il les autorise.

• **La montée des droites en France favorise le rassemblement des forces de gauche.** En 1934, est formé le Comité de vigilance des intellectuels antifascistes puis, le 14 juillet 1935, une coalition formée du PCF, de la SFIO et du parti radical-socialiste (centre-gauche). Son slogan est « Pain, paix, liberté ». La coalition est complétée par l'union des syndicats de gauche, CGT et CGTU.

2. La victoire du printemps 1936

• **Le Front populaire remporte les élections législatives de mai 1936.** Léon Blum est appelé à former un gouvernement. Cette victoire déclenche dans le pays des scènes de joie et des grèves massives et spontanées pour obtenir au plus vite des réformes.

• D'emblée ce gouvernement veut avoir une ère nouvelle : pour la première fois des femmes y occupent des postes ; un sous-secrétariat d'État chargé de l'Organisation des Loisirs et des Sports est instauré.

Doc. Les grèves spontanées, juin 1936
Grève « sur le tas » avec occupation des locaux dans une entreprise d'abattoirs en région parisienne.

B L'œuvre du Front populaire

Vidéo
Les congés payés

1. L'intervention de l'État dans l'économie et la société

• **Se développe une nouvelle conception de l'État comme arbitre entre les forces sociales.** À la suite des grèves de juin 1936, sont signés les accords de Matignon entre représentants du patronat et syndicalistes ouvriers, en présence de Léon Blum. Ils prévoient le respect de la liberté syndicale, l'institution de délégués du personnel dans les entreprises et une augmentation générale des salaires.

• **Le gouvernement Blum fait par ailleurs adopter une série de lois sociales** : création des congés payés (quinze jours en 1936), semaine de 40 heures de travail (cinq journées de 8 heures contre six auparavant) et conventions collectives.

• **L'État est considéré comme un acteur économique à part entière.** La politique du gouvernement vise à accroître le pouvoir d'achat pour relancer la production. Les mesures sociales (citées ci-dessus) vont dans ce sens, de même que la politique de grands travaux lancée par le gouvernement. L'État contrôle le marché et les cours du blé, de même que la Banque de France, jusque-là aux mains d'intérêts privés.

2. La politique culturelle du Front populaire

• **Un énorme effort est fait pour développer la culture de masse.** Des tarifs spéciaux sont accordés aux ouvriers et aux jeunes gens dans les théâtres et les musées ; 235 stades sportifs sont mis en chantier ; le financement de films populaires de qualité est encouragé.

• **Tous les aspects de la culture sont développés.** Le Palais de la Découverte, fondé en 1937, doit exposer aux citoyens « la science en train de se faire ». Le Musée de l'homme et le Musée des arts et traditions populaires, fondés la même année, mettent en avant une culture populaire qui vient compléter la culture fondée sur l'art et la littérature.

Doc. Réformes et esprit du Front populaire vus par Léo Lagrange, sous-secrétaire d'État aux Sports dans le gouvernement de Léon Blum

> « La semaine de quarante heures, les congés payés, l'accession de la classe ouvrière et des masses populaires de notre pays à une vie que le travail n'absorbera pas intégralement, pose devant nous le problème de l'organisation des loisirs. Loisirs sportifs, loisirs touristiques, loisirs culturels où doivent s'associer et se compléter les joies du stade, les joies de la promenade, du camping, du voyage, les joies des spectacles et des fêtes. Nous voulons que l'ouvrier, le paysan et le chômeur trouvent dans le loisir la joie de vivre et le sens de leur dignité. »
>
> Léo Lagrange, Discours radiophonique du 10 juin 1936.

COURS

C La fin du Front populaire

1. Les difficultés du gouvernement Blum

- **Le gouvernement Blum se heurte à son échec économique** : la montée du chômage et de l'inflation se poursuit ; les riches entrepreneurs placent leurs capitaux à l'étranger plutôt qu'en France.
- **La politique extérieure met à rude épreuve la coalition** : lorsque Léon Blum décide, pour ne pas aggraver les menaces de guerre en Europe, de ne pas soutenir le Front populaire espagnol confronté à la rébellion de l'armée et à l'attaque de l'Allemagne nazie et de l'Italie fasciste, le PCF crie à la trahison.
- **La société française reste profondément divisée.** Beaucoup n'acceptent pas la victoire du Front populaire. Les attaques de l'extrême-droite sont violentes : Léon Blum, d'origine juive, est régulièrement la proie d'attaques antisémites.

2. Les attaques contre le Front populaire

- **Le Front populaire se délite entre 1937 et 1938.** En juin 1937, Léon Blum doit démissionner. La coalition persiste, mais les désaccords sont de plus en plus grands entre communistes et radicaux-socialistes. En avril 1938, il devient évident qu'au Parlement, les trois partis du Front populaire n'ont plus les mêmes avis et ne votent plus dans le même sens : la coalition éclate.
- **Après 1945**, les mesures innovantes du Front populaire connaissent des prolongements à travers le **programme du Conseil national de la Résistance** (voir p. 66).

L'ESSENTIEL

La République confrontée à la crise des années 1930

- La coalition du Front populaire est une réaction à la crise sociale et politique en France et aux menaces représentées par le fascisme et le nazisme.
- Le gouvernement du Front populaire se présente comme une expérience politique innovante de rassemblement et d'arbitrage au sein de la société française.
- Son échec eut des causes économiques (la poursuite de la crise) et politiques (la poursuite des passions idéologiques à l'extrême-droite et à l'extrême-gauche).

ZOOM SUR...

1936 : une société française divisée en classes sociales antagonistes

1 Les conditions de vie des ouvriers

→ **Les revendications ouvrières sont anciennes** (années 1890). Mais elles ont longtemps été sévèrement réprimées et le sont encore en 1919 par le gouvernement Clemenceau.

→ **L'entre-deux-guerres voit une dégradation des conditions de vie** des ouvriers : travail à la chaîne, exigence de produire plus et plus vite, chômage.

→ **Les distractions sont rares et les espoirs de promotion sociale minces** : à 13 ans, la majorité des enfants d'ouvriers entrent en apprentissage pour faire le même métier que leur père ; l'accès au lycée et à l'université est rare.

2 Les « grèves de la joie » de 1936

→ **La victoire du Front populaire entraîne des grèves spontanées**, dites « grèves sur le tas », sans caractère révolutionnaire : elles ne sont pas organisées par le Parti communiste. Deux millions de travailleurs sont concernés.

→ **Les grévistes occupent pacifiquement leur atelier ou leur usine**, femmes et enfants sont associés à cette atmosphère de fête. Simone Weil a laissé deux témoignages qui montrent le contraste entre une vie ouvrière difficile et l'espoir suscité en 1936.

Doc. 1 L'expérience ouvrière

« Me voici sur une machine. [...] La fatigue se fait déjà sentir. Il faut forcer, empêcher qu'un instant d'arrêt sépare un mouvement du mouvement suivant. Plus vite, encore plus vite ! [...] Personne ne lève la tête, jamais. Personne ne sourit, personne ne dit un mot. Comme on est seul ! Je fais 400 pièces à l'heure. [...] Voilà que le contremaître s'approche. "Combien en faites-vous ? 400 à l'heure ? Il en faut 800. Sans quoi je ne vous garderai pas." »

Simone Weil, « La vie et la grève des ouvrières métallos, 10 juin 1936 », *Œuvres complètes*, Gallimard, 1988.

Doc. 2 **Les grèves de 1936**

> « Joie de pénétrer dans l'usine avec l'autorisation souriante d'un ouvrier qui garde la porte. Joie de trouver tant de sourires, tant de paroles d'accueil fraternel… Joie de parcourir librement ces ateliers où on était rivé sur sa machine… […] Joie de vivre, parmi ces machines muettes, au rythme de la vie humaine… Bien sûr, cette vie si dure recommencera dans quelques jours. Mais on n'y pense pas. Enfin, pour la première fois et pour toujours, il flotte autour de ces lourdes machines d'autres souvenirs que le silence, la contrainte, la soumission. »
>
> Simone Weil, *La Révolution prolétarienne*, Gallimard, 1951.

3 Une hostilité persistante entre classes sociales

→ **La bourgeoisie et même les classes moyennes acceptent mal l'irruption des ouvriers dans la vie politique** et la vivent comme une invasion. Congés payés et premiers départs d'ouvriers en vacances sont très critiqués.

→ **En réponse, les partis et syndicats ouvriers continuent à manifester leur hostilité** à ces classes aisées de la population.

→ **Il n'y a donc pas d'accord sur un avenir commun de la société française** : la République apparaît séparée en deux mondes distincts et en conflit.

Doc. **« Les salopards en vacances », caricature de la bourgeoisie**
Pol Ferjac, *Le Canard enchaîné*, 12 août 1936.

Le titre est ironique et à double sens : les « salopards », ce sont les travailleurs en congés vus par la bourgeoisie, mais aussi les privilégiés vus par les ouvriers.

Travailleurs profitant de leurs premiers congés payés.

Les mesures du Front populaire sont assimilées à la révolution d'octobre 1917, au communisme, au danger d'une révolution d'extrême-gauche.

Couple riche s'isolant du peuple. Le comique naît de la présence d'une baignoire sur la plage.

– Vous ne pensiez pas que j'allais me tremper dans la même eau que ces bolcheviks !

Repères chronologiques

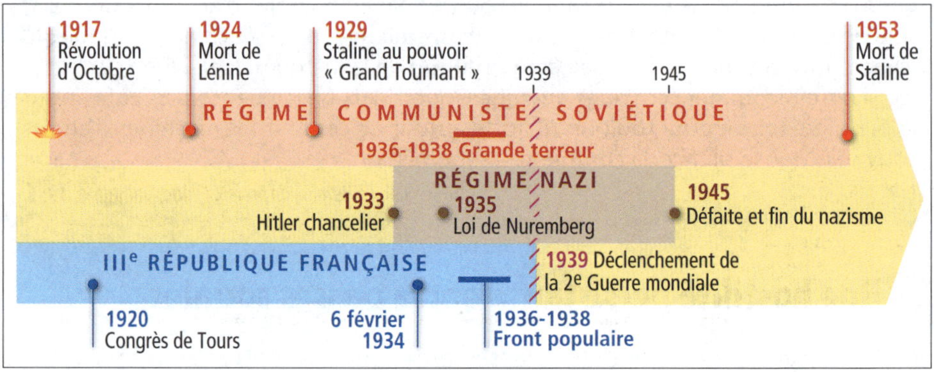

Mots clés

■ **Accords de Matignon** : accords signés le 8 juin 1936 entre représentants du patronat et des syndicats, sous la supervision du gouvernement, pour mettre fin aux grèves qui avaient éclaté après la victoire du Front populaire.

■ **Antiparlementarisme** : ensemble de critiques adressées à la démocratie parlementaire et à son institution principale.

■ **Aryens** : ancien peuple d'origine nordique, les Aryens sont considérés par le nazisme comme la race supérieure.

■ **Autodafé** : hérité de l'Inquisition médiévale, ce terme désigne la destruction par le feu d'ouvrages d'auteurs juifs, communistes ou tout simplement dissidents par rapport à l'idéologie nazie.

■ **Coalition** : alliance de différents partis politiques afin de remporter des élections et de former un gouvernement.

■ **Collectivisation** : mise en commun et nationalisation des moyens de production (terres, outils, bétail, usines, entreprises…).

■ **Conventions collectives** : contrats conclus entre des représentants du patronat et des salariés d'une branche professionnelle précise sur les conditions de travail et les salaires.

■ **Culture de masse** : culture destinée au plus grand nombre et notamment aux classes populaires.

■ **Dékoulakisation** : campagne d'expropriation des koulaks qui disparaissent comme classe sociale, soit par leur déportation dans des camps de travail, soit par leur entrée forcée dans des kolkhozes.

- **Démocratie parlementaire** : démocratie où l'institution principale est le Parlement, qui est composé de représentants élus par les citoyens, et qui détient le pouvoir de faire les lois.
- **Espace vital** : concept développé par Hitler dans *Mein Kampf*, il désigne l'espace que les Allemands doivent conquérir.
- **Eugénisme** : élimination des malades et des handicapés pour améliorer le patrimoine génétique.
- **Goulag** : organisme central gérant les camps de travail forcé en URSS. Ce sont des camps itinérants où les conditions de vie sont terribles, entraînant une mortalité élevée.
- **Kolkhoze** : ferme et coopérative agricoles collectives.
- **Koulak** : terme péjoratif désignant un paysan russe possédant quelques terres et du bétail. La révolution bolchévique y assimile tout paysan mécontent du régime.
- **Ligues** : mouvements politiques qui dans l'entre-deux-guerres défendent l'antiparlementarisme et des idées d'extrême-droite, en utilisant des méthodes violentes.
- **Planification** : organisation contraignante de l'économie en fonction d'objectifs fixés à l'avance.
- **Totalitarisme** : régime fondé sur le contrôle et l'encadrement de toute la population par un seul parti politique, qui met en place une terreur de masse afin de forcer la population à adhérer à l'idéologie dominante.

Personnages clés

STALINE (1878-1953)

Impliqué dès 1904 dans les activités révolutionnaires bolcheviques, il s'aligne sur les positions de Lénine. Secrétaire général du Parti communiste soviétique dès 1922, il profite de cette position pour éliminer progressivement ses rivaux après la mort de Lénine. Maître de l'URSS de 1928 à 1953, il transforme le pays pour en faire un État totalitaire.

HITLER (1889-1945)

Chef du NSDAP, auteur de *Mein Kampf* (1925) qui constitue la base idéologique du nazisme, il devient chancelier le 30 janvier 1933. Après avoir détruit la démocratie allemande, il transforme l'Allemagne en un État totalitaire. Il est responsable du déclenchement de la Seconde Guerre mondiale, destinée à conquérir à l'Allemagne un « espace vital ».

Léon BLUM (1872-1950)

Un des principaux dirigeants de la SFIO depuis 1919, il s'oppose à la majorité communiste au congrès de Tours et décide de rester au parti socialiste. À la tête du Front populaire en 1936-1937, il fait adopter des réformes qui marquent de réelles avancées sociales.

François de LA ROCQUE (1885-1946)

Colonel, ancien combattant de la Grande Guerre, il prend la direction de la ligue des Croix de Feu en 1932. Très critique du régime parlementaire, il rejette cependant Vichy et les totalitarismes. Il entre en résistance pendant la Seconde Guerre mondiale.

Document majeur

Doc. Affiche syndicale unitaire (1er mai 1936)

L'affiche présente le 1er mai comme une fête d'union des travailleurs et de leurs représentants. Le 1er mai est aussi une journée de lutte où le programme du Front populaire est mis en valeur.

Je vérifie mes connaissances

1 Expliquez ce que fut la « Grande Terreur » et datez-la.

2 Entourez les points communs entre le totalitarisme stalinien et le totalitarisme nazi sont : **a)** la planification ; **b)** la collectivisation ; **c)** la police politique ; **d)** les camps de concentration pour réprimer les opposants ; **e)** l'idéologie raciste.

3 Qu'est-ce que le Front populaire changea quant à la place des ouvriers dans la société française ?

Vers le brevet

Doc. Objectifs et bilan du premier plan quinquennal soviétique vus par Staline, 7 janvier 1933

La tâche essentielle du plan quinquennal consistait à transformer l'URSS, de pays agraire et débile, qui dépendait des caprices des pays capitalistes, en un pays industriel et puissant, parfaitement libre et indépendant des caprices du capitalisme mondial. La tâche essentielle du plan quinquennal consistait, tout en transformant l'URSS en pays industriel, à éliminer jusqu'au bout les éléments capitalistes, à élargir le front des formes socialistes de l'économie et à créer une base économique pour la suppression des classes en URSS, pour la construction d'une société socialiste. […]

Qu'est-ce qui dictait cette tâche essentielle du plan quinquennal ? Qu'est-ce qui la justifiait ? […] la nécessité de créer dans le pays des conditions lui permettant non seulement de rejoindre, mais avec le temps de dépasser, au point de vue économique et technique, les pays capitalistes avancés. Cette considération que le pouvoir des Soviets ne peut longtemps reposer sur une double fondation, sur la grande industrie socialiste qui anéantit les éléments capitalistes et sur la petite économie paysanne individuelle, qui engendre les éléments capitalistes.

Joseph Staline, *Doctrine de l'URSS*, Paris, Flammarion, 1938, pp. 183-195.

1. Présentez l'auteur du texte.

2. Dans quel contexte ce texte a-t-il été écrit ?

3. En quoi ce texte montre-t-il que Staline veut fonder une société nouvelle ?

4. Quelles sont les principales victimes de cette transformation désignées par le texte et que savez-vous de leur sort ?

Je vérifie mes connaissances

1 La « Grande Terreur » (1936-1938) désigne la politique de répression massive ordonnée par Staline à l'égard de tous les ennemis potentiels du régime totalitaire stalinien. Elle se traduisit par des exécutions et déportations dans les camps du goulag.

Remarque
La collectivisation est propre au régime stalinien. Envisager systématiquement la réalité sous un point de vue racial est au contraire propre au régime nazi et développé dans *Mein Kampf*.

2 Les points communs entre le totalitarisme stalinien et le totalitarisme nazi sont la planification, la police politique et les camps de concentration.

3 Le Front populaire fit accéder les ouvriers à une place plus importante. Les lois sociales du gouvernement Blum imposèrent leur représentation au sein des entreprises, de même qu'elles leur permirent de commencer à accéder à une société de culture et de loisirs.

Vers le brevet

1 Staline (1878-1953) fut secrétaire général du Parti communiste soviétique dès 1922. Il se présenta comme l'héritier de Lénine et élimina progressivement ses rivaux. Maître de l'URSS de 1928 à 1953, il transforma le pays pour en faire un État totalitaire.

Conseil
Il faut bien lire le titre du document car il donne des indications précieuses. Ici, il est indiqué que Staline fait le bilan d'un plan de cinq ans. Expliquer le contexte revient à dire ce qui s'est passé d'important entre 1928 et 1933.

2 En janvier 1933, le premier plan quinquennal arrive à son terme. Il a été lancé en 1928 pour imposer la collectivisation de l'industrie et de l'agriculture.

3 Le texte dit que le premier plan quinquennal devait « transformer » l'URSS en un pays moderne et puissant, c'est-à-dire industriel. Il devait aussi contribuer à créer une société conforme à l'idéologie communiste, fondée sur la « suppression des classes ». Les objectifs du premier plan n'étaient donc pas seulement économiques, mais aussi politiques et sociaux : toute la société russe devait être bouleversée et totalement renouvelée par l'industrialisation et la collectivisation. C'est pourquoi on parle de « Grand Tournant ».

4 Les deux types de victimes de cette transformation furent les « capitalistes » au sens large, c'est-à-dire tous ceux qui possédaient une terre ou un outil de travail, et les petits paysans individuels, c'est-à-dire les koulaks. Les uns et les autres furent exclus de la société soviétique. La collectivisation fit de nombreuses victimes parmi les paysans, que ce soit par les déportations ou par la famine de 1932-1933, qui fit plusieurs millions de morts.

CHAPITRE 3

La Seconde Guerre mondiale en France et dans le monde

DE QUOI S'AGIT-IL ?

De 1939 à 1945, le monde est plongé dans une guerre totale. L'enjeu de la guerre n'est en effet pas seulement de remporter une victoire militaire mais de détruire l'ennemi, défini selon un point de vue idéologique. Selon les camps, les ennemis peuvent être les démocraties, le communisme, les Juifs, ou bien le nazisme et le régime militariste japonais. L'évolution s'explique en partie par l'implication de plus en plus grande des économies et des sociétés dans l'effort de guerre. Toutes les sociétés furent touchées par la violence de guerre, qui trouva son point culminant dans le génocide des Juifs et des Tziganes. La défaite de 1940 face à l'Allemagne nazie entraîna la disparition de la IIIe République. La France est alors divisée : d'un côté, le régime de Vichy, hostile à la République et favorable à la collaboration avec l'occupant allemand; de l'autre, la France libre, réfugiée à Londres, qui affirme incarner la légalité et la continuité républicaines et organise peu à peu la Résistance.

1 Une guerre totale par son étendue

A Un conflit planétaire

1. Les deux grandes phases de la guerre

• **La période 1939-1942 voit les victoires de l'Axe.** Entre 1939 et 1941, grâce à la Blitzkrieg, la Wehrmacht envahit l'Europe. Seul le Royaume-Uni résiste. En Asie, après l'invasion de la Chine dès 1937, le Japon progresse dans le Pacifique, et vers le sud-ouest où il conquiert l'Indochine française et attaque l'empire britannique des Indes au début de 1942. L'année 1942 est l'apogée territoriale et militaire des forces de l'Axe.

• **L'année 1943 est le tournant de la guerre : à partir de là, les Nations Unies l'emportent.** Le 1er janvier 1942, 26 pays, réunis en une coalition nommée les « Nations Unies », s'engagent à poursuivre ensemble la guerre contre les puissances de l'Axe. Cette alliance comprend notamment les États-Unis, le Royaume-Uni, l'URSS, la Chine, la France libre. En 1943, les Soviétiques battent les Allemands à Stalingrad puis à Koursk ; Américains et Britanniques débarquent en Afrique du Nord et en Italie ; dans le Pacifique, les Américains font reculer les Japonais.

• **En 1944-1945 la victoire des Nations Unies semble inéluctable.** En 1944, les Alliés anglo-saxons débarquent en Normandie puis en Provence, tandis que les Soviétiques progressent en Europe orientale. L'Allemagne capitule le 8 mai 1945. Après les bombes atomiques sur Hiroshima et Nagasaki, le Japon capitule le 2 septembre.

2. Les répercussions mondiales de la guerre

• **Les empires coloniaux britannique et français sont un enjeu important pour l'Axe :** le Japon en occupe les parties asiatiques, l'*Afrika Korps* (allemand) l'Égypte et la Tunisie.

• **L'Empire britannique participe à l'effort de guerre :** les colonies fournissent des hommes et des ressources cruciales comme le caoutchouc.

Sachez que...
Le général de Gaulle, chef de la France libre, fait du ralliement de l'Empire français à sa cause une priorité : en 1943, c'est à Alger qu'il installe le CFLN.

• **À l'issue de la guerre, en 1945, le monde présente un visage nouveau.** L'Europe est très affaiblie démographiquement (plus de 40 millions de morts), matériellement et moralement.

• **Les États-Unis et l'URSS émergent comme les grands vainqueurs.**

• **Les empires coloniaux revendiquent leur indépendance comme prix de leur aide pendant la guerre :** dès 1945 des troubles éclatent dans les Indes britanniques, en Indochine française, en Algérie.

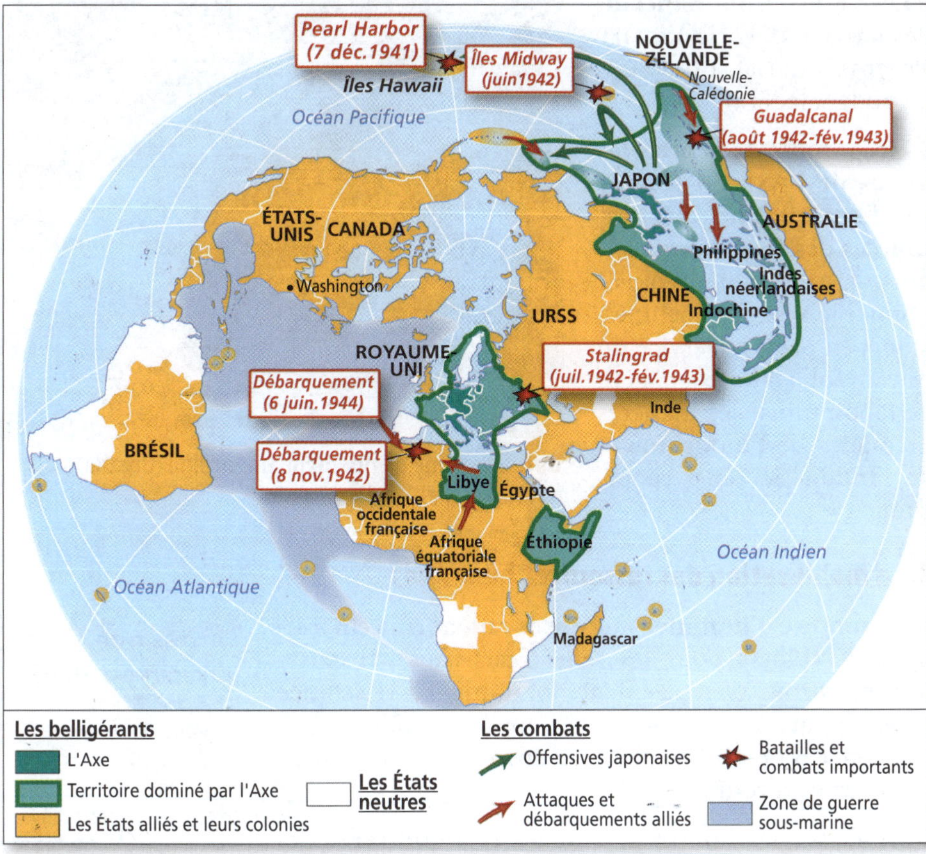

Doc. Un conflit planétaire (1942-1944)

B L'engagement total des sociétés dans le conflit

1. La mobilisation des ressources économiques

- **Les États-Unis lancent, dès janvier 1942, le *Victory Program***, qui absorbe 80 % du budget fédéral.

- **L'économie de guerre des forces de l'Axe est fondée sur l'exploitation des ressources des territoires conquis**. L'Allemagne réquisitionne blé, viande, machines, et met en place le Service du travail obligatoire (STO). Le Japon utilise les matières premières de l'Indochine et de l'Indonésie (ex. : caoutchouc).

Doc. Une usine d'armement américaine (Omaha, Nebraska, mai 1944)

2. La mobilisation des ressources humaines

- **Le nombre d'hommes mobilisés est énorme** (16 millions de soldats pour les seuls États-Unis). Il existe d'autres formes d'engagement, notamment la résistance à l'occupant nazi. La police politique allemande et la SS traquent ces opposants qui participent donc pleinement à la guerre en cours.

- **Mobiliser les hommes, c'est aussi mobiliser leurs esprits** : dans tous les États en guerre, des structures spécialisées sont mises en place. La propagande a pour objectif à la fois de présenter la guerre menée comme une guerre légitime et de diaboliser l'ennemi pour mieux inciter militaires et civils à se battre. Elle magnifie par exemple l'action des kamikazes japonais.

> **Sachez que...**
> Le *Victory Program* est à la fois industriel (il permet la construction en quatre ans de 275 000 avions et 2 571 cargos, baptisés *libertyships*) et scientifique (il lance le projet Manhattan de fabrication d'une bombe nucléaire).

- **Le nombre de victimes témoigne de la violence dans laquelle des sociétés entières ont été plongées** : 60 millions de morts (un tiers de militaires et deux tiers de civils).

C L'exemple de la bataille de Stalingrad

Vidéo
La bataille de Stalingrad

1. Une bataille longue et décisive

- **La bataille dure presque sept mois** : elle commence avec l'offensive allemande du 17 juillet 1942 et s'achève avec la victoire soviétique le 2 février 1943 (voir carte p. 49).
- **C'est une bataille de mouvement et une bataille de siège** : l'offensive allemande est arrêtée à Stalingrad, où l'armée du général von Paulus doit ensuite subir le siège soviétique.
- **Stalingrad est considérée comme un tournant stratégique majeur** car ce fut l'une des premières grandes défaites allemandes : elle eut des répercussions essentiellement psychologiques.

2. Un concentré des enjeux de la Seconde Guerre mondiale

- **Les enjeux militaires** : le rôle du renseignement militaire, tant pour donner des informations que pour induire l'ennemi en erreur, fut crucial; la bataille reposa à la fois sur l'infanterie, avec ses chars et ses canons, et sur l'aviation : l'armée allemande encerclée devait être ravitaillée par l'armée de l'air.
- **Les enjeux idéologiques** : l'objectif des Allemands comme des Soviétiques n'était pas seulement de remporter la victoire, mais de détruire totalement l'armée adverse. Hitler comme Staline affirmèrent qu'il fallait « liquider les troupes ennemies ».
- **Ce caractère idéologique explique l'étendue des pertes humaines**. Côté soviétique, civils comme militaires participent aux combats de rue : Stalingrad coûta la vie à 1 129 619 hommes, femmes et enfants. Côté allemand, on enregistre environ 200 000 soldats tués et 91 000 prisonniers, parmi lesquels seuls 5 000 survécurent aux camps soviétiques.

L'ESSENTIEL

Une guerre totale par son étendue

- Les combats de la Seconde Guerre mondiale ont lieu dans le monde entier.
- Les conséquences de la guerre modifient les équilibres mondiaux entre les puissances.
- L'engagement des sociétés ne fut pas seulement militaire, mais aussi économique, idéologique et culturel.
- La bataille de Stalingrad est un exemple de ce caractère total de la guerre.

2 Une guerre totale : l'anéantissement de l'ennemi

A Le génocide des Juifs et des Tziganes

1. Une extermination délibérée

- **La guerre conduit à une radicalisation de la politique antisémite nazie** : éliminer l'« ennemi juif » fait désormais partie de l'effort de guerre allemand.
- **La stratégie d'extermination repose d'abord sur la « Shoah par balles »** : les *Einsatzgruppen* sont chargés d'exécutions en masse de Juifs et de Tziganes dès l'invasion de la Pologne en 1939. Ils agiront de même à partir de l'invasion de l'URSS en 1941.
- **La conférence de Wannsee (20 janvier 1942) constitue une preuve écrite de la volonté d'extermination des Juifs par les nazis** : elle repose sur un langage en partie codé, où « solution finale » signifie « extermination ».
- **Le bilan est effroyable** : 6 millions de Juifs sont tués, dont 1 million lors de la « Shoah par balles », et 240 000 Tziganes.

Sachez que...
La moitié de la population juive européenne fut exterminée pendant la Seconde Guerre mondiale, ainsi que le tiers de la population tzigane.

2. Les camps de concentration et d'extermination nazis

- **Il faut distinguer camps de concentration et camps d'extermination.**

Les seconds sont situés exclusivement à l'est, en ancien territoire polonais (voir Zoom p. 54).

Doc. L'Allemagne des camps (1939-1945)

B Des stratégies militaires d'anéantissement

1. Les bombardements de guerre : une stratégie d'anéantissement

Vidéo
La bombe atomique à Hiroshima

- **Pendant la Seconde Guerre mondiale, les bombardements sont massifs** : la « bataille d'Angleterre » (juillet 1940-mai 1941) voit le pilonnage de Londres par l'aviation allemande ; à partir de 1943, les Alliés bombardent les villes allemandes (35 000 morts dans le bombardement et l'incendie de Dresde en 1945).
- **Ces bombardements répondent à un triple objectif** : détruire les forces militaires de l'adversaire, détruire ses forces économiques (usines et infrastructures de transport), terroriser la population.

2. Les bombardements nucléaires

- Le 6 août 1945, les Américains lancent une **première bombe atomique sur Hiroshima**. Le 9, une seconde bombe tombe sur Nagasaki. L'estimation des victimes va de 110 000 à 250 000 morts.
- **Il a toujours existé un débat sur les intentions américaines**. Le président Truman décide de lancer les bombes pour écourter la guerre et économiser des vies américaines mais, après Hiroshima, on connaissait le potentiel de destruction massive de cette arme : une bombe sur Nagasaki visait donc à anéantir totalement la capacité de résistance japonaise.

L'ESSENTIEL

L'anéantissement de l'ennemi

- La guerre d'anéantissement se manifeste à travers le génocide des Juifs et des Tziganes : par le nombre de victimes d'abord, par le caractère délibéré et organisé de l'extermination ensuite.
- Les bombardements massifs de zones habitées sont également caractéristiques d'une volonté d'anéantissement de l'adversaire.

ZOOM SUR...

Le centre de mise à mort d'Auschwitz

1 Un immense complexe méthodiquement organisé

➜ **Les déportés sont acheminés par voie ferrée** depuis tous les pays d'Europe envahis par l'Allemagne.

➜ « **Auschwitz** » **regroupe trois camps** : Auschwitz I, ouvert en 1940, qui était un camp de concentration; Auschwitz II ou Birkenau, ouvert en 1941, où sont construites d'énormes chambres à gaz-crématoires et qui est donc un camp d'extermination; Auschwitz III ou Monowitz, ouvert en 1942, où les détenus travaillent pour les usines IG Farben (chimie).

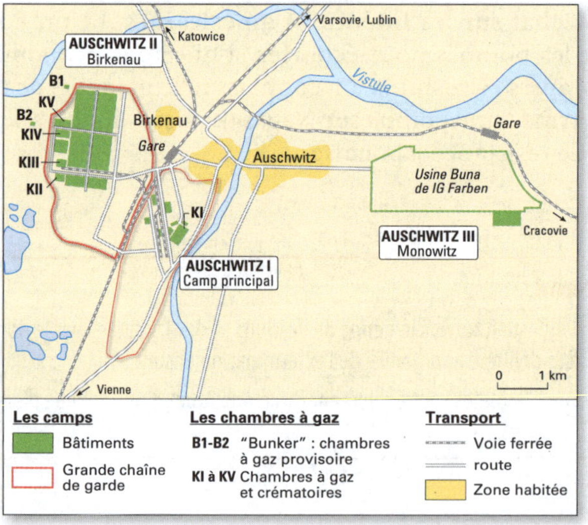

Doc. Le plan d'Auschwitz

2 Le destin des déportés

➜ **La première étape est la** « **sélection** » : vieillards, enfants, femmes enceintes et malades sont envoyés vers Birkenau où ils sont immédiatement mis à mort : contraints de se déshabiller, ils sont ensuite entassés dans des salles où est déversé le **gaz mortel, le zyklon B**.

→ **Ceux qui sont déclarés « aptes au travail » se voient dépouillés de leurs affaires**, remplacées par des loques, et tatoués d'un numéro sur le bras : ce matricule remplace désormais leur nom.

→ **Ils sont répartis en « kommandos » de travail** et affectés à divers travaux, en général très durs : transport de matériel ou de pierres, construction de bâtiments, voire crémation des corps des gazés. La nourriture est très insuffisante, l'hygiène inexistante.

→ **La mortalité est donc très élevée**, d'autant plus que, régulièrement, la sélection envoie les détenus faibles et malades à la chambre à gaz.

Doc. L'arrivée à Auschwitz d'un jeune Juif roumain déporté en 1944

Un officier S.S. était entré et, avec lui, l'odeur de l'ange de la mort. Nos regards s'accrochaient à ses lèvres charnues. Du milieu de la baraque, il nous harangua : « Vous vous trouvez dans un camp de concentration. À Auschwitz… » Une pause. […] Il nous dévisageait comme une bande de chiens lépreux s'accrochant à la vie. « Souvenez-vous-en, poursuivit-il. Souvenez-vous-en toujours, gravez-le dans vos mémoires. Vous êtes à Auschwitz. Et Auschwitz n'est pas une maison de convalescence. C'est un camp de concentration. Ici, vous devez travailler. Sinon, vous irez droit à la cheminée. Au crématoire. Travailler ou le crématoire – le choix est entre vos mains. » Nous avions déjà beaucoup vécu cette nuit, nous croyions que plus rien ne pouvait nous effrayer encore. Mais ses paroles sèches nous firent frissonner. Le mot « cheminée » n'était pas ici un mot vide de sens : il flottait dans l'air, mêlé à la fumée. C'était peut-être le seul mot qui eût ici un sens réel.

Élie Wiesel, *La Nuit*, Éditions de Minuit, 2007.

3 Auschwitz, le camp le plus célèbre

→ **Il est le camp qui a fait le plus de victimes** : 1,3 millions de déportés, 1,1 millions de morts dont 960 000 Juifs et 21 000 Tziganes.

→ Libéré dès le 27 janvier 1945 par l'Armée rouge soviétique, c'est aussi paradoxalement **le camp qui compte le plus de survivants**. Ceux-ci se sont regroupés en associations et beaucoup ont témoigné.

→ **Auschwitz est le seul camp qui fut à la fois un camp de concentration et un camp d'extermination**. Il témoigne de l'organisation industrielle de la mise à mort des Juifs par les nazis : jamais encore on n'avait construit d'usines pour mettre à mort des hommes.

3 La France défaite et occupée, 1940-1944 : le régime de Vichy

A La défaite de 1940

1. La défaite militaire

- **L'offensive allemande lancée le 10 mai 1940 entraîne la débâcle de l'armée française.** Les civils français fuient devant l'armée allemande : c'est l'exode.
- **Le gouvernement se déchire entre partisans du combat et partisans de l'armistice.** Le 16 juin, ces derniers l'emportent lorsque le maréchal Pétain devient président du Conseil et entame les négociations avec l'Allemagne.

2. L'armistice et ses conséquences immédiates

- **L'armistice du 22 juin 1940 impose des conditions très dures à la France** : armée réduite à 100 000 hommes, maintien des prisonniers de guerre (1,6 million) en Allemagne, frais d'occupation, annexion de l'Alsace-Lorraine.

Vidéo
La France défaite et occupée

- **Le territoire français est divisé** : la moitié nord et toute la côte atlantique sont occupées par l'Allemagne ; le reste est déclaré « zone libre ». Le gouvernement français s'installe dans cette zone, à Vichy.

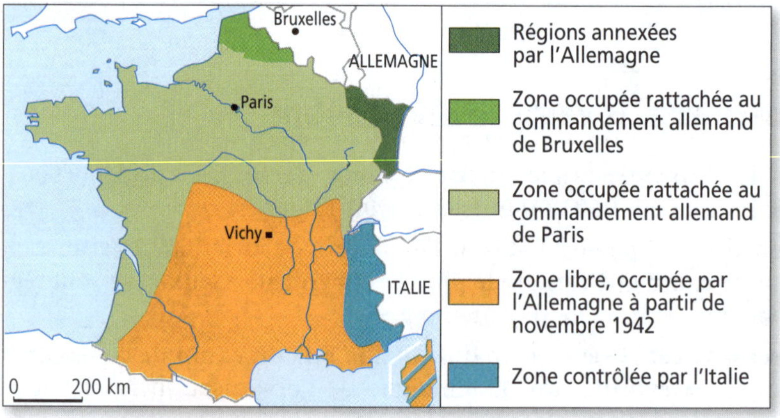

Doc. La France occupée

• **Le 10 juillet 1940, le maréchal Pétain obtient des parlementaires présents à Vichy les pleins pouvoirs pour rédiger une nouvelle constitution.** C'est la fin de la IIIe République. Cet acte s'explique par le prestige de Pétain, qui apparaît comme le sauveur de la France, par le désarroi causé par la défaite, mais aussi par l'antiparlementarisme qui, tout au long des années 1930, a miné la République.

Sachez que...
Les pleins pouvoirs furent votés au maréchal Pétain par 569 parlementaires contre 80 « non » et 20 abstentions.

B Le régime de Vichy : la négation de la République

1. Un régime antirépublicain

• **Pétain installe une dictature** : il se proclame « chef de l'État français », suspend la liberté d'expression en rétablissant la censure, interdit les grèves et les syndicats. Un véritable culte de la personnalité se met en place.

• **La défaite est présentée comme une punition méritée pour une France décadente, qui doit être redressée.** Les valeurs de la République sont remplacées par des valeurs conservatrices, résumées dans la nouvelle devise du pays : « Travail, Famille, Patrie ».

Sachez que...
Le régime de Vichy réforme l'enseignement dans le sens de son idéologie : renvoi des instituteurs soupçonnés d'être de gauche, révision des programmes, salut à Pétain imposé dans les écoles, laïcité mise à mal par la réintroduction du catéchisme obligatoire.

Doc. Le culte du maréchal Pétain Image de propagande, 1941.

• **Le régime s'appuie sur la répression** : des personnalités de gauche comme Léon Blum sont arrêtées et les opposants pourchassés. Le 3 octobre 1940, un « statut des Juifs » met en place une législation antisémite.

2. La collaboration d'État avec l'Allemagne nazie

- **La collaboration d'État est un choix du régime de Vichy**, qui fait le pari d'une victoire de l'Allemagne et espère ainsi adoucir les conditions d'occupation.
- **Pétain rencontre Hitler à Montoire le 24 octobre 1940.** La collaboration d'État est accentuée à partir de novembre 1942 lorsque, en représailles du débarquement allié en Afrique du Nord, **l'Allemagne envahit la zone libre.**

Doc. Pierre Laval, chef du gouvernement de l'État français, justifie la collaboration d'État

> « Nous avons eu tort, en 1939, de faire la guerre. Nous avons eu tort, en 1918, de ne pas organiser une paix d'entente avec l'Allemagne. Aujourd'hui, nous devons essayer de le faire. [...] Je souhaite la victoire de l'Allemagne parce que, sans elle, demain, le bolchevisme s'installerait partout. [...] nous voilà placés devant cette alternative : ou bien nous intégrer, notre honneur et nos intérêts vitaux étant respectés, dans une Europe nouvelle et pacifiée, ou bien nous résigner à voir disparaître notre civilisation. [...] Ouvriers de France ! C'est pour la libération des prisonniers que vous allez travailler en Allemagne ! C'est pour notre pays que vous irez en grand nombre ! C'est pour permettre à la France de trouver sa place dans la nouvelle Europe que vous répondrez à mon appel. »
>
> Pierre Laval, discours radiodiffusé du 22 juin 1942.

- **La collaboration d'État se traduit** par le STO, par des livraisons à l'Allemagne, par des rafles de Juifs ensuite déportés dans les camps et par la constitution d'une milice qui aide la Gestapo à traquer Juifs et résistants.

L'ESSENTIEL

L'effondrement de la République

- La défaite de mai-juin 1940, rapide et profonde, entraîne une crise politique et morale qui débouche sur l'arrivée au pouvoir du maréchal Pétain et la fin de la IIIe République.
- Le régime de Vichy nie les valeurs de la République et les remplace par un État autoritaire, antilibéral, antisémite et collaborationniste.

COURS

4 La France défaite et occupée : la Résistance (1940-1944)

A La résistance à l'occupant nazi

1. Résistance extérieure

- **Réfugié à Londres, le général de Gaulle refuse l'armistice :** dès le 18 juin 1940, il lance un appel à continuer la guerre et à résister. Il devient le chef de la France libre.
- **De Gaulle veut assurer une continuité de la République française.** Il fonde à Londres les Forces françaises libres (FFL), s'engage à libérer le territoire français de l'occupant et à restaurer la démocratie.

2. Résistance intérieure

- **Sur le territoire français, les résistants s'organisent peu à peu, de façon autonome.** Des réseaux armés spécialisés dans le renseignement et le sabotage se mettent en place, comme les Francs tireurs et partisans (FTP). Des mouvements de résistance apparaissent, comme « Libération » ou « Combat ». Ils impriment tracts et journaux pour lutter contre la propagande de l'Allemagne nazie et du régime de Vichy.
- **Plusieurs tendances politiques coexistent au sein de la Résistance** : les FTP sont communistes, Libération regroupe des militants de la gauche non communiste, l'Organisation civile et militaire recrute plutôt à droite, des catholiques se regroupent autour du journal *Témoignage chrétien*.

B L'unification de la Résistance

1. Le Conseil National de la Résistance (CNR)

- **En 1942, de Gaulle confie à Jean Moulin la mission de coordonner les résistances intérieure et extérieure.** Celui-ci parvient à rassembler les résistants en une structure politique : le Conseil national de la Résistance (CNR), qui reconnaît l'autorité du général de Gaulle.
- **La Résistance et la France libre se dotent d'une armée et d'un véritable gouvernement.** Le CNR unifie les groupes armés dans les Forces françaises de l'intérieur (FFI). Les résistants commencent à se rassembler dans des maquis.

Sachez que...
L'armée et les gouverneurs de l'empire colonial français se rallient assez rapidement à la France libre, entre 1940 et le début de l'année 1943.

2. Les fondements d'un renouvellement républicain

- De Gaulle crée un gouvernement de la France libre, appelé d'abord Comité français de libération nationale (CFLN) puis Gouvernement provisoire de la République française (GPRF).
- **La Résistance est porteuse de valeurs politiques et sociales renouvelées** : elle se donne non seulement pour but de restaurer la République, mais de créer de nouvelles institutions, plus solides, et de mener des réformes sociales. En mars 1944, le CNR adopte un programme qui recense les mesures à prendre en ce sens.

Doc. De Gaulle présente les objectifs de la France libre et de la Résistance

« Nous voulons que les Français puissent vivre dans la sécurité. À l'extérieur, il faudra que soient obtenues contre l'envahisseur séculaire les garanties matérielles qui le rendront incapable d'agression et d'oppression. À l'intérieur, il faudra que soient réalisées, contre la tyrannie du perpétuel abus, les garanties pratiques qui assureront à chacun la liberté et la dignité dans son travail et dans son existence. La sécurité nationale et la sécurité sociale sont, pour nous, des buts impératifs et conjugués. [...] Nous voulons que [...] l'idéal séculaire français de liberté, d'égalité, de fraternité soit désormais mis en pratique chez nous, de telle sorte que chacun soit libre de sa pensée, de ses croyances, de ses actions, que chacun ait, au départ de son activité sociale, des chances égales à celles de tous les autres, que chacun soit respecté par tous et aidé s'il en a besoin. »

Déclaration du général de Gaulle publiée dans les journaux clandestins de la Résistance, 23 juin 1942.

L'ESSENTIEL

La France défaite et occupée : la Résistance

- Les résistances, d'abord morcelées, s'unifient peu à peu sous l'autorité du général de Gaulle pour lutter contre l'occupant nazi et préparer la naissance d'une nouvelle République après la guerre.
- Leur objectif n'est pas seulement de contribuer à l'effort de guerre général contre le nazisme, mais de poser les bases de la future République.

ZOOM SUR...

Un mouvement de résistance : Combat

1 La création de Combat

→ En août 1940, le capitaine Henri Frenay crée en zone libre un mouvement de résistance qui est peu organisé et ne rassemble que quelques personnes : il témoigne des **débuts de la Résistance**, qui sont avant tout fondés sur un **ensemble d'actes individuels spontanés**. Ce mouvement fusionne avec d'autres pour former fin 1941 celui connu sous le nom de « Combat ». Il se développe ensuite en zone occupée.

→ Il est **d'abord très marqué à droite** : Frenay reste un admirateur du maréchal Pétain. **Progressivement, Combat rassemble des personnalités d'horizons politiques divers** : des hommes de droite, mais aussi un chrétien de gauche comme Claude Bourdet, un homme de la gauche non-communiste comme Albert Camus. Les femmes y sont nombreuses.

→ **En 1942, son orientation politique se modifie** : le mouvement se déclare pour la République et pour des réformes d'inspiration socialiste.

2 Objectifs et actions de Combat

→ **Le premier objectif d'un mouvement de résistance est d'agir sur la population** : un journal, *Combat*, est édité clandestinement, d'abord à quelques centaines d'exemplaires seulement. Il atteint 250 000 exemplaires en mai 1944.

→ **L'autre objectif est de contribuer militairement à la défaite de l'Allemagne**. Pour cela, Combat met en place les **Groupes francs**, des commandos qui se livrent à des sabotages; un **service Maquis**, qui approvisionne en armes et en nourriture les maquis de résistants; un **service Noyautage des administrations publiques**, qui met en place dans la fonction publique de Vichy des hommes qui transmettent des renseignements.

→ **En janvier 1943**, Combat compte 14 services et 100 permanents clandestins.

3 Un mouvement structuré et intégré à la Résistance

→ **En mars 1943, Jean Moulin obtient la fusion de trois mouvements de la zone sud** : Combat, Libération et Franc-Tireur, désormais placés sous l'autorité du général de Gaulle. En décembre 1943, ils fusionnent avec les mouvements de la zone nord.

→ **Combat est alors le mouvement de résistance le plus important**, largement financé par le gouvernement de la France libre à Londres. Il comporte un Comité directeur, une branche Affaires politiques, une autre Affaires militaires.

→ **Combat participe à la rédaction du programme du CNR** en mars 1944 et à la libération du territoire français.

Doc. Deux « unes » du journal Combat

Numéro d'août 1942

Numéro d'août 1943

Repères chronologiques

	Monde	Régime de Vichy	France libre
1939	**1er septembre :** la guerre commence en Europe.	**22 juin :** signature de l'armistice. **24 octobre :** entrevue de Montoire.	**18 juin :** appel de Londres.
1940		**10 juillet :** vote des pleins pouvoirs à Pétain.	
1941	**22 juin :** l'Allemagne envahit l'URSS. **8 décembre :** les États-Unis entrent en guerre contre le Japon.		
1942	**20 janvier :** conférence de Wannsee.	**11 novembre :** l'Allemagne occupe la zone libre.	**Automne :** De Gaulle commence à être reconnu comme le chef de toute la Résistance.
1943	**2 février :** capitulation allemande à Stalingrad	**30 janvier :** création de la Milice.	**Mars :** création du CNR.
1944	**6 juin :** débarquement allié en Normandie.		**Mars :** programme du CNR **Juin :** fondation du GPRF.
1945	**8 mai :** capitulation de l'Allemagne nazie **2 septembre :** capitulation du Japon.		

Mots clés

- **Antisémitisme** : politique d'exclusion et de répression dirigée contre les Juifs.
- **Armistice** : arrêt des combats, qui ne met cependant pas fin à l'état de guerre.
- **Axe** : alliance formée par l'Allemagne nazie, l'Italie fasciste et le Japon dès 1940.
- ***Blitzkrieg* ou « guerre éclair »** : stratégie militaire offensive fondée sur la préparation du terrain par des bombardements aériens avant l'attaque de divisions blindées (chars) pour remporter une victoire rapide.
- **Camp de concentration** : lieux de détention où ceux qui sont considérés comme ennemis de l'État sont soumis au travail forcé et aux mauvais traitements.
- **Camp d'extermination** : camp où la mise à mort des ennemis est organisée de façon industrielle.
- **Collaboration d'État** : coopération avec l'Allemagne nazie volontairement engagée par le régime de Vichy.
- ***Einsatzgruppen*** : unités mobiles nazies formées de S.S., chargées de regrouper les Juifs polonais en vue de leur déportation. À partir de 1941, ils sont chargés de fusiller en masse les Juifs : c'est la « Shoah par balles ».

- **Exode** : fuite des civils devant l'avancée de l'armée allemande en mai-juin 1940.
- **France libre** : désigne ceux qui refusent l'armistice et l'abolition de la République. Ils se regroupent à Londres autour du général de Gaulle.
- **Génocide** : voir p. 20.
- **Guerre totale** : voir p. 20.
- **Maquis** : lieu difficile d'accès où les résistants se regroupent.
- **Milice** : organisation militaire du régime de Vichy, fondée en 1943, qui collabore avec l'armée allemande et la Gestapo en traquant les résistants et les Juifs.
- **Mouvement de résistance** : organisation de résistance menant des actions militaires contre l'occupant nazi, ainsi que des actions de propagande par la diffusion de journaux et de tracts clandestins.
- **Réseau de résistance** : organisation armée de la résistance, spécialisée dans le renseignement et le sabotage.
- **« Solution finale »** : expression qui désigne le plan d'extermination des Juifs pendant la 2e guerre mondiale.
- **STO** : Service du Travail Obligatoire. Il mobilise de force les hommes entre 20 et 23 ans pour travailler dans les entreprises allemandes.

Personnages clés

Philippe PÉTAIN (1856-1951)

Maréchal de France depuis 1918, il signe l'armistice avec l'Allemagne le 22 juin 1940, met fin à la IIIe République et devient chef du gouvernement de Vichy. Condamné à mort en 1945, il est gracié.

Charles DE GAULLE (1890-1970)

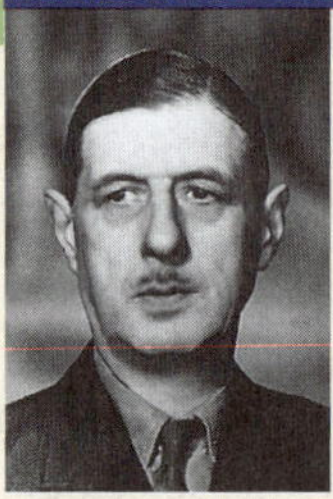

Général français opposé à l'armistice, il gagne Londres et lance un appel à continuer la lutte contre l'Allemagne le 18 juin 1940. Chef de la France libre, il unifie la Résistance et prend la tête du GPRF en 1944. Il quitte le pouvoir en 1946 et s'oppose aux institutions de la IVe République. Fondateur de la Ve République, il en est le premier président de 1958 à 1969.

Jean MOULIN (1899-1943)

Préfet en 1940, il rejoint la France libre et est chargé par de Gaulle d'unifier les mouvements de résistance intérieure. Il fonde le CNR en 1943. Arrêté par la Gestapo, il meurt sous la torture. Ses cendres sont transférées au Panthéon en 1964.

Document majeur

Doc. Le protocole de la Conférence de Wannsee, 20 janvier 1942

Ce texte, adopté à l'issue de la conférence, montre qu'il s'agit bien d'un génocide : tout un groupe humain est visé en fonction de ses origines (texte surligné en vert) et l'extermination est planifiée (texte surligné en rouge).

[…] Le souhait du Maréchal du Reich de se voir présenter un projet d'organisation, de déroulement et de conditions matérielles dans la perspective de la solution finale de la question juive en Europe, exigeait au préalable une harmonisation de toutes les instances centrales directement concernées par ces questions, dans la perspective d'une conduite parallèle de l'orientation des actions. […]

III. Désormais, à la place de l'émigration, la nouvelle solution avec l'aval préalable du Führer, est l'évacuation des Juifs vers l'est. […] Au cours de la solution finale de la question juive en Europe, seront à prendre en considération environ 11 millions de Juifs. Au cours de la solution finale, les Juifs de l'Est devront être mobilisés pour le travail avec l'encadrement voulu. En grandes colonnes de travailleurs, séparés par sexe, les Juifs aptes au travail seront amenés à construire des routes dans ces territoires. Ce qui sans doute permettra une diminution naturelle substantielle de leur nombre. Pour finir, il faudra appliquer un traitement approprié à la totalité de ceux qui resteront car il s'agira évidemment des éléments les plus résistants, puisqu'issus d'une sélection naturelle, et qui seraient susceptibles d'être le germe d'une nouvelle souche juive, pour peu qu'on les laisse en liberté (voir l'expérience de l'histoire). Au cours de l'exécution pratique de la solution finale, l'Europe sera passée au peigne fin d'Ouest en Est. L'opération débutera sur le territoire du Reich, y compris les protectorats de Bohême et de Moravie, à cause de la situation du logement et de la spécificité socio-politique du Reich. Les Juifs évacués passeront d'abord, convoi par convoi, par des ghettos de transit, et de là seront transportés plus loin à l'Est.

Je vérifie mes connaissances

1 Quel fut le tournant stratégique de la Seconde Guerre mondiale ?

2 Pourquoi peut-on dire que l'extermination des Juifs fut bien un génocide ?

3 En quoi le régime de Vichy est-il contraire à la République ?

4 Sélectionnez les bonnes réponses. La France libre : **a)** se constitue à Vichy ; **b)** est incarnée par le général de Gaulle ; **c)** entretient des forces militaires sur le territoire français et hors du territoire français ; **d)** prépare l'après-guerre par ses réflexions.

Vers le brevet

Doc. Le programme du CNR, 15 mars 1944

« II – MESURES À APPLIQUER DES LA LIBÉRATION DU TERRITOIRE [...].
4. Afin d'assurer :
– l'établissement de la démocratie la plus large en rendant la parole au peuple français par le rétablissement du suffrage universel ;
– la pleine liberté de pensée, de conscience et d'expression ;
– la liberté de la presse, son honneur et son indépendance à l'égard de l'État, des puissances d'argent et des influences étrangères ;
– la liberté d'association, de réunion et de manifestation ;
– le respect de la personne humaine ;
– l'égalité absolue de tous les citoyens devant la loi.
5. Afin de promouvoir les réformes indispensables [...] sur le plan social : [...]
– le droit au travail et le droit au repos, notamment par le rétablissement et l'amélioration du régime contractuel de travail ;
– la reconstitution, dans ses libertés traditionnelles, d'un syndicalisme indépendant, doté de larges pouvoirs dans l'organisation de la vie économique et sociale ;
– un plan complet de sécurité sociale, visant à assurer à tous les citoyens des moyens d'existence [...]. »

1. Présentez ce document.

2. Montrez en quoi ce texte dessine un portrait « en creux » du régime de Vichy, c'est-à-dire en quoi il est le contraire de ce qu'a fait ce régime. Donnez trois exemples.

3. Quelle filiation pouvez-vous établir entre l'œuvre du Front populaire et ce programme ?

4. Que savez-vous de la mise en œuvre de ce programme après la Libération ? Pensez à mobiliser le cours du chapitre 4.

Je vérifie mes connaissances

1 Ce fut l'année 1943 : en février, à Stalingrad, l'armée allemande essuie sa première défaite. Dans les mois qui suivent, les forces de l'Axe commencent à reculer sur tous les fronts : est de l'Europe, Afrique du Nord, Pacifique.

2 La réalité historique correspond à la définition de « génocide » : la destruction systématique et planifiée d'un groupe humain en raison de ses origines ethniques ou religieuses. En effet, les Juifs d'Europe ont été visés parce qu'ils étaient Juifs et leur extermination a été préméditée et organisée de façon systématique.

3 Le régime de Vichy abolit la République pour la remplacer par un autre type de régime, où aucune élection n'a lieu. Il supprime les libertés fondamentales comme la liberté d'expression. Il établit des distinctions entre les citoyens de la République en édictant le statut des juifs.

4 **b), c) et d).** La France libre est incarnée par le général de Gaulle, entretient des forces militaires sur le territoire français et hors du territoire français et prépare l'après-guerre par ses réflexions.

Conseil

La question porte sur la correspondance entre un évènement historique et un mot-clé. Il faut commencer par rappeler la définition de ce mot avant d'expliquer en quoi la réalité historique correspond à la définition.

Explication

Question 4. la France libre s'installe à Londres, où le général de Gaulle s'est réfugié, pas à Vichy (elle est l'anti-Vichy !). Sur le territoire français, elle peut compter sur les forces de la Résistance, fédérées dans les FFI, Forces françaises de l'intérieur.
À l'extérieur, les FFL, Forces françaises libres, se structurent, notamment dans l'empire colonial. Enfin, elle met en place des structures qui réfléchissent à ce que devra être l'après-guerre, comme le CNR.

Vers le brevet

1 Ce document est un **programme**, c'est-à-dire un texte politique où sont annoncées une série de mesures à appliquer. Il a été élaboré par le **Conseil national de la Résistance**, créé en 1943 pour rassembler les mouvements de résistance présents sur le territoire français. Au **15 mars 1944**, la France est dirigée par le régime de Vichy, contesté par le Comité français de libération nationale dirigé par de Gaulle. Le territoire français est alors entièrement occupé par l'Allemagne nazie, qui subit cependant des défaites depuis 1943. Le débarquement en Normandie est proche (juin 1944). Le CNR estime donc urgent de commencer à préparer l'après-guerre par ce programme.

2 Le programme du CNR fait allusion à des libertés et à des droits supprimés par le régime de Vichy. Par exemple, « rétablissement du suffrage universel » évoque le fait que le régime ne procéda à aucune élection. La liberté de la presse rappelle que le régime de Vichy rétablit la censure, en interdisant à toute opposition de s'exprimer, tout en imposant une propagande pro-allemande et pétainiste. Enfin, « égalité absolue de tous les citoyens devant la loi » peut être une allusion à la façon dont les Juifs furent privés de cette égalité par le statut des Juifs de 1940.

Conseil

Le texte ne cite pas explicitement le régime de Vichy, car pour le CNR, Vichy était illégitime. Le texte fait néanmoins allusion à Vichy : entraînez-vous à repérer ces références cachées dans un document !

3 Une des mesures phares du Front populaire avait été l'instauration des congés payés. Le « droit au repos » y fait référence. Le Front populaire avait aussi promu les syndicats et les accords entre employeurs et salariés à travers les conventions collectives : l'appel à donner aux syndicats « de larges pouvoirs dans l'organisation de la vie économique et sociale » y fait écho. Le CNR s'inspire donc de l'œuvre du Front populaire et souhaite aller plus loin en mettant en place la Sécurité sociale.

Précision

Les « congés payés » avaient été particulièrement critiqués par les forces conservatrices et par le régime de Vichy, qui y voyaient une des causes de la décadence de la France et de la défaite en 1940.

4 En 1944, le suffrage universel fut non seulement rétabli mais étendu aux femmes. La devise de la République française, « Liberté, Égalité, Fraternité » fut restaurée notamment à travers l'institution de la Sécurité sociale en 1945.

CHAPITRE 4

Les bouleversements internationaux : guerre froide et décolonisation (1945-1989)

DE QUOI S'AGIT-IL ?

En 1945, le monde sort profondément bouleversé de la Seconde Guerre mondiale. Après la SDN, une nouvelle tentative est faite pour fonder une organisation internationale efficace : ce sera l'ONU, qui doit composer avec une nouvelle hiérarchie internationale fondée sur deux superpuissances, les États-Unis et l'URSS. La guerre froide fige cette hiérarchie, en créant autour des deux Grands des blocs, le bloc soviétique et le bloc « atlantiste », composés d'États alliés ou satellites.

Au sein du cadre global que forme la guerre froide, il faut accorder une attention particulière à un phénomène majeur : la décolonisation. Celle-ci entraîne la naissance de nouveaux États courtisés par les deux Grands.

1 Le monde bipolaire (1947-1991)

A Échec et mise en place de la guerre « froide », 1945-1962

1. L'ONU : espoirs de paix et germes d'échec

- **L'ONU devait poursuivre l'alliance** entre tous les adversaires de l'Allemagne : les grands vainqueurs devaient gérer ensemble l'organisation de la paix fondée sur une sécurité collective efficace.

- **L'ONU est créée le 26 juin 1945, par la charte de San Francisco.** Elle se compose de trois institutions : le Secrétariat général, l'Assemblée générale (qui rassemble tous les États membres) et le Conseil de sécurité. Ce dernier a la responsabilité de résoudre les conflits. **Pour cela l'ONU dispose d'une force armée, les « Casques bleus »** : ils ne dépendent pas directement de l'ONU mais des États membres auxquels l'ONU confie la mission d'intervenir militairement.

Doc. La charte des Nations Unies

« Nous, peuples des Nations Unies, résolus : à préserver les générations futures du fléau de la guerre […] ; à proclamer à nouveau notre foi dans les droits fondamentaux de l'homme, […] dans l'égalité de droits des hommes et des femmes, ainsi que des nations, grandes et petites ; à créer les conditions nécessaires au maintien de la justice et du respect des obligations nées des traités et autres sources du droit international ; à favoriser le progrès social et instaurer de meilleures conditions de vie dans une liberté plus grande, avons décidé d'associer nos efforts pour réaliser ces desseins. »

Extrait du préambule de la Charte des Nations Unies, 1945.

- **Le fonctionnement du Conseil de sécurité pose problème.** Il est composé de six membres provisoires, qui changent tous les deux ans, et de cinq membres permanents qui sont les grands vainqueurs de la guerre : États-Unis, URSS, Chine, Royaume-Uni et France. Les membres permanents ont un droit de veto : chacun d'entre eux peut donc bloquer l'action de l'ONU.

- **L'efficacité de l'ONU repose donc sur la bonne entente entre ses membres** : or la guerre froide va mettre fin à cette entente.

2. La division du monde en deux blocs antagonistes

Vidéo
Le plan Marshall

- **Dès 1947, la proposition américaine du plan Marshall divise l'Europe.**

- **La rupture entre les États-Unis et l'URSS intervient à propos de l'Allemagne** : en 1948, Staline ordonne un blocus de Berlin, auquel les États-Unis, le Royaume-Uni et la France résistent. En 1949, l'Allemagne est divisée en deux États, RFA (République fédérale d'Allemagne) à l'ouest et RDA (République démocratique allemande) à l'est. Cette division est aggravée par la construction du mur de Berlin en 1961.

- **La division de l'Allemagne installe le monde entier dans un affrontement entre deux blocs** : le bloc occidental, composé des États-Unis et de leurs alliés réunis dans l'OTAN, le bloc soviétique composé de l'URSS et des démocraties populaires (pays communistes d'Europe de l'Est).

- **Cette logique bipolaire se retrouve à l'œuvre dans plusieurs conflits** : la guerre de Corée (1950-1953) et la guerre du Viêtnam (1964-1973) voient s'affronter un même peuple divisé en deux États ; au nord un État communiste et appuyé par l'URSS et la Chine, au sud un État pro-américain soutenu militairement par les États-Unis.

Doc. **Le pont aérien américain lors du blocus de Berlin, *Der Spiegel*, septembre 1948**

- **Les États-Unis appliquent « l'endiguement »** : il s'agit d'empêcher le communisme de progresser dans le monde, en intervenant militairement si nécessaire.

- **La logique bipolaire permet aux deux superpuissances de s'affronter indirectement**, par alliés interposés.

Sachez que...
La guerre froide a aussi eu des répercussions en Afrique et en Amérique latine, où les tentatives de l'URSS d'étendre son influence ont été combattues par les États-Unis. Ex. : en 1973, au Chili, le socialiste Allende est renversé avec l'aide américaine.

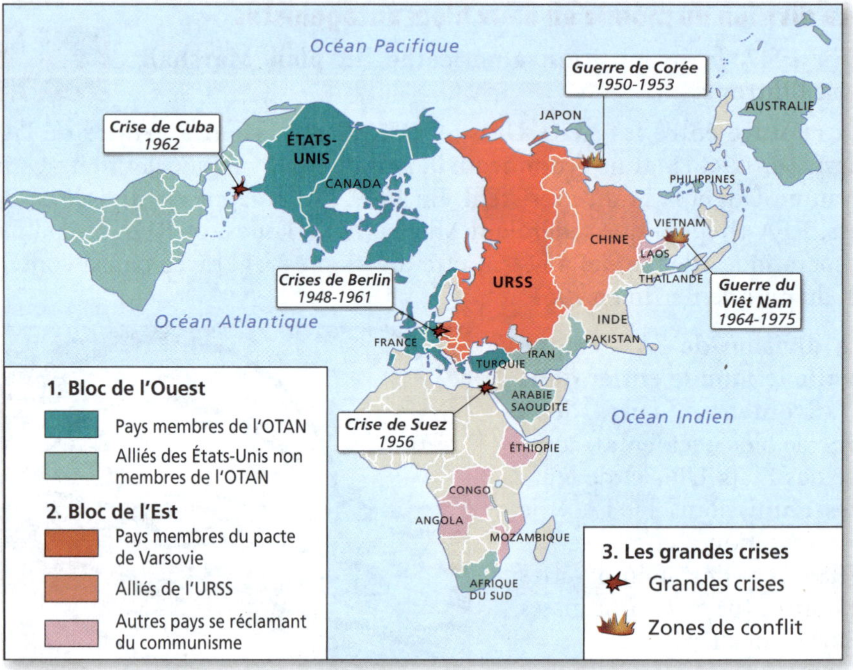

Doc. Le monde bipolaire

3. La guerre froide : « paix improbable, guerre impossible » (Raymond Aron)

• **Les deux superpuissances sont des ennemis idéologiques irréconciliables** : le bloc occidental est présenté par la propagande soviétique comme une menace pour l'humanité entière ; dans les années 1980, le président américain Ronald Reagan présente l'URSS comme l'« empire du mal ». La paix semble donc improbable.

• **Tout conflit direct entre les deux superpuissances est cependant soigneusement évité**, car il mènerait à l'emploi de l'arme nucléaire, que chacune des deux possède, et entraînerait donc leur destruction mutuelle : c'est la dissuasion nucléaire. La crise des missiles de Cuba en 1962 est si grave qu'elle ouvre une phase de « détente ».

B La lente fin de la guerre froide

1. Les changements des années 1970 et 1980

• **Les années 1970 voient l'émergence de nouvelles forces** : les deux superpuissances ne dominent plus sans partage : le bloc communiste est ébranlé par la rivalité entre l'URSS et la Chine, qui s'affirme sur la scène internationale en se rapprochant des États-Unis ; au Moyen-Orient, la République islamique d'Iran s'affirme à la fois anti-américaine et anti-soviétique à partir de 1979.

- **En 1985, Gorbatchev arrive au pouvoir en URSS** avec la volonté de mener une politique nouvelle : cela se traduit notamment par des négociations sur les armements avec les États-Unis. Le régime soviétique s'effondre peu à peu.

Sachez que...
Les deux mots clés de la politique de Gorbatchev sont ***perestroïka*** (restructuration de l'économie vers une économie plus libérale) et ***glasnost*** (transparence, donc une certaine démocratie).

2. La fin de la guerre froide (1989-1991)

- **Le 9 novembre 1989, le mur de Berlin est abattu**, sans que cela entraîne de réaction de la part de l'URSS. Cela ouvre la voie à la réunification des deux Allemagne, le 3 octobre 1990, et à la fin de la guerre froide en Europe.
- **Juillet 1991 marque la fin officielle de la guerre froide** : les accords militaires qui liaient entre eux l'URSS, les démocraties populaires et d'autres États communistes sont abolis. En décembre, l'URSS éclate et donne naissance à plusieurs républiques indépendantes.

L'ESSENTIEL

La guerre froide

- Créée en 1945, l'ONU est empêchée de remplir sa mission de sécurité collective compte tenu du déclenchement de la guerre froide dès 1947.
- La guerre froide oppose les deux superpuissances et les blocs d'alliances qu'elles ont constitués. C'est un affrontement idéologique et, du point de vue militaire, indirect.
- La fin de la guerre froide entre 1989 et 1991 est l'aboutissement d'un processus commencé dans les années 1970 et marqué par la contestation grandissante de la logique bipolaire des relations internationales, ainsi que par l'affaiblissement progressif de l'URSS.

ZOOM SUR...

La crise des missiles de Cuba

1 Les origines géopolitiques de la crise

→ **Dès la fin du XIXe siècle les États-Unis ont établi leur influence sur Cuba,** une île proche de leur rivage, de façon à empêcher qu'une autre puissance s'y installe. **En 1959, la révolution de Fidel Castro, qui se réclame du communisme, renverse le gouvernement pro-américain.** En **1961**, les États-Unis tentent d'envahir Cuba : ce « **débarquement de la baie des Cochons** » est un échec.

→ Les enjeux de la crise sont donc liés à la fois à la sécurité des États-Unis, à leur prestige international et à **l'opposition idéologique entre États-Unis et URSS dans la guerre froide.**

2 Le contexte de la course aux armements

→ Dès l'explosion des bombes atomiques (bombes A) à Hiroshima et à Nagasaki à l'été 1945, **l'URSS essaie de rattraper l'avance technologique américaine.** Elle réussit à faire exploser une bombe A en 1949.

Doc. Un conflit géopolitique et idéologique

« Le gouvernement soviétique avait attiré à maintes reprises l'attention des gouvernements de tous les pays et de l'opinion mondiale sur le grave danger que représente pour la cause de la paix la politique appliquée par les États-Unis à l'égard de la République cubaine. La déclaration du président américain atteste que rien n'arrête les milieux impérialistes américains dans leurs tentatives d'étouffer un État souverain membre de l'ONU. Ils sont prêts, pour atteindre ce but, à précipiter le monde dans le gouffre d'une catastrophe militaire. Les peuples de tous les pays doivent se représenter clairement qu'en entreprenant cette aventure les États-Unis d'Amérique font un pas dans la voie du déclenchement d'une guerre thermonucléaire mondiale ».

Extrait de la déclaration du gouvernement soviétique du 23 octobre 1962, en réponse à la déclaration du président Kennedy du 22 octobre 1962.

→ En 1952, les États-Unis reprennent leur avance technologique en faisant exploser une bombe H, cent fois plus puissante. Dès 1953, l'URSS se dote aussi de la bombe H. C'est donc l'escalade : **chaque super-puissance cherche en permanence à surpasser l'autre.**

→ **À l'été 1962 Khrouchtchev**, secrétaire général du Parti communiste soviétique et donc le plus haut personnage de l'État soviétique, **décide d'envoyer à Cuba des missiles nucléaires dirigés vers les États-Unis**, afin de les dissuader de renverser le régime castriste.

3 La plus grave crise de la guerre froide et ses conséquences

→ La crise elle-même dure du 14 au 28 octobre 1962. **Pour la première fois, il y a un risque d'affrontement direct entre les deux Grands.** Cet affrontement aurait été nucléaire, donc extrêmement destructeur. Par le jeu des alliances, OTAN et Pacte de Varsovie, de très nombreux pays, notamment européens, peuvent également être impliqués : cela entraîne un risque de mondialisation de la guerre.

→ **Kennedy refuse l'escalade militaire et choisit la négociation**, tout en se montrant ferme : il met en place le blocus de l'île de Cuba et utilise l'ONU pour dénoncer l'attitude agressive des Soviétiques. Khrouchtchev de son côté reste ouvert à la négociation.

Doc. La présentation des preuves américaines à l'ONU

→ **La crise se résout par des concessions réciproques :** l'URSS retire les missiles nucléaires de Cuba, les États-Unis s'engagent à ne pas envahir l'île.

→ **Cette grave crise pousse les deux Grands à lancer une période de « détente ».** L'affrontement direct est rejeté : les deux États mettent en place le « **téléphone rouge** » afin que leurs chefs puissent s'entretenir en cas de crise. L'affrontement indirect est resté la règle en Europe, en Asie et en Afrique.

COURS

2 Des colonies aux États nouvellement indépendants

A La marche vers l'indépendance

Vidéo
Indépendances et construction de nouveaux États

1. Un processus qui s'accélère à partir de 1945

- **À partir de 1945** les colonies réclament leur autonomie, voire leur indépendance.
- **La décolonisation de l'Asie est antérieure à celle de l'Afrique** : Indes britanniques en 1947, Indonésie en 1949, Indochine française (Laos, Cambodge, Viêtnam) en 1954.
- **La décolonisation de l'Afrique commence au milieu des années 1950 puis se poursuit dans les années 1960** : Tunisie et Maroc en 1956, Algérie en 1962. La plupart des colonies françaises d'Afrique subsaharienne deviennent indépendantes en 1960, tandis que les possessions britanniques le deviennent entre 1957 et 1968.

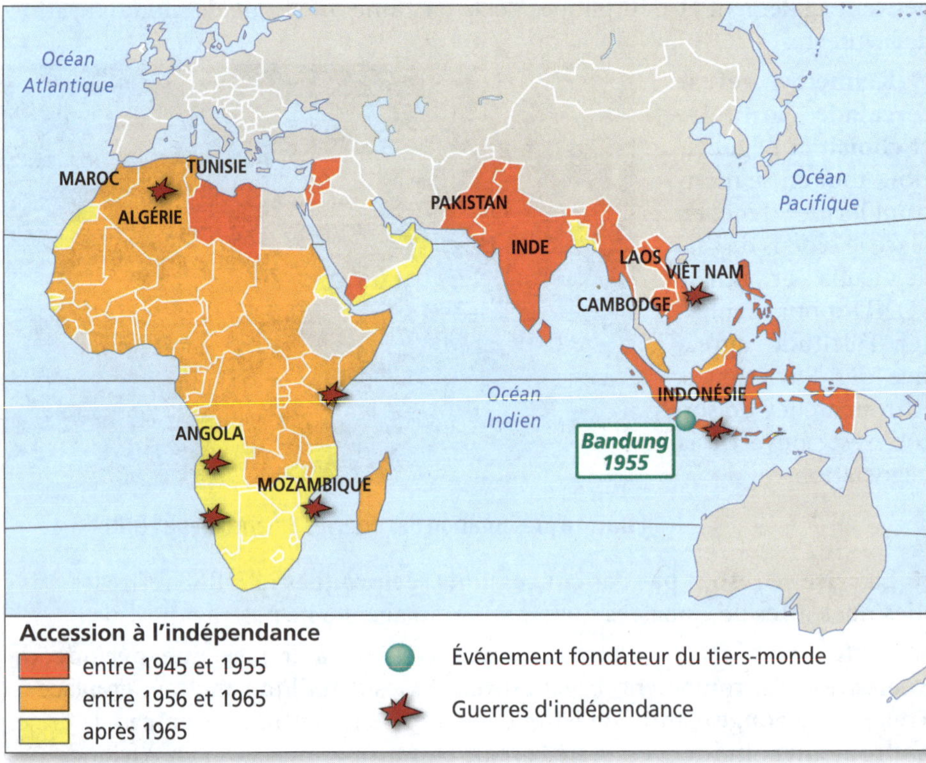

Doc. La décolonisation en Afrique et en Asie

2. La volonté des nouveaux États de s'affirmer sur la scène politique internationale

- **En 1955, les pays déjà décolonisés tiennent une conférence à Bandung**. Ils réclament le soutien de l'ONU dans la décolonisation.
- **La conférence de Bandung déboucha en 1961 sur le mouvement des « non-alignés »** qui dénonçait le « néo-colonialisme » et les tentatives de prise d'influence de l'URSS et des États-Unis.

B Un processus entre violence et négociation

1. Généralités

- Les colonies réclament leur indépendance au nom du **droit des peuples à disposer d'eux-mêmes** et de l'aide qu'elles ont pu apporter aux métropoles (pays colonisateurs) pendant la Seconde Guerre mondiale.
- La décolonisation s'est fréquemment traduite par **une guerre entre l'État colonisateur et le pays colonisé** : conflit entre Indonésie et Pays-Bas (1945-1949), guerre d'Indochine (1954-1956), guerre d'Algérie (1954-1962)…
- En Afrique subsaharienne, **le processus de décolonisation évolua vers la négociation**. La Constitution de la Ve République, en 1958, laissait par exemple le choix aux colonies entre indépendance et autonomie.

2. Le cas des Indes britanniques

- **La colonie des Indes était constituée de plusieurs territoires qui forment aujourd'hui des États distincts** : Inde, Pakistan, Bangladesh. Les Indes étaient peuplées d'hindous et de musulmans.
- **Les partis nationalistes indiens ont une existence déjà ancienne** : le Parti du Congrès (celui de Gandhi et de Nehru) fut fondé en 1885, la Ligue musulmane en 1906. Pendant la Seconde Guerre mondiale, leurs revendications évoluent nettement vers l'indépendance.
- **Le cas des Indes britanniques est ambigu** : les Britanniques et les dirigeants indiens, Nehru et Gandhi, ne voulaient pas d'une guerre de décolonisation. L'indépendance fut donc assez rapidement négociée et intervint dès août 1947. Mais les Britanniques laissèrent une colonie profondément divisée : l'indépendance s'accompagna d'affrontements qui aboutirent à la séparation de deux États, l'Inde et le Pakistan.

> **Sachez que…**
> En 1947, les conflits entre hindous et musulmans firent entre 300 000 et 500 000 morts et entre 10 et 15 millions de réfugiés.

COURS

C Une étude de cas : l'accession à l'indépendance de l'Indochine

1. Les raisons d'une guerre longue

• **Un mouvement nationaliste se développe en Indochine dès l'entre-deux-guerres** : il s'incarne dans le Parti communiste indochinois, fondé en 1930 par Hô-Chi-Minh. Il est ensuite connu sous le nom de Viêt-Minh.

• **Pendant la Seconde Guerre mondiale l'Indochine est occupée par le Japon**, allié de l'Allemagne nazie. La défaite de la France en 1940 a durablement atteint son prestige dans les colonies.

Doc. **Le début de la décolonisation en Indochine**

« La vérité est que nous avons saisi notre indépendance des mains des Japonais et non des mains des Français. Avec la fuite des Français, la capitulation des Japonais et l'abdication de l'empereur Bao-Dai, notre peuple a brisé les chaînes qui avaient pesé sur nous pendant près de cent ans et a fait de notre Vietnam un pays indépendant. Notre peuple a en même temps renversé le régime monarchique établi depuis des dizaines de siècles et il a fondé la République. [...] Nous sommes convaincus que les Alliés, qui ont reconnu le principe de l'égalité entre les peuples aux conférences de Téhéran et de San Francisco, ne peuvent que reconnaître l'indépendance du Vietnam ».

Déclaration d'indépendance de la République du Viêtnam, 2 septembre 1945.

• **Les premières années de la guerre d'Indochine coïncident avec le développement de la guerre froide en Asie :** le Viêt-Minh est soutenu par l'URSS, puis par la Chine communiste à partir de 1949. Les États-Unis encouragent l'autre camp. Il y a donc ici un lien direct entre longueur d'une guerre de décolonisation et guerre froide.

2. Le déroulement de la guerre

• **La guerre proprement dite commence en novembre 1946 et s'achève en juillet 1954.** D'abord guérilla (guerre d'embuscades menée par des petits groupes de combat très mobiles), le conflit s'étend à partir de 1949. L'armée française y mène alors une guerre plus conventionnelle, avec des attaques frontales contre l'ennemi.

• **Le gouvernement français exploite les divisions du peuple vietnamien**. En 1949, voulant créer un contrepoids à la République démocratique du Viêtnam proclamée au nord par Hô-Chi-Minh, la France met sur pied au sud un État du Viêtnam qui se prétend indépendant, confié à l'ex-empereur Bao-Dai. Ainsi, à la guerre de décolonisation s'ajoute une guerre civile entre communistes et non-communistes.

- **La guerre d'Indochine est aussi une guerre de propagande** : en France, le Parti Communiste Français (PCF) fait bien sûr campagne contre. Le mouvement Paix et Liberté lance ensuite des campagnes d'affichage pour faire de la guerre d'Indochine l'avant-poste de la guerre froide et de la lutte contre le communisme.
- **La guerre s'achève pour la France sur la défaite de Diên Biên Phu en mai 1954.**

Doc. Affiche de Paul Colin pour le mouvement Paix et Liberté, 1954

3. Les conséquences de la guerre

- **Les accords de Genève du 24 juillet 1954** reconnaissent l'indépendance du Laos, du Cambodge et du Viêtnam.
- **Le Viêtnam est cependant coupé en deux** de part et d'autre d'une ligne de démarcation : au nord la République démocratique du Viêtnam, communiste ; au sud, l'État du Viêtnam qui conservait des liens étroits avec la France.
- **L'État du Viêtnam (au sud) bascule dans la dictature en 1955.** Cette dernière est soutenue par les États-Unis qui souhaitent combattre le Viet-Minh (au nord). Cela explique la future guerre du Viêtnam (1964-1973).

L'ESSENTIEL

Des colonies aux États nouvellement indépendants

- La principale phase de la décolonisation s'étend de 1947 à 1962. Ce processus s'est produit en deux étapes : l'Asie entre 1947 et 1954, l'Afrique à partir de 1956.
- La décolonisation est marquée par des guerres. Même quand il n'y eut pas à proprement parler de guerre de décolonisation, elle s'est traduite par des troubles civils importants, comme dans les Indes.
- La guerre d'Indochine est un exemple d'une guerre de décolonisation longue et violente, liée à la guerre froide et qui débouche sur des États fragiles.

ZOOM SUR...

La guerre d'Algérie (1954-1962)

1 Les trois phases de la guerre

→ **1954-1956** : le 1er novembre 1954, le **Front de libération nationale** (FLN) lance la lutte armée pour l'indépendance. Le gouvernement français refuse de reconnaître un état de guerre et évoque seulement des opérations de « maintien de l'ordre ».

→ **1956-1958** : **le gouvernement français envoie en Algérie le contingent**, c'est-à-dire les troupes constituées des jeunes gens faisant leur service militaire. Il y a une escalade de la violence dans les deux camps : usage de la torture, attentats…

→ **1958-1962** : le général de Gaulle entame un processus de négociation. Cela entraîne la **formation de l'OAS** (Organisation armée secrète), partisane de l'Algérie française, qui se livre à des attentats en Algérie et en France. Les négociations aboutissent en mars 1962 aux **accords d'Evian**, qui reconnaissent l'**indépendance de l'Algérie**.

Doc. Barricades élevées à Alger par des partisans de l'Algérie française, janvier 1960

2 Pourquoi une accession si difficile à l'indépendance ?

→ **L'Algérie était considérée comme l'élément le plus important de l'empire colonial français.** Transformée en département, donc en partie du territoire français, dès 1848, c'était une colonie de peuplement : s'y étaient installés un grand nombre de Français et d'Européens, appelés « **Pieds-Noirs** » (ils sont 1 million en 1945).

→ Les **nationalistes algériens** sont divisés entre des courants modérés, dirigés par Ferhat Abbas et Messali Hadj, et des courants plus radicaux et violents rassemblés dans le FLN. Le gouvernement français essaie de profiter de ces divisions. Cela a pour conséquences de prolonger la guerre (car aucun parti n'apparaît comme le représentant légitime des Algériens) et de poser les bases de futures luttes internes en Algérie.

Doc. Une guerre civile entre Algériens

Il est porté à la connaissance de tous que ces soldats appartenaient à l'armée de Messali qui s'est dissociée de l'union algérienne […]. En conséquence, l'Armée de libération nationale, qui s'honore d'appartenir au Front de libération nationale, a prononcé leur condamnation à mort. C'est le sort, désormais, de tous ceux qui divisent l'union nationale.

Texte retrouvé sur le corps de seize partisans de Messali Hadj tués le 16 mars 1956.

3 Conséquences immédiates et séquelles à long terme

→ **L'enlisement de la guerre provoque une grave crise politique en France**, la chute de la IVe République en mai 1958 et la fondation de la Ve République par de Gaulle.

→ Les accords d'Evian et l'indépendance de l'Algérie en 1962 provoquent le **retour massif et non préparé des Pieds-Noirs** en métropole ainsi que **le massacre et l'exil des harkis**, Algériens engagés dans l'armée française entre 1957 et 1962.

→ Les violences de la guerre, qui ont mis en cause les valeurs de la République française, et ses conséquences dramatiques ont contribué à la **naissance de plusieurs mémoires de la guerre** (celle des Français de métropole, celle des Français d'Algérie, celle des Algériens nationalistes, celle des harkis…) qui entrent souvent en concurrence.

Repères chronologiques

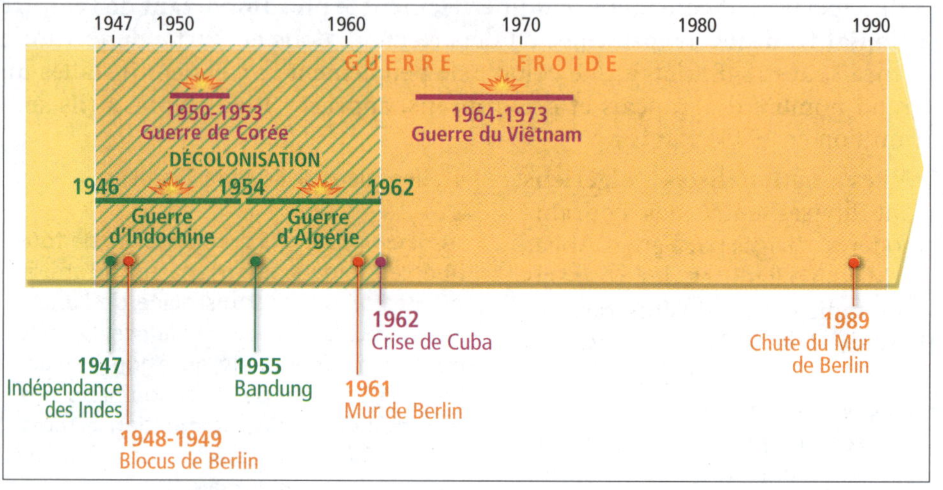

Mots clés

■ **Autonomie** : liberté de gouvernement accordée à un territoire dans le cadre d'un empire colonial.

■ **Décolonisation** : passage d'un territoire du statut de colonie soumise à une métropole à celui d'État indépendant.

■ **Démocraties populaires** : pays communistes d'Europe de l'Est après 1947.

■ **Détente** : phase de la guerre froide ouverte en 1962 après la crise des missiles de Cuba. Elle fut marquée, jusqu'en 1975, par un esprit de négociation et de compromis entre États-Unis et URSS.

■ **Dissuasion nucléaire** : doctrine selon laquelle, la puissance nucléaire des États-Unis et de l'URSS étant quasiment égale, celui qui attaquerait l'autre se verrait assuré de destruction mutuelle en représailles. Les deux Grands seraient donc dissuadés d'utiliser l'arme nucléaire.

■ **Droit de véto** : voir p. 287.

■ **Endiguement** : politique menée par les États-Unis à partir de 1947 pour contenir les progrès du communisme soviétique dans le monde.

■ **Indépendance** : statut d'un État souverain qui ne dépend d'aucun autre État.

■ **Mouvement des non-alignés** : mouvement créé entre 1955 et 1961 à l'initiative de l'Inde, de l'Égypte et de la Yougoslavie, dans le double contexte de la décolonisation et de la guerre froide, pour défendre l'indépendance des nouveaux États face aux anciennes métropoles et aux deux superpuissances.

■ **Néo-colonialisme** : maintien de l'influence politique et économique d'une ancienne métropole sur ses ex-colonies.

■ **OTAN** : voir p. 248.

- **Plan Marshall** : voir p. 93.
- **Sécurité collective** : voir p. 108.
- **Superpuissance** : désignait les États-Unis et l'URSS : deux grandes puissances à la tête d'un bloc à la fois politique, militaire, économique et idéologique.

Personnages clés

Harry S. TRUMAN (1884-1972)

Président des États-Unis de 1945 à 1953, il gouverna la politique étrangère de l'après Seconde Guerre mondiale et des débuts de la guerre froide. La « doctrine Truman » est à l'origine de l'endiguement.

Jawaharlal NEHRU (1889-1964)

Militant pour l'indépendance des Indes britanniques, il fut Premier ministre de l'Inde de 1947 à 1964. Il est à l'origine du mouvement des non-alignés.

John F. KENNEDY (1917-1963)

Président des États-Unis de 1960 à 1963, il se distingua par sa fermeté à l'égard des Soviétiques, à Berlin et à Cuba. Il laissa néanmoins la porte ouverte à des négociations.

Mikhaïl GORBATCHEV (né en 1931)

Secrétaire général du Parti communiste d'URSS de 1985 à 1991, il tenta de réformer le régime et de sortir de la guerre froide en lançant des appels au désarmement et à la coopération avec les États-Unis.

Document majeur

Doc. Discours de J.F. Kennedy à Berlin, 26 juin 1963

«Il ne manque pas de personnes au monde qui ne veulent pas comprendre ou qui prétendent ne pas vouloir comprendre quel est le litige entre le monde communiste et le monde libre. Qu'elles viennent donc à Berlin. [...] Notre liberté éprouve certes beaucoup de difficultés et notre démocratie n'est pas parfaite. Cependant, nous n'avons jamais eu besoin, nous, d'ériger un mur pour empêcher notre peuple de s'enfuir. Je ne connais aucune ville qui ait connu dix-huit ans de régime d'occupation et qui soit restée aussi vitale et forte et qui vive avec l'espoir et la détermination qui est celle de Berlin-Ouest. Le mur fournit la démonstration éclatante de la faillite du système communiste. [...] La population de Berlin-Ouest peut être certaine qu'elle a tenu bon pour la bonne cause sur le front de la liberté pendant une vingtaine d'années. Tous les hommes libres, où qu'ils vivent, sont citoyens de cette ville de Berlin-Ouest, et pour cette raison, en ma qualité d'homme libre, je dis : "Ich bin ein Berliner" (Je suis Berlinois)».

Je vérifie mes connaissances

1 Quel rôle l'ONU a-t-elle joué dans les relations internationales de 1945 à nos jours ?

2 Donnez deux exemples de pays qui ont été divisés en deux États différents à cause de la guerre froide.

3 Le processus de décolonisation a-t-il toujours été violent ?

4 En quoi la guerre d'Indochine est-elle à la fois une guerre de décolonisation et un épisode de la guerre froide ?

Vers le brevet

Doc. **Caricature de Leslie G. Illingworth parue dans le Daily Mail le 29 octobre 1962**

1. Présentez ce document.

2. Qui sont les deux personnages ? Quels pays représentent-ils ? Que savez-vous des relations entre ces deux pays ?

3. Pourquoi peut-on dire que cette caricature représente bien la dissuasion nucléaire ?

4. En quoi la crise des missiles de Cuba est-elle caractéristique de la guerre froide, tout en étant un moment très particulier ?

Je vérifie mes connaissances

1 Lorsqu'elle fut créée en 1945, l'ONU devait assurer la sécurité collective : tous les membres devaient défendre l'un d'entre eux s'il était attaqué. La guerre froide l'empêcha de mener à bien cette mission : elle devint un des lieux où s'opposèrent bloc occidental et bloc soviétique. À la fin de la guerre froide, son rôle parut plus important, mais l'ONU reste impuissante à régler un certain nombre de conflits : guerre en ex-Yougoslavie, conflit israélo-palestinien.

2 Deux pays furent divisés en deux États à cause de la guerre froide : l'Allemagne, partagée entre République fédérale allemande (pro-occidental) et République démocratique allemande (communiste) en 1949 ; le Viêtnam, partagé entre République démocratique du Viêtnam (communiste) et État du Viêtnam (pro-occidental) en 1954.

Conseil

Ne vous contentez pas de répondre simplement « l'Allemagne et le Viêtnam » : essayez de toujours justifier vos réponses.

3 La décolonisation ne se traduisit pas toujours par une guerre de décolonisation entre la métropole et sa colonie, sur le modèle de la guerre d'Algérie. Cependant, le processus de décolonisation se traduisit très souvent par des troubles une fois l'indépendance acquise. En témoignent la partition des Indes en 1947 ou les guerres civiles qui éclatèrent dans les anciennes colonies d'Afrique noire.

4 La guerre d'Indochine fut une guerre de décolonisation parce qu'un mouvement nationaliste, le Viêt-Minh, prit les armes pour obtenir l'indépendance contre la métropole française. Ce fut aussi un épisode de la guerre froide car l'URSS et les États-Unis y intervinrent indirectement pour étendre leur influence.

Vers le brevet

1 Ce document est une caricature, c'est-à-dire une image humoristique destinée à illustrer la presse en mettant l'accent sur les traits essentiels d'une situation. Celle-ci a été réalisée par Leslie G. Illingworth pour le *Daily Mail*. Elle a été publiée le 29 octobre 1962, alors que la guerre froide voyait s'affronter les États-Unis et l'URSS à travers leurs alliés interposés. Elle illustre la crise des missiles de Cuba.

Point de méthode

Présenter un document en histoire implique d'expliquer plusieurs choses. Tout d'abord, sa **nature** : (type de texte ou d'image). Puis la source, le livre ou le journal d'où est tiré le document. Il faut expliquer qui est **l'auteur**. Il faut enfin rappeler la **date** de réalisation du document et son **contexte** historique dont la description doit être la plus exhaustive possible.

2 Les deux personnages sont Nikita Khrouchtchev, secrétaire général du Parti communiste d'URSS, et John F. Kennedy, président des États-Unis. Alliés contre l'Allemagne nazie pendant la Seconde Guerre mondiale, leurs pays se lancèrent l'un contre l'autre à partir de 1947 dans un conflit idéologique et militaire, mais sans affrontement direct entre les deux protagonistes, nommé la « guerre froide ».

3 Khrouchtchev est représenté assis sur une bombe américaine (elle porte la mention « USA ») tandis que Kennedy est assis sur une bombe soviétique (elle porte la mention « USSR », pour *Union of Soviet Socialist Republics*). Chacun est prêt à déclencher celle sur laquelle est assis l'adversaire. C'est le principe même de la dissuasion nucléaire : si l'une des deux superpuissances attaque l'autre, elle est assurée de représailles nucléaires qui détruiraient son territoire. Les deux hommes transpirent à grosses gouttes : cela illustre la tension et le danger de la crise des missiles de Cuba. Si la dissuasion nucléaire fonctionne, c'est parce qu'on ne peut pas utiliser l'arme nucléaire sans être certain de la voir se retourner contre soi.

> **Conseil**
> Commencez toujours par décrire précisément les images qu'on vous propose, afin de fixer vos idées et de dérouler le raisonnement. Ensuite, expliquez la signification historique de ce que vous venez de décrire.

4 La crise des missiles de Cuba fut caractéristique de la guerre froide car elle fut bien un affrontement entre États-Unis et URSS et impliqua le risque d'utilisation de l'arme nucléaire. En même temps, elle en fut un épisode particulier car on ne s'était jamais autant approché d'une guerre directe entre les deux superpuissances. Cette crise ouvrit d'ailleurs une nouvelle phase de la guerre froide, la « détente ».

CHAPITRE 5

Affirmation et mise en œuvre du projet européen

DE QUOI S'AGIT-IL ?

En 1945, l'Europe sort profondément bouleversée et ruinée de la Seconde Guerre mondiale. Le projet d'une union des peuples européens est d'abord censé empêcher le retour de la guerre. La Seconde Guerre mondiale est également perçue comme une conséquence de la crise économique des années 1930 : le but du projet européen est donc d'assurer à la fois la paix et la prospérité. La guerre froide va d'abord limiter la construction européenne à l'Europe de l'Ouest : le projet européen est étroitement lié à la résistance contre les régimes totalitaires et à la démocratie. La construction européenne va progressivement s'élargir à d'autres États, en fonction des changements géopolitiques, et s'approfondir en s'étendant à d'autres domaines que le commerce.

1 La naissance de la communauté européenne : les idées fondatrices

A L'ancrage de la communauté européenne dans le bloc occidental

Vidéo
Retrospective sur la CECA

- **Dès 1943, l'idée d'une fédération européenne** rassemblant tous les pays d'Europe avait été émise par Jean Monnet.
- **Les débuts de la guerre froide et la division de l'Europe en deux blocs opposés rendent impossible la réalisation de cette idée.** En 1947, les pays qui acceptent le plan Marshall et rejoignent le bloc atlantiste forment l'OECE (Organisation Européenne de Coopération Économique).
- **En 1950, la réconciliation franco-allemande est amorcée par le plan Schuman, qui crée la CECA.** Mais d'autres projets échouent en 1954.

B L'Europe : intégration économique, paix et valeurs démocratiques

- **Le processus d'union est relancé par les traités de Rome du 25 mars 1957,** qui créent l'Euratom et la CEE. La CEE est une organisation supranationale.
- **Son objectif est de créer un Marché commun** où, grâce à l'abaissement des droits de douane, les marchandises circuleraient librement dans la CEE.
- **Dès cette époque, un des critères d'adhésion à l'Europe est la démocratie.** Son objectif est de pacifier et d'unir le continent européen tout entier et seules les démocraties semblaient capables de mettre en œuvre ce projet.

Doc. Les enjeux des traités de Rome

« Ceux qui furent autrefois les plus réticents à l'égard des projets d'édification de l'Europe, mais qui ont compris les leçons que nous ont données trop d'événements récents, sentent aujourd'hui comme nous que le 25 mars 1957 constituera une des plus importantes dates de l'histoire de notre continent. La création de l'Euratom et du Marché commun nous obligera, sans doute, à surmonter bien des difficultés politiques et techniques, mais les résultats que nous pouvons attendre de ces deux traités, si nous avons, comme je l'espère, le courage de les appliquer dans leur esprit, sont tels qu'ils transformeront complètement les conditions de vie des populations de nos six pays ».

Discours de Christian Pineau, ministre des Affaires Étrangères français, Rome, 25 mars 1957.

C Premiers débats sur la forme de la communauté européenne

- **Les débats des années 1950 avaient fait apparaître un clivage important entre unionistes et fédéralistes.** Les unionistes sont partisans d'une union d'États qui garderaient leur souveraineté, tandis que les fédéralistes souhaitent la mise en place d'un véritable État européen, où les États garderaient des compétences limitées.

- **Ce clivage ressurgit sous la présidence de De Gaulle** et provoque plusieurs crises. Le président français était de conviction unioniste face à d'autres dirigeants européens de sensibilité fédéraliste. En 1965, il refuse que désormais les décisions de la CEE soient prises à la majorité et non plus à l'unanimité.

Sachez que...

On appelle cette crise de 1965, la crise de la « chaise vide ». En effet, De Gaulle boycotta la CEE pendant six mois.

L'ESSENTIEL

La naissance de la communauté européenne

- La communauté européenne naît dans le sillage de la guerre froide.
- Les traités fondateurs visent à créer un marché commun, mais aussi à assurer la paix et la démocratie.
- Les débats sur la forme plus ou moins fédéraliste que devait revêtir l'Europe commencent dès les années 1950.

2 Une double évolution : élargissement et approfondissement

A L'élargissement spatial de l'Europe unie

• **La construction européenne s'étend progressivement à 12 membres jusqu'en 1986 :** le Royaume-Uni, l'Irlande et le Danemark en 1973 ; la Grèce en 1981 puis l'Espagne et le Portugal en 1986, ce qui rééquilibre l'Europe vers le sud.

• **La fin de la guerre froide permet un élargissement véritablement étendu à tout le continent européen.** En 1995, des pays neutres (Autriche, Finlande, Suède) rejoignent l'Union Européenne. En 2004, dix nouveaux États, en majorité issus de l'ancien bloc communiste, entrent dans l'UE : Chypre, Malte, Estonie, Lettonie, Lituanie, Hongrie, Pologne, République tchèque, Slovaquie et Slovénie. En 2007, l'élargissement s'étend à la Bulgarie et à la Roumanie, créant ainsi l'UE à 27. En 2013, la Croatie entre dans l'UE (voir carte p. 224).

B L'approfondissement communautaire

• **Dans les années 1970 et 1980, l'approfondissement connaît des succès mais aussi des difficultés.** En 1979, naît le Parlement européen, élu tous les cinq ans au suffrage universel, ce qui renforce la démocratie. Mais les intérêts nationaux s'affirment au détriment de la supranationalité : le gouvernement britannique obtient par exemple de bénéficier de la part de l'UE de sommes identiques à celles versées par lui.

• **En 1992, le traité de Maastricht crée l'Union Européenne (UE), fondée sur une Union Économique et Monétaire (UEM).** L'intégration économique aboutit à la mise en place d'une monnaie commune, l'euro, en 2002.

• **Cette intégration reste limitée :** seuls 19 membres sur 27 ont adopté l'euro ; il n'existe pas de politique économique commune ni d'impôt européen ; l'UE ne possède toujours pas d'organe exécutif élu par ses citoyens.

L'ESSENTIEL

Élargissement et approfondissement

- À partir des années 1970, la construction européenne s'est élargie de 6 à 28 membres.
- D'un simple marché commun elle s'achemine vers une union économique et monétaire, mais l'union politique est freinée par les difficultés de l'approfondissement.

ZOOM SUR...

La construction européenne dans les années 1950 : les années fondatrices

1 Les débuts de la construction européenne : des réalisations limitées mais concrètes

→ **Le 9 mai 1950, Robert Schuman et Jean Monnet proposent de mettre en commun les ressources industrielles** de la France, de l'Allemagne et d'autres pays ouest-européens. Leurs objectifs sont la réconciliation franco-allemande et la paix européenne. Selon eux, seules des réalisations économiques concrètes, même limitées à un domaine particulier, peuvent amener les peuples sur la voie de la collaboration.

→ **De ce plan naît la CECA, Communauté Européenne du Charbon et de l'Acier**, dont sont membres la France, l'Allemagne, l'Italie, la Belgique, le Luxembourg et les Pays-Bas.

Doc. Signature du traité de Paris instituant la CECA, 1951
Au centre on reconnaît Robert Schuman.

→ **La CECA innove sur le plan institutionnel :** elle est constituée d'une Haute Autorité supranationale ; d'un Conseil des ministres qui représente les gouvernements ; d'une Assemblée commune à tous les pays membres. C'est donc une institution fédérale.

2 Le temps des échecs : la CED

→ **Le contexte de la guerre froide rendait nécessaire la renaissance d'une armée allemande** qui participerait à la défense du bloc atlantiste. Mais les Français, encore meurtris par la Seconde Guerre mondiale, souhaitaient contrôler cette armée.

→ Dans la même logique fédérale que celle de la CECA fut élaboré un plan de **Communauté Européenne de Défense (CED)**. Elle devait être dotée d'un Commissariat aux pouvoirs supranationaux, d'un Conseil des ministres et d'un budget européen commun.

→ **Un traité instituant la CED fut signé en 1952, mais il n'entra jamais en application.** En effet, l'opinion publique et les hommes politiques français étaient largement opposés à la CED, à sa supranationalité et au réarmement allemand. C'était un échec du fédéralisme européen.

3 La relance européenne, 1955-1957

→ En 1955, l'opinion publique s'intéresse peu à l'Europe et les mouvements pro-européens sont divisés. **Quelques hommes vont relancer le projet européen autour de Jean Monnet :** en juin 1955 la rencontre de Messine se donne pour objectif de « développer l'intégration européenne ».

→ Ce processus aboutit à la **signature le 25 mars 1957 des traités de Rome** qui créent deux communautés :

- **L'Euratom** est l'institution européenne chargée de coordonner les programmes de recherche sur l'énergie nucléaire à usage civil, non militaire.
- **La Communauté Économique Européenne** (CEE) rassemble les six membres fondateurs de la CECA. **Elle a pour objectif de réaliser un marché commun entre ces membres**, c'est-à-dire de faire disparaître les barrières douanières et d'instaurer la liberté du commerce. Elle est constituée d'une Commission supranationale, d'un Conseil des ministres et d'une Assemblée parlementaire. Ses décisions s'imposent aux gouvernements, mais elles doivent être prises à l'unanimité : c'est une institution supranationale, mais où chaque gouvernement conserve sa liberté. C'est de la CEE que surgira l'Union Européenne actuelle.

Repères chronologiques

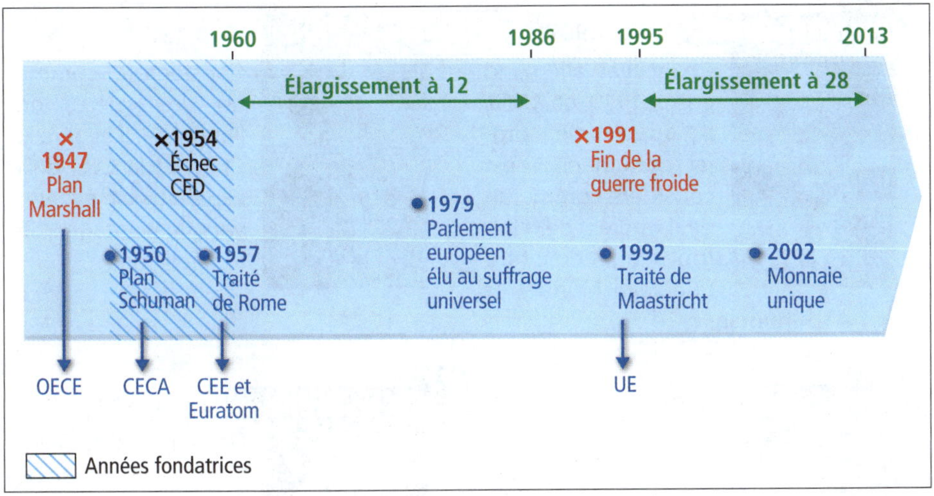

Mots clés

■ **Approfondissement** : processus qui engage l'Union européenne dans une intégration économique et politique de plus en plus poussée.

■ **Élargissement** : entrée de nouveaux pays membres dans l'Union européenne.

■ **Fédéralistes** : partisans d'une construction européenne qui ferait de l'Union européenne une fédération où les États verraient leurs pouvoirs diminuer au profit d'organisations supranationales.

■ **Fédération** : système de gouvernement où le pouvoir législatif est réparti entre un Parlement national et les assemblées législatives des provinces.

■ **Intégration économique** : élaboration de règles communes de fonctionnement économique. Elle est caractéristique de la construction européenne.

■ **Marché commun européen** : union douanière mise en place progressivement par les pays européens à partir du traité de Rome de 1957.

■ **Organisation supranationale** : organisation politique qui se situe au-dessus des États et leur impose ses décisions.

■ **Plan Marshall** : plan adopté par le Congrès des États-Unis en 1947 et constitué d'aides et de prêts destinés à soutenir la reconstruction des pays européens après la Seconde Guerre mondiale.

■ **Unionistes** : partisans d'une construction européenne qui se limiterait à une coopération entre États et à une union où chacun conserverait sa souveraineté.

Personnages clés

Konrad ADENAUER (1876-1967)

Chancelier allemand entre 1949 et 1963, il appuie le projet Schuman. Il est considéré comme un des « pères de l'Europe », au même titre que Jean Monnet et Robert Schuman.

Jean MONNET (1888-1979)

Considéré comme un des « pères de l'Europe », il inspira la CECA et la CEE, qu'il espérait voir évoluer vers davantage de fédéralisme.

Helmut KOHL (1930)

Chancelier de la RFA à partir de 1982. Au lendemain de la chute du mur de Berlin, il engagea les deux Allemagne sur la voie de la réunification. Européen convaincu, il engagea aussi son pays dans l'approfondissement de la construction européenne, notamment dans la monnaie unique.

Robert SCHUMAN (1886-1963)

De nationalité allemande à la naissance, il devient français en 1919 et entre dans la vie politique comme député. Ministre des Affaires Étrangères entre 1948 et 1952, il lance la construction européenne en 1950 avec le plan qui porte son nom et crée la CECA.

Document majeur

Doc. Deux visions divergentes de l'Europe : fédéralisme et unionisme

Les deux points de vue qui suivent viennent, le premier d'un des « pères de l'Europe », Robert Schuman, partisan d'une intégration plus poussée ; le second d'un homme politique gaulliste, partisan d'une collaboration étroite des gouvernements, certes, mais sans aucun abandon de souveraineté.

« [...] il faut une union, une cohésion, une coordination... Au point de vue politique, l'entente durable, organique, instituée entre les différents pays, doit permettre de pacifier cette Europe divisée. Il n'y a rien de tel que la coopération et la prospérité que nous espérons atteindre, pour établir l'entente entre les pays voisins. [...] L'intégration économique que nous sommes en train de réaliser ne se conçoit pas, à la longue, sans un minimum d'intégration politique. C'est un complément logique, nécessaire. Il faut que l'Europe nouvelle ait un soubassement démocratique ; que les conseils, les comités et autres organes soient placés sous le contrôle de l'opinion publique, contrôle qui soit efficace sans paralyser l'action ni les initiatives utiles. »

Robert Schuman, *Pour l'Europe*, Paris, Nagel, 1963.

« La troisième idée directrice, c'est que chaque peuple est différent des autres, incomparable, inaltérable. [...] Si vous voulez que des nations s'unissent, ne cherchez pas à les intégrer comme on intègre des marrons dans une purée de marrons. Il faut respecter leur personnalité. Il faut les rapprocher, leur apprendre à vivre ensemble, amener leurs gouvernants légitimes à se concerter et, un jour, à se confédérer, c'est-à-dire à mettre en commun certaines compétences, tout en restant indépendants pour tout le reste. »

Alain Peyrefitte, *C'était de Gaulle*, Paris, De Fallois, 1994.

Je vérifie mes connaissances

1 Sélectionnez les bonnes réponses : « La construction européenne : **a)** est liée à la guerre froide ; **b)** fut un processus sans cesse en progrès ; **c)** oppose unionistes et fédéralistes ; **d)** exige des 27 membres de UE qu'ils respectent tous les mêmes règles dans tous les domaines. »

2 Pourquoi parler de « traité de Rome » au singulier est incorrect ?

3 Quels sont les liens entre guerre froide et construction européenne ?

4 Qu'est-ce que la supranationalité ? Donnez un exemple.

Vers le brevet

Doc. La construction européenne vue par Jean Monnet dans un discours de 1953

« *Une Europe fédérée est indispensable à la sécurité et à la paix du monde libre. Aussi longtemps que l'Europe restera morcelée, elle restera faible, et sera une source constante de conflits.* [...] L'unification permettra à l'Europe d'intensifier le développement de ses ressources. Elle pourra ainsi, le moment venu, faire face aux besoins de ses habitants et prendre sa part dans les charges de la défense commune sans avoir à demander aux États-Unis de maintenir leur aide. [...] En même temps que nous poursuivrons ensemble notre action pour l'unification de l'Europe, nous continuerons notre effort pour réunir pacifiquement les Allemands de la République fédérale et ceux de l'Est. Il est essentiel d'effacer les frontières entre les nations européennes.

[...] La reconstitution d'un État allemand souverain et d'une armée nationale allemande, proposée par l'Union soviétique, tendrait à réveiller le vieil esprit nationaliste chez les Allemands et ranimerait les sentiments nationalistes des Français et des autres Européens contre les Allemands. Les vieilles blessures seraient rouvertes et les vieux ressentiments s'exerceraient à nouveau ».

Jean Monnet, *Les États-Unis d'Europe ont commencé*, Paris, Robert Laffont, 1955.

1. Où en était la construction européenne en 1953 ?

2. Relevez les allusions à la Seconde Guerre mondiale et à la guerre froide. Expliquez à quoi Jean Monnet fait allusion exactement.

3. Quels sont d'après ce texte les objectifs de la construction européenne ? Sont-ils toujours valables aujourd'hui ?

4. Qu'est-ce qui d'après ce texte pourrait faire obstacle à ce projet européen ?

Je vérifie mes connaissances

1 La construction européenne est liée à la guerre froide et oppose unionistes et fédéralistes.

2 Parler de « traité de Rome » au singulier est incorrect car le 25 mars 1957 deux traités différents furent signés, l'un instituant l'Euratom, l'autre la Communauté Économique Européenne.

> **Explication**
> La réponse b) n'est pas bonne, car la construction européenne procéda souvent par tâtonnements, avec des échecs suivis de relances – ex : en 1954, les projets de Communauté européenne de défense et de Communauté politique européenne avortèrent mais en 1957 furent signés les traités de Rome.

3 Le projet européen naquit dès la Seconde Guerre mondiale, mais le déclenchement de la guerre froide l'accéléra : il fallait unir l'Europe de l'Ouest contre le bloc soviétique. Puis, en 1991, la fin de la guerre froide et du bloc soviétique permit un élargissement de la construction européenne aux États qui avaient un statut de neutralité dans la guerre froide et aux ex-pays de l'Est.

4 La supranationalité désigne le pouvoir d'une institution politique d'imposer ses décisions aux États. La Haute Autorité de la CECA est un exemple d'institution supranationale qui régulait le marché du charbon et de l'acier.

Vers le brevet

1 En 1953, la construction européenne en est encore à ses débuts. Après le plan Schuman du 9 mai 1950, la Communauté Européenne du Charbon et de l'Acier (CECA) a été instaurée. En 1952, un traité créant une Communauté Européenne de Défense (CED) fut signé, mais en 1953 il était toujours en débat dans chaque pays membre. La CECA et la CED prévoyaient une Europe fédérale, avec des organisations supranationales.

> **Remarque**
> Indiquer la CECA et la CED pour faire un bilan de la construction européenne en 1953 est nécessaire. Mais il est bon d'ajouter l'esprit général de ces projets, la direction dans laquelle ils allaient, en l'occurrence le fédéralisme.

2 Jean Monnet fait allusion à la Seconde Guerre mondiale lorsqu'il évoque « les vieilles blessures et les vieux ressentiments » qui existaient entre les Allemands et les autres peuples européens. Pendant la guerre, l'Europe avait en effet été occupée par les Allemands et soumise à la dure loi nazie. Puis la guerre froide s'était imposée. Dans le texte on voit bien que l'Europe doit se situer entre les deux superpuissances, les États-Unis qui la soutiennent militairement dans le cadre de l'OTAN et l'URSS, contre laquelle l'Europe doit organiser une « défense commune ». La guerre froide a également eu pour résultat de diviser l'Allemagne en deux, « les Allemands de la République fédérale et ceux de l'Est », c'est-à-dire la RFA intégrée au bloc occidental et la RDA intégrée au bloc soviétique.

3 La construction européenne n'a de sens aux yeux de Jean Monnet que si elle assure la « sécurité », la « paix » et la prospérité (« le développement de ses ressources »). Les objectifs de l'Union Européenne sont toujours les mêmes aujourd'hui.

4 La guerre froide et son « rideau de fer » qui divise l'Europe restent une menace pour la paix européenne. Mais ce que craint Jean Monnet par-dessus tout, c'est le nationalisme, le repli des États sur eux-mêmes et sur leurs intérêts. En effet, dans le contexte du débat sur la CED, les méfiances entre États ressurgissaient et la volonté des États de garder leur indépendance aux dépens d'une Europe fédérale se réaffirmait.

CHAPITRE 6

Enjeux et nouveaux conflits dans le monde après 1989

DE QUOI S'AGIT-IL ?

La fin de la guerre froide met fin au système international bipolaire qui s'était imposé depuis 1947. Dans un premier temps, le monde paraît plus simple : les États-Unis sont la seule puissance planétaire ; le libéralisme économique et la démocratie semblent être les seuls modèles subsistant.

En réalité, la période 1947-1991 a légué des conflits non résolus au monde post-1991, notamment les conflits au Moyen-Orient et en Afrique. Les conflits se multiplient et prennent des formes de plus en plus complexes. Des menaces nouvelles apparaissent, comme le terrorisme international. C'est pourquoi on parle de « conflit » plus que de « guerre », car les luttes ne prennent plus forcément la forme d'une guerre déclarée officiellement entre deux armées.

1 Un « nouvel ordre mondial » ?

A La fin de la guerre froide : l'hyperpuissance américaine

- **Les États-Unis deviennent une hyperpuissance** avec la disparition de l'URSS en 1991.

- **George Bush, président des États-Unis de 1989 à 1993, parle de « nouvel ordre mondial ».** L'expression signifie que la démocratie et le droit doivent l'emporter sur la dictature et la force. L'ONU doit remplir sa mission, qui consiste à assurer la sécurité collective ; les États-Unis doivent représenter son bras armé et jouer le rôle de « gendarme du monde ».

- **La guerre du Golfe (1990-1991) est un test de ce « nouvel ordre mondial ».** En août 1990, Saddam Hussein, dictateur à la tête de l'Irak, envahit le Koweït voisin. Après avoir reçu l'accord de l'ONU, une coalition de puissances occidentales et arabes, coordonnée par l'OTAN sous commandement américain, attaque l'Irak de Saddam Hussein.

Doc. La guerre du Golfe, un conflit très médiatisé
Couverture de *Paris-Match*, 17 janvier 1991.

Vidéo
Intervention américaine en Afghanistan

B La persistance des conflits

- **L'espoir de paix universelle et durable suscité par la fin de la guerre froide est déçu.** Des conflits demeurent dans toutes les parties du monde. Les grandes puissances n'ont pas renoncé à la guerre pour éliminer des menaces : interventions des États-Unis en Afghanistan en 2001 et en Irak (2003-2011), guerre entre la Russie et la Géorgie en 2008.

- **Un grand nombre de ces guerres sont des guerres civiles** où des puissances étrangères interviennent souvent : guerre en ex-Yougoslavie (1991-1995), génocide des Tutsis par les Hutus au Rwanda en 1994, guerre civile au Darfour (Soudan) depuis 2003.

C Le Moyen-Orient, foyer persistant de conflits

1. Le conflit israélo-palestinien

- **Au lendemain de la Seconde Guerre mondiale, la naissance d'un État juif suscite une guerre.** En 1947, l'ONU propose un plan de partage du territoire palestinien en deux États, Israël et la Palestine. La guerre éclate et Israël occupe une partie des territoires promis à la Palestine.
- **En 1964, naît l'OLP,** Organisation de Libération de la Palestine, pour résister à Israël. En 1993, par les accords d'Oslo, Israéliens et Palestiniens s'entendent sur un accord de paix mais ne résolvent pas les problèmes des réfugiés palestiniens, qui réclament de revenir sur leur terre, et celui des colons juifs installés sur des terres palestiniennes.
- **Ce conflit est marqué par la violence :** il voit de grandes révoltes (première et deuxième Intifada en 1987 et 2000) et de nombreux attentats.
- **Le processus de paix est actuellement bloqué :** Israël installe toujours plus de colonies juives en terre palestinienne tandis que les Palestiniens sont divisés. De nombreux Palestiniens vivent toujours dans des camps de réfugiés.

Doc. La création de l'État d'Israël

2. L'extension des conflits à l'ensemble du Moyen-Orient

- **Au Moyen-Orient, les conflits s'étendent à l'échelle régionale.** Dès 1948, une coalition d'États arabes (Liban, Jordanie, Syrie, Irak et Égypte) attaque Israël pour soutenir les Palestiniens. Depuis, se sont succédé cinq guerres israélo-arabes.
- **La guerre du Liban (1975-1991) entretient ce conflit.** La guerre civile éclate en 1975 entre les différentes communautés religieuses. La Syrie en profite pour envahir le Liban, ce qui pousse Israël à intervenir en 1982. Un autre conflit israélo-libanais éclate en 2006.

- **Les « printemps arabes » depuis 2011 ont attisé les conflits.** La région est déstabilisée par les réfugiés venus de pays en état de guerre civile. Les tensions se multiplient entre la Syrie et la Turquie. Une partie du Moyen-Orient est contrôlée par l'État islamique.

3. L'intervention des grandes puissances étrangères au Moyen-Orient

- **Les États-Unis sont tout particulièrement impliqués** dans les conflits du Moyen-Orient, à travers leurs interventions militaires en Afghanistan et en Irak ainsi qu'à travers le processus de paix israélo-palestinien, pour lequel ils sont impuissants.

- **Le poids des autres grandes puissances étrangères se fait sentir** dans des conflits comme la guerre civile en Syrie : tandis que Russie et Chine soutiennent le régime de Bachar al-Assad, la France a essayé d'obtenir une intervention de la communauté internationale en faveur de la rébellion syrienne contre ce régime.

L'ESSENTIEL

Un « nouvel ordre mondial » ?

- La fin de la guerre froide voit les États-Unis accéder au statut d'unique superpuissance. Ils théorisent un « nouvel ordre mondial ».
- Ce « nouvel ordre mondial » ne signifie pas la fin des guerres. Au contraire, les conflits se multiplient et sont de plus en plus complexes : guerres entre États, guerres civiles, terrorisme.
- La persistance des conflits au Moyen-Orient manifeste l'échec de la gestion de la fin de la guerre froide.

2 Vers un monde multipolaire

A Des États confrontés à des menaces nouvelles

- **La prolifération des armes de destruction massive (nucléaires et chimiques)** constitue une menace sérieuse. Avec la fin de la guerre froide, les stocks soviétiques ont été dispersés.
- **Le terrorisme marque le monde d'après-guerre froide :** attentats du 11 septembre 2001 dus à Al-Qaida ou l'État islamique, attentats de Madrid en 2004, de Londres en 2005, de Marrakech en 2011, de Paris en 2015. Il est d'autant plus difficile à éliminer qu'il est organisé sous forme de réseaux transnationaux et clandestins.

Sachez que...
La possession de l'arme nucléaire n'est plus l'apanage des membres permanents du Conseil de sécurité de l'ONU. L'Inde, le Pakistan, l'Israël l'ont acquise ; l'Iran a cherché à l'acquérir. La Corée du Nord affirme la posséder.

Vidéo
Discours de George W. Bush devant le congrès

B La contestation croissante des États-Unis

- **L'hyperpuissance n'est pas à l'abri d'une attaque**, comme l'ont montré les attentats du 11 septembre 2001.
- **Sous la présidence de George W. Bush (2000-2008), l'unilatéralisme américain a été très critiqué, y compris par les alliés des États-Unis.** En effet, si l'ONU avait donné son accord à l'attaque de l'Afghanistan où était implantée Al-Qaida, les États-Unis sont intervenus sans l'accord de la communauté internationale en Irak en 2003.

C L'émergence de nouvelles puissances

- **La mondialisation remet en cause la domination occidentale et notamment américaine.** Elle a abouti à la formation d'un monde multipolaire, où de nouvelles puissances économiques (les BRICS : Brésil, Chine, Inde, Russie, Afrique du Sud) veulent aussi peser sur les décisions politiques internationales. Le statut de 2e puissance mondiale de la Chine le lui permet de plus en plus.

Doc. **La concurrence américano-chinoise en Asie**

> « [Le président Barack Obama] entame aujourd'hui sa première tournée dans une Asie où l'influence américaine se fait pâlissante. [...] En une poignée d'années, Pékin a supplanté Washington en devenant le premier partenaire commercial à la fois du Japon, de la Corée du sud et des pays de l'ASEAN (Association des pays de l'Asie du Sud-Est). [...] Bien que le Pentagone demeure l'arbitre suprême en Asie, où 100 000 GI sont cantonnés, ces nouveaux rapports de force économiques ne sont pas sans conséquence dans la sphère militaire. »
>
> P. Grangereau, « Obama ajuste sa stratégie asiatique », *Libération*, 13 novembre 2009.

• **La construction européenne a opéré un approfondissement communautaire :** en 1992, le traité de Maastricht crée l'Union Européenne (UE). L'intégration économique se traduit par la mise en place d'une monnaie commune, l'euro, en 2002. Le poste de Haut Représentant aux Affaires Étrangères de l'UE est créé en 2007.

L'ESSENTIEL

Vers un monde multipolaire

- Les puissances sont confrontées à de nouvelles menaces difficilement contrôlables, comme les armes chimiques ou le terrorisme.
- L'hyperpuissance américaine est critiquée pour son unilatéralisme.
- Elle est remise en cause par l'émergence de nouveaux pôles de pouvoir dans le monde.

ZOOM SUR...

La guerre en ex-Yougoslavie (1991-1995)

1 Une guerre civile aux causes à la fois lointaines et récentes

→ **La Yougoslavie, État fondé en 1918 et État communiste à partir de 1945,** regroupait des nationalités différentes par leur culture, leur religion, leur langue, qui avaient pu autrefois être en conflit : Serbes orthodoxes, Croates et Slovènes catholiques, Bosniaques en partie musulmans.

→ **La fin de la guerre froide provoque l'éclatement du pays :** la Slovénie et la Croatie proclament leur indépendance en 1991, la Bosnie en 1992.

→ **La Serbie**, dirigée par le parti nationaliste de Slobodan Milosevic, **refuse cet éclatement**, car des minorités serbes sont dispersées dans ces régions. Une guerre serbo-croate éclate en 1991. En 1992, la Serbie déclenche une guerre contre la Bosnie.

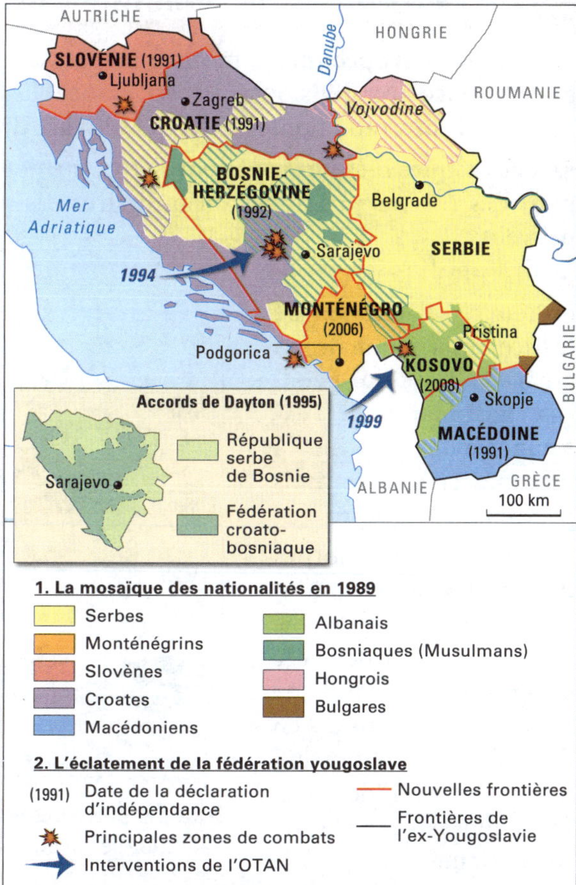

Doc. L'éclatement de la Yougoslavie depuis 1991

2 Le siège de Sarajevo

➜ **Le 5 avril 1992 les Serbes bloquent la ville bosniaque de Sarajevo** et se livrent à un nettoyage ethnique contre les Bosniaques et les Croates dans toute la région. À Srebrenica, en 1995, 6 000 à 8 000 Bosniaques sont massacrés.

➜ La ville est bombardée quotidiennement et privée de nourriture, d'électricité et d'eau. **L'objectif serbe est de terroriser la population civile.**

➜ **Le siège ne s'acheva que le 29 février 1996.** Il fit 10 000 morts, 50 000 blessés et des dizaines de milliers de déplacés.

3 Les réactions de la communauté internationale

➜ **L'Union européenne se montre impuissante à influencer le cours de la guerre :** face aux divisions entre la France, l'Allemagne et le Royaume-Uni, François Mitterrand pousse l'ONU à se saisir du dossier yougoslave.

➜ **Les casques bleus envoyés par l'ONU ne peuvent pas toujours intervenir,** pour des raisons juridiques ou militaires. Ils protègent les civils comme ils peuvent.

➜ En 1993, l'ONU mit en œuvre sa fonction de justice internationale en créant le **Tribunal pénal international pour l'ex-Yougoslavie**, destiné à juger les crimes commis pendant cette guerre.

➜ Il fallut l'**intervention de l'OTAN** par des bombardements en Serbie pour forcer cette dernière à signer les accords de paix de Dayton en décembre 1995. Ils créent une fédération de deux États censés coexister, la République serbe de Bosnie et la Fédération croato-bosniaque.

Doc. L'impuissance de la diplomatie européenne
Caricature de Plantu (juillet 1991).

Repères chronologiques

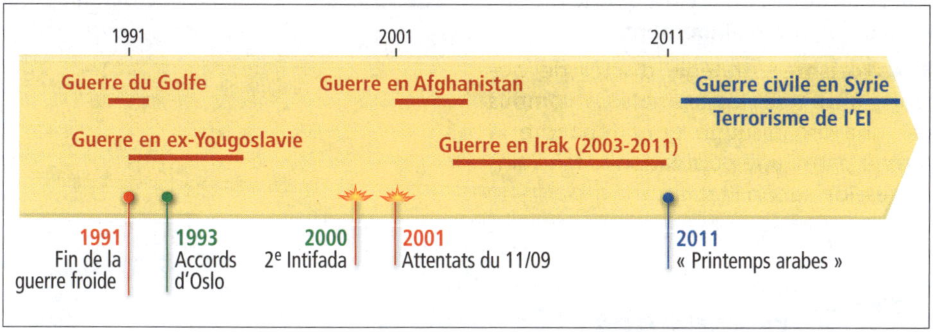

Mots clés

■ **Al-Qaida** : organisation islamiste et terroriste fondée en 1987 par Oussama ben Laden pour déclencher le « djihad », la guerre sainte, contre tous ceux soupçonnés d'être des ennemis de l'Islam.

■ **Approfondissement** : processus qui engage l'Union européenne dans une intégration économique et politique de plus en plus poussée.

■ **Colonisation** : dans le contexte israélo-palestinien, cela désigne les colonies de peuplement, c'est-à-dire les communautés juives, établies par Israël sur les territoires palestiniens conquis à partir de 1947.

■ **État islamique** : organisation islamiste et terroriste créée en 2006. À la faveur des troubles qui accompagnent les « printemps arabes », il s'étend en Syrie et en Irak et contrôle une partie du territoire de ces pays.

■ **Hyperpuissance** : grande puissance qui est la seule à avoir des intérêts et à être capable d'intervenir militairement dans le monde entier.

■ **Monde multipolaire** : monde où plusieurs pôles de puissance (États-Unis, Europe, Japon, Chine, Inde, Brésil) coopèrent ou entrent en concurrence.

■ **Mondialisation** : augmentation des échanges et intensification des flux à l'échelle mondiale, qui entraîne une interdépendance croissante des sociétés humaines.

■ **Nettoyage ethnique** : actes de terreur exercés contre une population pour la forcer à quitter un territoire.

■ **Prolifération** : augmentation du nombre d'armes de destruction massive en circulation.

■ **Sécurité collective** : système international dans lequel les États assurent la paix en se garantissant mutuellement leur sécurité : si l'un est attaqué, les autres le soutiennent militairement.

■ **Terrorisme** : stratégie d'actes de violence (attentats, assassinats…) commis par une organisation pour répandre la terreur parmi une population et faire ainsi pression sur un État.

■ **Unilatéralisme** : politique consistant pour un État à agir seul, sans l'accord de la communauté internationale, et à chercher à imposer ses intérêts à cette dernière.

Personnages clés

Bill CLINTON (1946)

Président des États-Unis de 1992 à 2000. Sa présidence révèle les limites du « nouvel ordre mondial » : une hyperpuissance mais qui reste incapable de régler seule tous les problèmes du monde.

George BUSH (1924)

Président des États-Unis de 1989 à 1993, il eut la tâche de gérer la fin de la guerre froide. Il est l'inventeur de l'expression « nouvel ordre mondial ».

George W. BUSH (1946)

Président des États-Unis de 2000 à 2008. Après les attentats du 11 septembre 2001, il engage son pays dans une politique unilatéraliste qui passe notamment par la guerre en Irak.

Barack OBAMA (1961)

Élu président des États-Unis en 2008 puis réélu en 2012, il tenta de normaliser les relations américaines avec les pays du Moyen-Orient (discours du Caire en 2009, retrait des troupes d'Irak en 2011) pour se concentrer sur la concurrence avec la Chine.

Document majeur

Doc. Le « nouvel ordre mondial » vu par Barack Obama

Vingt ans après la formulation du « nouvel ordre mondial » par George Bush, Barack Obama fait le point sur les objectifs de la politique étrangère américaine. Ces objectifs n'ont pas changé et Barack Obama continue d'une certaine façon à présenter les États-Unis comme le « gendarme du monde ». En revanche, il met davantage l'accent sur la coopération nécessaire avec les autres États.

« Nous recherchons la sécurité de notre nation, de nos alliés et de nos partenaires. Nous recherchons la prospérité qui découle d'un système économique international ouvert et libre. Et nous recherchons un ordre international juste et durable, où les droits et les responsabilités des nations et des personnes sont respectés, notamment les droits fondamentaux de tout être humain. [...] Par opposition à la vision meurtrière des extrémistes violents, nous nous joignons, dans le monde entier, à nos alliés et partenaires, pour bâtir leur capacité à promouvoir la sécurité, la prospérité et la dignité humaine. Les capacités croissantes de nos alliés et partenaires, qui viennent d'être démontrées par la mission réussie de protection du peuple libyen, nous offrent de nouvelles occasions de partager le fardeau.

Faire face à ces défis ne relève pas seulement de l'armée, et c'est pourquoi nous avons renforcé tous les outils de la puissance américaine, y compris la diplomatie et l'aide au développement, le renseignement et la sécurité intérieure. [...] nous conserverons une armée qui est la force de combat la mieux entraînée, la mieux dirigée et la mieux équipée de l'histoire. Et dans un monde changeant qui réclame notre leadership, les États-Unis d'Amérique resteront la plus grande force pour la liberté et la sécurité que le monde ait jamais connue. »

Barack Obama, préface au rapport *Maintenir le leadership mondial des États-Unis : les priorités de la défense pour le 21e siècle*, 3 janvier 2012.

Je vérifie mes connaissances

1 Peut-on dire qu'on est passé d'un « ordre mondial » dans les années 1990 à un « désordre mondial » dans les années 2000 ?

2 La résolution de la guerre en ex-Yougoslavie manifeste-t-elle le « nouvel ordre mondial » ?

3 Sélectionnez les bonnes réponses : « La Chine : **a)** est le principal concurrent économique des États-Unis ; **b)** ne cherche pas à s'impliquer ailleurs qu'en Asie ; **c)** est un acteur majeur du monde multipolaire ».

4 En quoi les deux conflits de la guerre du Golfe de 1990-1991 et de la guerre d'Irak de 2003-2011 sont-ils différents ?

Vers le brevet

Doc. « Quand tout a changé », *Washington Post*, 11 septembre 2011

1. Quelle était la position mondiale des États-Unis lorsqu'ils furent frappés par les attentats du 11 septembre 2001 ?

2. En 2011, de quoi le nuage de fumée représenté ici peut-il être la métaphore ?

3. Quels sont les événements survenus entre 2001 et 2011 qui justifient de mettre l'accent sur le nuage de fumée ?

4. Quelle était en septembre 2011 la situation géopolitique mondiale ?

Je vérifie mes connaissances

1 L'idée qu'il exista un « nouvel ordre mondial » dans les années 1990 est assez illusoire : très rapidement, la paix fut mise à mal par de multiples conflits. Mais il est vrai que c'est à partir de 2001 que cette idée de « nouvel ordre mondial » vola définitivement en éclats : avec les attentats du 11 septembre 2001, preuve était faite que les États-Unis n'étaient pas invulnérables ; dans les années 2000 la hiérarchie des puissances mondiales se modifia dans le sens d'une plus grande diversité.

2 Oui, dans la mesure où la résolution du conflit fut mise en œuvre par l'ONU sur le plan diplomatique et imposée militairement par l'OTAN. Mais, d'un autre côté, la communauté internationale mit très longtemps à réagir et à s'impliquer pour résoudre le conflit.

3 La Chine est en effet le principal concurrent économique des États-Unis : elle occupe actuellement le 2e rang économique mondial. Elle est un acteur majeur du monde multipolaire, car cette puissance économique lui permet de peser sur les décisions politiques mondiales. À ce titre, elle s'implique largement ailleurs que dans sa sphère d'influence régionale, l'Asie. La réponse **b)** n'est donc pas bonne : par exemple, la Chine s'est impliquée dans la crise syrienne en soutenant Bachar al-Assad. Elle investit également massivement en Afrique.

Remarque

La question invite à faire la différence entre une puissance importante, mais qui n'a d'influence qu'à l'échelle d'un continent, comme par exemple le Brésil, et une puissance dont l'influence est planétaire, ce qui est le cas de la Chine.

4 En 1991, l'attaque de l'Irak était soutenue par l'ONU et par une coalition internationale. En 2003 au contraire, les États-Unis ont envahi l'Irak sans l'accord de la communauté internationale, ce qui était contraire à l'esprit du « nouvel ordre mondial ».

Conseil

Mettez bien en valeur dans votre réponse le fil directeur de la période, à savoir la mise en œuvre chaotique du « nouvel ordre mondial ».

Vers le brevet

1 Depuis la fin de la guerre froide et la disparition du bloc soviétique en 1991, les États-Unis avaient un statut d'hyperpuissance, c'est-à-dire qu'ils étaient la seule puissance à avoir des intérêts et à être capable d'intervenir militairement partout dans le monde. Cela les avait conduits à développer une confiance en l'avenir et la certitude qu'ils étaient le bras armé d'un « nouvel ordre mondial » fondé sur le droit international.

2 Si le *Washington Post* a choisi cette photo, plutôt qu'une des nombreuses autres qui existent du 11 septembre, pour commémorer l'événement, c'est qu'il lui donne une signification particulière : le nuage de fumée est la métaphore du brouillard, des incertitudes, des doutes dans lesquels les États-Unis sont toujours plongés dix ans après l'événement. La légende renforce cette interprétation : « Quand tout a changé » met l'accent sur une perte de repères dans un monde nouveau.

Remarque

Le contexte dans lequel une photo est *publiée* compte autant que celui dans lequel elle est *prise*, car il nous indique ce que le journal cherche à démontrer. La signification donnée à cette photo doit être comprise à la lumière du contexte de 2011.

3 Les attentats survenus le 11 septembre 2001 furent revendiqués par le groupe terroriste islamiste Al-Qaida. Afin de mettre un terme à ce réseau terroriste clandestin, les États-Unis envahirent l'Afghanistan, avec l'accord de l'ONU. Mais la politique étrangère américaine se tourna de plus en plus vers l'unilatéralisme, c'est-à-dire vers des actions militaires isolées, sans l'accord de la communauté internationale. L'invasion de l'Irak en 2003 en est un des exemples les plus frappants. Elle déclencha une guerre longue, puisqu'elle dura jusqu'au retrait des troupes américaines d'Irak en 2011, et très contestée.

4 En septembre 2011, on est bien loin du « nouvel ordre mondial » proclamé vingt ans auparavant. Les États-Unis ne peuvent plus prétendre au rôle d'hyperpuissance incontestée : ils sont concurrencés par d'autres puissances comme la Chine, très dynamique sur les plans économique et politique à l'échelle de la planète ; leur réaction après le 11 septembre 2001 n'a pas résolu les problèmes ; le terrorisme islamiste est toujours une menace internationale. La situation empire au Moyen-Orient où, dans le sillage des « printemps arabes », la situation est très instable et suscite de nouvelles tensions.

CHAPITRE 7

De la libération aux années 1980 : République et vie politique en France

DE QUOI S'AGIT-IL ?

Le GPRF fut reconnu comme le gouvernement légitime de la France en 1944. La période 1944-1946 vit alors la concrétisation des idéaux républicains portés par la France libre et la Résistance. Mais, avec la IVe République, le pays revenait à un régime parlementaire largement critiqué avant 1940.

Compte tenu de ces faiblesses et de la crise liée à la guerre d'Algérie, la IVe République laisse place à la Ve République en 1958. Un nouveau système républicain est instauré avec des caractéristiques différentes du précédent, puisqu'il s'agit d'un régime semi-présidentiel.

Ce régime a résisté aux crises, car il a su évoluer par des réformes politiques et susciter des débats qui manifestent la vitalité de la démocratie. C'est ce qui a permis de faire accepter en profondeur les institutions de la Ve République.

COURS

1 La refondation républicaine (1944-1946)

A Le rétablissement de la légalité républicaine

1. La Libération : réaffirmer un pouvoir central fort

● **Les FFL et les FFI participent à la libération du territoire français** aux côtés des troupes anglo-américaines. Ainsi, Paris est libérée par des troupes françaises.

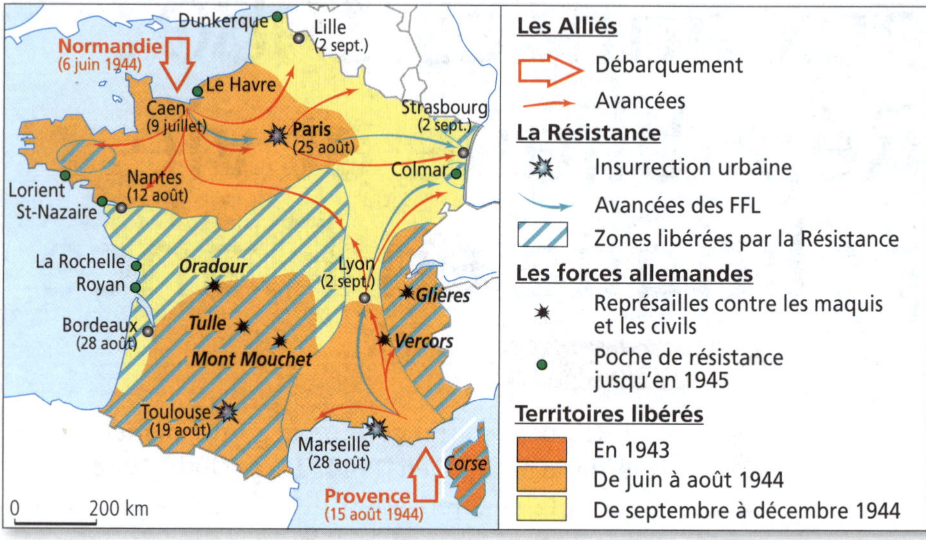

Doc. Résistance et libération

● **Le GPRF prend le pouvoir :** De Gaulle fait annuler les lois du régime de Vichy, met fin à l'épuration sauvage au profit d'une épuration légale et fait désarmer les groupes de FFI, dont le pouvoir local était parfois très fort, pour rétablir une seule autorité, celle de la République. En 1945, une Assemblée constituante est élue pour rédiger une nouvelle Constitution.

2. La reconstruction : mettre en application les réformes esquissées pendant la guerre

● **Une reconstruction à la fois matérielle et morale est nécessaire :** les destructions matérielles sont nombreuses; la défaite puis la collaboration ont atteint la cohésion de la nation.

Vidéo
La Sécurité sociale de 1945 à 2005

- **Les premières mesures du programme du CNR (mars 1944) sont appliquées :** le suffrage devient véritablement universel par l'octroi du droit de vote aux femmes ; la Sécurité sociale est organisée en 1945 ; des conseils d'entreprise permettent aux salariés de participer aux décisions. Elles visent à renforcer la cohésion de la nation.

B La construction politique d'un nouveau régime

1. Le paysage politique au sortir de la guerre

- **Aucun grand parti de la Résistance ne voit le jour.** Le général de Gaulle se méfiait des partis. Le PCF ne réussit pas non plus à fédérer les personnalités politiques autour de lui car les résistants non-communistes s'en méfiaient trop.
- **Cela ouvre la voie à la résurrection des partis traditionnels.** Les partis de droite sont discrédités par leur proximité avec le régime de Vichy. Les partis dominants sont le PCF, la SFIO et le MRP (Mouvement Républicain Populaire) démocrate-chrétien.

2. La naissance de la IVe République

- **En 1945-1946, les débats de l'Assemblée constituante opposent ces partis et les gaullistes.** Les premiers sont partisans d'un régime parlementaire tandis que De Gaulle est favorable à un régime à exécutif fort. En désaccord avec la majorité de l'Assemblée constituante sur la forme de la future République, De Gaulle démissionne le 20 janvier 1946.
- **La refondation républicaine mise en œuvre par la Constitution votée en octobre 1946 renoue ainsi avec les origines républicaines tout en renouvelant les missions de la République :** le préambule de la Constitution s'inspire du programme du CNR mais on revient à un régime parlementaire où le gouvernement est faible face au Parlement et où le président de la République a des pouvoirs limités.

L'ESSENTIEL

La refondation républicaine, 1944-1946

- À la Libération, le GPRF réussit rapidement à affirmer une autorité étatique centrale sur le territoire, sur la justice et sur la législation, de façon à lancer la reconstruction.
- Un nouveau régime naît de la guerre. Il affirme son caractère républicain. Ce renouvellement est cependant limité par l'absence de réel changement dans les institutions.

ZOOM SUR...

La reconstruction de la France (1944-1946)

1 L'état de la France à la Libération

→ **À la Libération, la France est désorganisée et couverte de ruines.** Les réquisitions opérées par les Allemands ont appauvri le pays. Les combats et les bombardements ont provoqué des destructions massives en Normandie, dans le Nord et dans l'Est, dans de nombreuses grandes villes. Par exemple, 452 000 immeubles ont été détruits, 1,5 million endommagés. La ville du Havre en Normandie est totalement détruite.

→ **Les tensions très vives** qui opposèrent les Français entre eux et firent de la Seconde Guerre Mondiale une sorte de **guerre civile française** (partisans de l'Allemagne ou de Vichy contre résistants et partisans de la France libre) devaient être apaisées.

→ **L'épuration s'employa à rétablir la justice** mais, après la fin de la guerre en mai 1945, elle se fit moins sévère et frappa de manière très inégale selon les secteurs. Le pouvoir avait en effet besoin de la coopération des milieux économiques et des compétences de tous pour faire redémarrer l'économie du pays. De 1944 à 1948, 160 287 dossiers furent examinés par les tribunaux d'épuration : 45 % donnèrent lieu à un non-lieu ou à un acquittement.

2 L'organisation matérielle de la reconstruction

→ **Une véritable bataille de la production est lancée**, avec des objectifs ambitieux fixés aux entreprises. Le Commissariat général au Plan est créé en janvier 1946 **pour planifier la reconstruction**. De grandes entreprises sont nationalisées, comme les automobiles Renault, des mines de charbon, la Banque de France, le Crédit Lyonnais, l'Agence France-Presse.

→ **Pour remplir les caisses de l'État et financer la reconstruction** des infrastructures publiques, **des emprunts** sont lancés auprès de la population appelée à y investir son épargne : ce sont les bons de la Libération.

3 La reconstruction, une entreprise politique et morale

→ **Une forme d'union nationale** voit le jour pour reconstruire le pays. Malgré son opposition au gouvernement en place, le secrétaire général du PCF, donne un mot d'ordre aux mineurs du Nord : « **Retroussons nos manches** ».

→ **Les travailleurs acceptent de travailler 48 h par semaine** au lieu des 40 h légales. Ils le font dans l'espoir d'une amélioration de leur condition de vie notamment symbolisée par la Sécurité sociale.

→ **Une politique de commémoration nationale** qui inclut les deux guerres mondiales est lancée. Le **11 novembre 1945**, le général de Gaulle rend hommage aux morts des deux guerres et inaugure le mémorial du Mont Valérien dédié à la France combattante.

→ Les affiches éditées en 1945-1946 montrent que **la reconstruction**, dans ses aspects matériels et sociaux, **doit préparer un avenir meilleur**.

Doc. Affiche pour « Reconstruire … Souscrivez aux bons de libération… »
Roland Ansieau (1901-1987). Éditeur : Havas. Impression (offset), 1946.

COURS

2 La République gaullienne

A Le régime mis en place par le général de Gaulle

1. Une nouvelle conception du pouvoir exécutif

- **Le projet de Constitution est un compromis** entre les principes d'un régime à exécutif fort, défendu par de Gaulle, et les attentes d'une grande partie du personnel politique, toujours attaché au régime parlementaire. Pouvoir législatif et pouvoir exécutif se contrôlent mutuellement, tandis que le président de la République, élu au suffrage universel indirect, est considéré comme un arbitre au-dessus des partis.
- **Il maintient l'idée d'un empire colonial français** par le biais d'une « communauté » de la France et de ses colonies. Cela permet de satisfaire dans l'immédiat les partisans de l'Algérie française.

Vidéo
De Gaulle et la Ve République

2. Les premiers succès gaullistes

- **Le 28 septembre 1958, la Constitution de la Ve République est adoptée par référendum** par 80 % des suffrages exprimés, malgré l'opposition d'une partie de la gauche. Le référendum apparaît désormais comme une façon d'approuver un homme, de Gaulle.
- **Un parti gaulliste est fondé, l'Union pour la nouvelle République**. Il doit permettre à de Gaulle de contrôler le Parlement. Il remporte les élections législatives.
- **Le 21 décembre, de Gaulle est élu président de la République**.

B Les grands traits de la politique du général de Gaulle

1. Établir la suprématie du pouvoir exécutif

- **La réforme de 1962 renforce le poids politique du président** : de Gaulle propose qu'il soit désormais élu au suffrage universel direct, afin de rendre plus étroit son lien avec les citoyens et de renforcer son autorité.
- **Cette réforme rencontre une forte opposition dans les partis de gauche**, qui accusent de Gaulle de vouloir transformer la République en dictature. En octobre 1962, la réforme est approuvée par référendum par 62 % des suffrages exprimés.

Sachez que...
De Gaulle a aussi su utiliser les médias pour affirmer sa présence et son autorité, par exemple avec des conférences de presse retransmises à la radio et à la télévision.

2. Rétablir la puissance française

- **La politique étrangère est considérée comme le domaine réservé du président** : il la conduit et prend les décisions.
- **En 1962, de Gaulle met fin à la guerre d'Algérie**, dont il considère qu'elle absorbe et immobilise les forces du pays.
- **Il veut assurer à la France un rayonnement international**. En 1964, est lancée une politique de coopération militaire et économique avec les anciennes colonies. La France s'implique dans la réconciliation franco-allemande (traité de l'Élysée, 1963).
- **Il justifie aussi la recherche de l'indépendance nationale**, qui se manifeste par une **politique critique à l'égard des États-Unis** : en 1966, la France se retire de l'organisation militaire de l'OTAN. De Gaulle développe les programmes nucléaires lancés sous la IVe République : en 1960, la France dispose de la bombe atomique. Cette politique d'indépendance passe aussi par la **politique européenne** : de Gaulle veut une Europe où la France aurait une place prépondérante.

3. Moderniser la France

- **Dans le domaine économique, la France de de Gaulle bénéficie des Trente Glorieuses et s'appuie sur l'héritage de la IVe République**. L'État intervient dans l'organisation de la production en prolongeant la planification lancée sous la IVe République. Il lance de grands projets industriels et scientifiques : avion Concorde, TGV, plan Calcul (1966) destiné à développer l'informatique.
- **L'ouverture de l'école au plus grand nombre se poursuit** : en 1959, la scolarité devient obligatoire jusqu'à l'âge de 16 ans ; des collèges sont construits en grand nombre.
- **De Gaulle affiche aussi une volonté de démocratiser la culture** : André Malraux, ministre des Affaires culturelles, lance en 1961 les « maisons de la culture », censées faciliter l'accès à la culture à toutes les classes sociales, en tous lieux du territoire.

L'ESSENTIEL

De Gaulle et le nouveau système républicain

- De Gaulle revient au pouvoir en 1958 et impose un nouveau régime, la Ve République, où le pouvoir exécutif est plus fort. Ses premiers succès électoraux lui donnent les moyens de mener sa politique.
- Sa politique a pour objectifs de renforcer l'efficacité du pouvoir exécutif, la puissance de la France sur la scène internationale et son développement économique et culturel.

COURS

3 La Vᵉ République après De Gaulle : alternance et cohabitation

A Les années 1970 : l'évolution de l'exercice du pouvoir

1. Les contestations du pouvoir

- La crise de Mai 68 (voir chap 8, p. 133) prône des revendications nouvelles.
- **De Gaulle démissionne lorsqu'il estime être désavoué par le peuple :** au référendum sur la réforme du Sénat proposé le 27 avril 1969, le non l'emporte. Les Français votent « non » car ils souhaitent changer de dirigeant.

2. Droite et gauche dans les années 1970

- **Aux élections de 1969 comme de 1974, la droite se présente divisée :** aux héritiers du gaullisme (Georges Pompidou puis Jacques Chaban-Delmas) s'opposent des candidats qui se présentent comme des partisans de réformes sociales plus hardies (Alain Poher en 1969 et surtout Valéry Giscard d'Estaing). Cette division se manifesta encore avec la mauvaise entente de Valéry Giscard d'Estaing et de Jacques Chirac, qui démissionna de son poste de Premier Ministre en 1976.
- **Les années 1970 voient au contraire l'union de la gauche.** La vieille SFIO disparaît en 1971 au profit d'un nouveau Parti socialiste dirigé par François Mitterrand. Celui-ci fait alliance avec les communistes pour conquérir le pouvoir.

B Une succession d'alternances et de cohabitations

1. Les années Mitterrand (1981-1995)

- **Élu en 1981, François Mitterrand est le premier président de gauche.** Il dissout l'Assemblée nationale, à majorité de droite : les nouvelles élections législatives donnent une large majorité au PS.
- **Le début de son mandat est appelé « état de grâce »** : l'arrivée de la gauche au pouvoir suscite beaucoup d'espoirs et le gouvernement mène des réformes (nationalisations de banques et d'activités industrielles, abolition de la peine de mort, cinquième semaine de congés payés).
- **La montée du chômage provoque le retour d'une majorité de droite à l'Assemblée** : Mitterrand doit choisir Jacques Chirac comme premier ministre. Il s'agit de la première cohabitation, qui devient une pratique récurrente, car les Français font alterner gauche et droite au pouvoir. La deuxième a lieu en 1993 : François Mitterrand est président, Édouard Balladur Premier ministre.

2. Les années Chirac (1995-2007)

• **Élu en 1995, Chirac dissout l'Assemblée nationale en 1997 et doit faire face à une cohabitation** avec un premier ministre de gauche, Lionel Jospin. La cohabitation, souvent conflictuelle, affaiblit l'autorité du pouvoir exécutif.

Doc. La cohabitation Chirac-Jospin
Caricature de Plantu, 1997.

Sachez que...
En 2000, Jacques Chirac fait voter la réforme du quinquennat : le mandat présidentiel passe de 7 à 5 ans. L'objectif est de réduire la probabilité d'une cohabitation en alignant le mandat présidentiel sur le mandat législatif.

• **La montée de l'abstention et de l'extrême-droite se confirme** : en 2002, Jacques Chirac et Jean-Marie Le Pen, représentant du Front national (FN), s'affrontent au second tour de l'élection présidentielle.

• **De grands débats sociaux ont toujours lieu** : débats en 1999 autour du Pacte civil de solidarité (PACS), qui crée un nouveau type d'union, entre personnes de sexe différent ou de même sexe, mobilisation de la jeunesse contre le Contrat première embauche (CPE) en 2006.

L'ESSENTIEL

La Ve République après De Gaulle

- Dans les années 1970, il devient de plus en plus évident que la conquête du pouvoir nécessite une union des partis de droite ou de gauche, pas seulement la forte personnalité d'un homme.
- À partir de 1981, la vie politique est marquée par l'alternance, la cohabitation et la montée de l'abstention et de l'extrême-droite. Ces phénomènes traduisent une exigence de plus en plus forte des citoyens à l'égard de la politique.

COURS

ZOOM SUR...

La réforme constitutionnelle et la campagne référendaire de 1962

1 Un contexte favorable à la réalisation des convictions de De Gaulle

→ **De Gaulle avait toujours voulu renforcer l'autorité du Président de la République.** En 1958, il ne pouvait pas l'exprimer, car il aurait été accusé de profiter des troubles pour établir une dictature.

→ En avril 1962, **il demanda au Premier Ministre Michel Debré de démissionner pour** le remplacer par Georges Pompidou.

→ Il montrait ainsi qu'à ses yeux le **gouvernement devait rendre des comptes au Président** plus qu'au Parlement.

→ **En mars 1962, les accords d'Évian mirent fin à la guerre d'Algérie :** De Gaulle pouvait désormais se consacrer à d'autres problèmes. Le 22 août, il échappa à un attentat. Ces événements accrurent sa popularité et créèrent un contexte favorable à la réforme.

→ Le **12 septembre fut annoncé un référendum** révisant la Constitution pour permettre l'élection du Président de la République au suffrage universel direct.

2 Des débats vifs et une opposition virulente

→ **Juristes et parlementaires estiment que la décision est illégale**, car une révision de la Constitution doit être votée par le Parlement. De Gaulle menace de démissionner et dissout l'Assemblée nationale rebelle.

→ **L'ensemble des partis politiques**, sauf l'UNR gaulliste, **se dressent contre la réforme** et mènent campagne en accusant De Gaulle de faire du chantage et de vouloir instaurer un régime autoritaire.

Doc. 1 Affiche en faveur du référendum, 1962
Le graphisme original et le slogan montrent que De Gaulle veut s'adresser aux Français par-dessus les partis politiques : il ne veut plus être un arbitre au-dessus des partis mais disposer du pouvoir que donne une élection directe.

Doc. 2 Tract électoral du PCF, 28 octobre 1962
Le slogan condamne à la fois De Gaulle (le « pouvoir personnel ») et les pratiques de la Ve République (le plébiscite). Le graphisme est moins moderne, moins percutant, le texte en petits caractères difficile à lire : la victoire des gaullistes apparut aussi, symboliquement, comme une victoire de la modernité politique, économique et sociale.

3 Une victoire gaulliste en demi-teinte ?

→ **62 % des votants approuvent la réforme.** Les élections législatives de novembre sont un succès pour l'UNR. La réforme de 1962 apparaît ainsi comme la seconde naissance de la Ve République, dont la logique aurait été incomplète entre 1958 et 1962.

→ Néanmoins, **l'abstention a progressé** : 23 % des inscrits n'ont pas voté, contre 15 % lors du référendum de 1958. Il faut noter une forte croissance des « non » : 38 % contre 21 % en 1958.

→ En 1964, **François Mitterrand** publie un essai, *Le Coup d'État permanent*, où il **accuse De Gaulle d'avoir trahi les institutions de 1958**. Lors de l'élection présidentielle de 1965, De Gaulle ne fut pas élu au premier tour mais dut affronter Mitterrand au second.

→ **L'élection du président de la République au suffrage universel** devait cependant rester une **institution majeure de la Ve République** et ne jamais être remise en cause.

Repères chronologiques

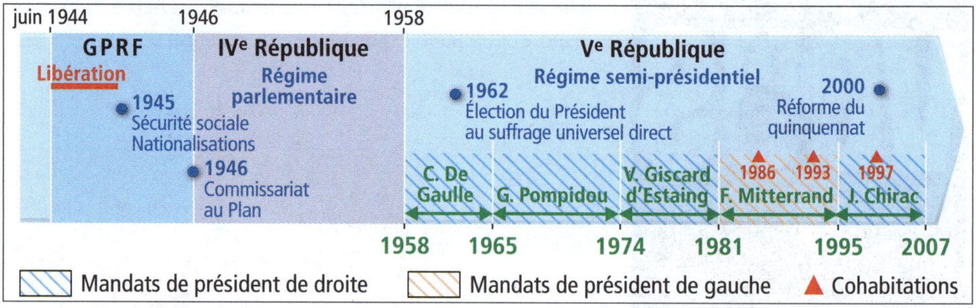

Mots clés

■ **Abstention** : fait de ne pas voter alors qu'on est inscrit sur les listes électorales.

■ **Alternance** : succession au pouvoir de la droite et de la gauche.

■ **Cohabitation** : situation où le président de la République et le Premier ministre appartiennent à des partis opposés.

■ **Dissolution** : situation où le président de la République met fin aux fonctions des députés et fait organiser de nouvelles élections législatives.

■ **Épuration** : répression dirigée contre les dirigeants du régime de Vichy et les collaborateurs. Elle peut être « sauvage » : c'est la traque et l'exécution sans procès des accusés, ou bien légale : elle se produit alors à la suite d'un procès.

■ **Nationalisation** : passage d'une entreprise sous le contrôle de l'État.

■ **Référendum** : vote au cours duquel les électeurs doivent se prononcer sur une question à laquelle ils répondent par « oui » ou par « non ».

■ **Régime parlementaire** : voir p. 43.

■ **Régime à exécutif fort** : régime où les pouvoirs sont partagés entre le Parlement et le pouvoir exécutif, qui n'est pas responsable seulement devant le Parlement mais également devant le président de la République on parle de régime semi-présidentiel.

■ **Sécurité sociale** : système qui assure un minimum de ressources à tous les citoyens trop âgés pour travailler (la retraite) ou sans emploi, ainsi que l'accès aux besoins essentiels comme la santé.

■ **Suffrage universel direct** : les citoyens élisent directement une personne à une fonction, sans intermédiaire.

■ **Suffrage universel indirect** : les citoyens élisent des représentants qui élisent le président de la République.

■ **Trente Glorieuses** : voir p. 138.

Personnages clés

Charles DE GAULLE

Voir chap. 3, p. 64.

François MITTERRAND (1916-1996)

Chef du PS puis président de la République de 1981 à 1995, il lance des réformes et des débats de société dont certains ne sont pas clos aujourd'hui.

Jacques CHIRAC (1932)

Considéré comme un héritier du gaullisme, il est président de la République de 1995 à 2007. Il est à l'origine de la réforme du quinquennat.

Document majeur

Doc. Discours prononcé par de Gaulle place de la République, à Paris, le 4 septembre 1958

Le général de Gaulle présente officiellement aux Français le projet de Constitution qui va leur être soumis par référendum. Ses objectifs sont des institutions politiques fortes pour une France forte, la séparation des pouvoirs exécutif et législatif et l'indépendance du premier par rapport au second.

« Qu'il existe, au-dessus des luttes politiques, un arbitre national, élu par les citoyens qui détiennent un mandat public, chargé d'assurer le fonctionnement régulier des institutions, ayant le droit de recourir au jugement du peuple souverain, répondant, en cas d'extrême péril, de l'indépendance, de l'honneur, de l'intégrité de la France et du salut de la République. Qu'il existe un gouvernement qui soit fait pour gouverner, à qui on en laisse le temps et la possibilité, qui ne se détourne pas vers autre chose que sa tâche, et qui, par là, mérite l'adhésion du pays. Qu'il existe un parlement destiné à représenter la volonté politique de la nation, à voter les lois, à contrôler l'exécutif, sans prétendre sortir de son rôle. Que gouvernement et parlement collaborent mais demeurent séparés quant à leurs responsabilités et qu'aucun membre de l'un ne puisse, en même temps, être membre de l'autre. Telle est la structure équilibrée que doit revêtir le pouvoir. »

Je vérifie mes connaissances

1 Quelles sont les caractéristiques et les limites de la participation de la Résistance à la refondation de la République entre 1944 et 1946 ?

2 Quels sont les différents aspects de la reconstruction à partir de 1944 ?

3 Quand fut fondée la Ve République ? Quand se situa le premier tournant important de son histoire ? Pourquoi fut-il important ?

4 Quelles pratiques montrent que, sous la Ve République, le pouvoir exécutif domine le pouvoir législatif ?

Vers le brevet

Doc. **Affiche pour le référendum sur la Constitution de la Ve République, septembre 1958**

1. Présentez ce document : nature, date, contexte, objectif.

2. Que représente le personnage central ? Qui est son ombre ? Quel est le message ainsi envoyé à celui qui regarde l'affiche ?

3. Le personnage central a brisé ses chaînes : de quoi s'est-il libéré ? Dites en quoi cela constitue une critique de la République précédente et en quoi la Ve se veut différente.

4. Quels sont les deux autres points forts de la nouvelle Constitution et du programme gaulliste qui apparaissent à droite et à gauche du personnage ? Expliquez-les.

Je vérifie mes connaissances

1 La participation de la Résistance à la refondation républicaine est d'abord militaire : mouvements et réseaux contribuent directement à la libération du territoire français. Elle est ensuite politique : le CNR réfléchit aux réformes à mener dans l'après-guerre. Mais la Résistance trouve aussi ses limites dans ce domaine politique puisqu'on en revient aux partis traditionnels d'avant-guerre, ce qui limite le renouveau.

2 La reconstruction est d'abord matérielle : il s'agit de relever la France de ses ruines en relançant la production. C'est la mission confiée au Commissariat général au Plan créé en janvier 1946. Elle est ensuite morale : il faut refonder la République, ce qui passe par le rétablissement de la justice républicaine (épuration légale) et par la mise en œuvre des mesures promises par la Résistance (par exemple, la Sécurité sociale).

3 La Ve République fut fondée en 1958. Le premier tournant de son histoire se situe en 1962, avec le passage de l'élection du Président de la République au suffrage universel direct. Cet événement fut important car il imposait une lecture présidentialiste de la Constitution : il renforçait l'autorité et le pouvoir du Président de la République.

4 Le Président de la République peut dissoudre l'Assemblée nationale et organiser de nouvelles élections législatives, mais ce n'est pas réciproque : l'Assemblée nationale ne peut pas démettre le Président. C'est une pratique assez courante sous la Ve République, utilisée par Charles de Gaulle, François Mitterrand et Jacques Chirac. De plus, le Président de la République peut demander directement l'avis du peuple en utilisant le référendum et passer ainsi par-dessus les représentants du peuple que sont les députés et les sénateurs.

Vers le brevet

1 Ce document est une affiche électorale diffusée en septembre 1958, dans un contexte de changement de régime : une nouvelle Constitution, c'est-à-dire une nouvelle République, était proposée aux Français par le général de Gaulle, nommé chef du gouvernement en juin 1958. L'objectif de l'affiche est de faire voter en faveur du changement de République.

Conseil

Il faut se souvenir que, en 1958, de Gaulle n'est pas un inconnu. Il se présente aux Français riche de son passé de résistant et de « sauveur » du pays. Vous devez identifier les références à ce contexte plus ancien, car en 1958 de Gaulle se présente de nouveau comme un « sauveur ».

2 Le personnage central est une Marianne, c'est-à-dire une personnification de la France et de la République. Mais son ombre n'est pas l'ombre de la Marianne : c'est celle du général de Gaulle. Il est reconnaissable à son képi de militaire et au « V » de la victoire fait avec les bras levés – symbole hérité de la Seconde Guerre mondiale et de la France libre. Cette affiche signifie que de Gaulle et la France se confondent, que le premier a toujours représenté les intérêts de la seconde, en 1940 comme en 1958.

3 La France s'est libérée de la IVe République. C'est une critique implicite de ce régime auquel de Gaulle reprochait d'avoir embourbé la France dans la guerre d'Algérie et dans des luttes politiques sans fin. Par « libérée du système », il faut comprendre « libérée du système des partis politiques », qui imposaient leur loi au Parlement sans être efficaces. La Ve République avait l'ambition d'être différente en imposant un pouvoir exécutif fort et en réduisant les pouvoirs du Parlement.

4 Un autre slogan de l'affiche est « Oui à la France et à sa Communauté », c'est-à-dire à un empire colonial français. Cela devait permettre de rallier à la nouvelle République les partisans du maintien de cet empire. Le dernier slogan est « Oui à l'essor social et économique » : il fait référence à la volonté de De Gaulle de moderniser le pays pour mieux assurer la croissance économique.

Pour aller plus loin

Les deux slogans sont aussi des critiques implicites de la IVe République, qui n'aurait pas su gérer la décolonisation et n'aurait pas su engager la France dans la croissance économique des années 1950. Ce dernier reproche est injuste et faux : de Gaulle utilise l'héritage de la IVe République pour mener à bien la modernisation économique et sociale du pays.

CHAPITRE 8

Femmes et hommes dans la société des années 1950 aux années 1980

DE QUOI S'AGIT-IL ?

La période qui va de 1950 à 1989 voit des bouleversements décisifs pour la société française. Elle commence par les Trente Glorieuses : période faste économiquement, qui connaît une profonde restructuration de la population et de la population active françaises. Cette période s'achève vers 1975 pour laisser place à une longue période de stagnation économique.

Cette évolution permet de comprendre les bouleversements sociaux apparus dès la fin des années 1960 : immigration, féminisme, affirmation de la jeunesse…

COURS

1 Des structures démographiques et sociales bouleversées

A L'évolution des équilibres démographiques

1. Le « baby-boom »

- **La progression de la population n'est pas linéaire.** Entre 1946 et 1988, la population française a augmenté de 40 %, soit autant qu'en 150 ans. Entre 1946 et 1965 on constate d'abord une augmentation rapide : le taux de natalité est compris entre 17 et 21 ‰, mais il diminue ensuite.
- **Ce phénomène démographique a des conséquences sociales :** en 1962 la jeunesse représente un tiers de la population et émerge comme un groupe à part entière, doté de ses cultures et de ses revendications (Mai 68).

2. Les débuts du vieillissement de la population

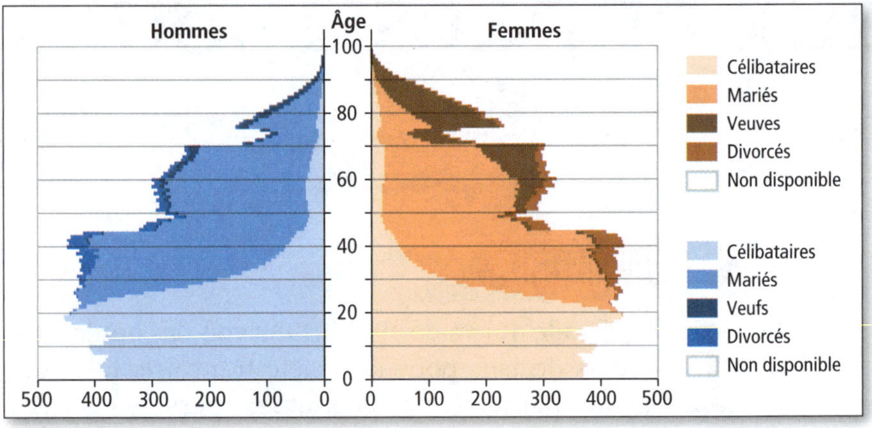

Doc. Pyramide des âges en 1990

- **Au milieu des années 1960 une rupture apparaît** : en 1967 les femmes obtiennent la contraception puis en 1975 la légalisation de l'avortement. Conjugué à la crise économique qui démarre dans les années 1970, ce phénomène explique la baisse du taux de natalité qui s'élève à 14 ‰ en 1985.
- **Depuis 1990 la société française compte ainsi une proportion de plus en plus importante de personnes âgées** de plus de 60 ans (une sur six aujourd'hui).

B La population active : vers une société post-industrielle

1. La tertiarisation

- **Le secteur agricole connaît une modernisation accélérée.** L'agriculture française entre dans le productivisme. De 30 % des actifs en 1945, les agriculteurs n'en représentent plus que 4,5 % aujourd'hui.

- **La désindustrialisation frappe les ouvriers de plein fouet.** La fermeture des usines sidérurgiques de Longwy (Lorraine) en 1979 et du dernier puits de charbon dans le Nord-Pas-de-Calais en 1990 en sont des exemples. En 1968, les ouvriers représentent 36,7 % des actifs. Aujourd'hui, ils ne représentent plus que 20 % de la population active.

> **Sachez que...**
> En 1967, le sociologue Henri Mendras publie *La Fin des paysans*, ouvrage dans lequel il décrit la disparition du mode de production paysan traditionnel et son remplacement par des professionnels et des entrepreneurs de l'agriculture.

- **La tertiarisation est en marche.** Elle se traduit par l'augmentation du nombre de cadres, de fonctionnaires, de professions libérales, de salariés de l'industrie du tourisme.

2. La montée du chômage

- **La France connaît pendant les Trente Glorieuses une situation de quasi plein emploi :** on ne compte alors que 1 à 3 % d'actifs au chômage.

- **À partir de 1975 émerge un chômage structurel de masse** qui concerne plus ou moins 10 % de la population active. La multiplication des CDD, des temps partiels, de l'intérim renforcent la précarité, notion nouvelle dans le monde du travail.

C Une société transformée par l'immigration

Vidéo
Le regroupement familial

1. Tendances de l'immigration en France depuis 1945

- **Pendant les Trente Glorieuses, la France a besoin de la main-d'œuvre étrangère** pour soutenir la production économique. En 1975, les immigrés représentent 7,5 % de la population française. Ce sont surtout des hommes, venus seuls travailler en France. Ils viennent pour la plupart d'Europe du Sud et du Maghreb.

- **À partir de 1974 l'immigration change de nature** : à cause de la crise et de l'augmentation du chômage le gouvernement français suspend l'immigration de travail mais instaure le regroupement familial. L'immigration devient en partie clandestine : les immigrés sont alors « sans-papiers ». Les réfugiés politiques sont toujours accueillis.

- **L'origine des immigrés se diversifie** : ils viennent d'Italie, du Portugal, d'Espagne, mais aussi du Maghreb, d'Afrique subsaharienne et d'Asie.

Doc. Extrait du témoignage de Nouredine Hagoug, « Histoires singulières », Cité Nationale de l'Histoire de l'Immigration

> « On est originaire de la région de Tlemcen, dans l'Ouest algérien, pas loin de la frontière marocaine. Avec un de ses cousins, mon père a été le premier à débarquer ici, à Marseille, en 1953 – il avait 17 ans. C'est comme ça qu'on a tous immigré. Fin 1961, il est retourné en Algérie pour se marier et ramener ma mère ici, directement au bidonville de la Timone. Je suis né à Marseille, un peu plus d'un an après, en février 1963. Il n'était pas tout à fait le premier. Avant, il y avait eu mon grand-père paternel, réquisitionné pour la guerre de 14-18 et revenu gravement blessé de Verdun. [...] je me suis retrouvé en 1983 parmi les organisateurs de ce qu'on a appelé, à tort, la "marche des Beurs" : l'idée, c'était de traverser la France à pied pour gagner Paris. Vingt ans après la grande marche pour les droits civiques sur Washington, c'était une référence claire à Martin Luther King et à son choix de la non-violence. »

2. Les enjeux de l'intégration des immigrés

- **Les immigrés occupent majoritairement des postes peu qualifiés** (manœuvre, ouvrier spécialisé, travailleur agricole, emplois de service...). Ils se concentrent dans des quartiers souvent éloignés des centres-villes.

- **La crise économique les frappe de plein fouet et révèle les discriminations dont ils sont victimes** : ils sont plus touchés par le chômage et la pauvreté. Ce malaise se révèle à travers des poussées de violences urbaines (1981 et 2005).

- **L'intégration est une réalité** qui se révèle à travers les mariages mixtes, la scolarisation, la progression du taux de diplômés de l'enseignement supérieur parmi les enfants d'immigrés. La « marche des Beurs » en 1983 manifeste le désir d'intégration des immigrés.

L'ESSENTIEL

Des structures démographiques et sociales bouleversées

- Au « baby-boom », marqué par une forte natalité et une montée en puissance numérique de la jeunesse, a succédé une population vieillissante.
- La population active est de moins en moins employée dans l'industrie et subit un chômage structurel.
- L'immigration est une donnée essentielle de la société française ; sa nature et les débats qui l'entourent ont fortement évolué depuis 1945.

2 Débats de société et évolution législative : des transformations décisives

A Mai 1968 : l'explosion de revendications nouvelles

1. Les enjeux de la crise

- **Une crise étudiante éclate le 3 mai 1968 :** les étudiants occupent les universités pour réclamer davantage de libertés et contester une société considérée à la fois comme trop traditionnelle et tournée vers la société de consommation.
- **La crise devient ensuite sociale :** à partir du 14 mai des grèves éclatent dans tout le pays, avec occupation des lieux de travail. Elles concernent jusqu'à 10 millions de travailleurs. Les grévistes souhaitent que les fruits de la croissance soient partagés et pas seulement investis dans la modernisation du pays.
- **Une partie de la jeunesse y trouve un nouvel engagement politique** aux côtés de petits partis ou groupes souvent marxistes qui marquent les années 1970 et favorisent l'arrivée au pouvoir du socialisme en 1981.

2. L'héritage de Mai 68

- **La recherche de l'épanouissement de l'individu suscite des comportements nouveaux :** contestation de l'autorité parentale et des institutions, diminution du nombre de mariages, diminution de la pratique religieuse, revendications portant sur les droits des femmes et des homosexuels.
- **À la suite de Mai 68, l'idée que changer la société est possible se répand.** Elle est prise en compte par les principales forces politiques et leurs candidats, Valéry Giscard d'Estaing (voir Zoom p. 136) et François Mitterrand. Parmi les premières mesures du gouvernement de ce dernier, on trouve l'abolition de la peine de mort en 1981 et la dépénalisation totale de l'homosexualité en 1982.

B La place des femmes dans la société française

Vidéo
Discours de Simone Veil

1. Les années 1970 : les premières batailles de l'émancipation

- **Le féminisme prend son essor** à travers des groupes et associations comme le Mouvement de Libération des Femmes (MLF) (voir Zoom p. 136).
- **La première évolution marquante du droit de la famille** prend place en 1970 : père et mère détiennent désormais de façon égale l'autorité parentale.
- **Les années 1970 marquent une libération du corps de la femme :** après la loi Neuwirth qui autorise la contraception, la ministre de la Santé, Simone Veil, fait voter la loi sur la légalisation de l'avortement en 1975.

Doc. Marche internationale des femmes, 20 novembre 1971
Les mouvements féministes réclament l'égalité entre les sexes et le droit pour les femmes de disposer de leur corps.

Sachez que...
Le 1er mai, où les revendications portaient traditionnellement sur le temps de travail ou la politique (antifascisme), traduit ces évolutions de la société : dans les cortèges les féministes sont par exemple de plus en plus présentes.

- **Le débat est virulent**, aussi bien au Parlement, où les giscardiens votent la loi avec les partis de gauche, que dans la société, où l'avortement rencontre l'hostilité de l'Église catholique.

2. Une place croissante mais encore timide dans la vie politique

- **Si depuis 1944 les femmes sont électrices**, elles sont rarement élues ou nommées à des postes politiques importants. En 1981, François Mitterrand crée un **Ministère des droits de la femme**. En 1991, il choisit comme **Premier Ministre une femme, Édith Cresson**.

Doc. **Améliorer la condition des femmes : le programme de François Mitterrand, candidat socialiste à l'élection présidentielle de 1981**

« 47 – La représentation proportionnelle sera instituée pour les élections à l'Assemblée nationale, aux assemblées régionales et aux conseils municipaux pour les communes de 9 000 habitants et plus. Chaque liste comportera au moins 30 % de femmes. [...]

65 – L'égalité de rémunération entre hommes et femmes sera garantie et appliquée au terme d'une négociation des conventions collectives dans chaque branche professionnelle. [...]

69 – La dignité de la femme sera respectée, notamment à travers l'image qui est donnée d'elle dans les manuels scolaires, la publicité, la télévision. Les associations de défense des droits des femmes pourront se porter partie civile en cas de discrimination. »

Extraits des « 110 propositions pour la France », avril-mai 1981

- **Ces avancées paraissent spectaculaires mais la place des femmes dans les assemblées élues reste limitée** : le combat féministe se porte alors sur **l'exigence de parité**, qui dut attendre l'an 2000 pour faire l'objet d'une loi.

3. L'essor inachevé des femmes dans la vie professionnelle

- **Longtemps, les femmes n'ont pas eu le moyen juridique de mener une vie professionnelle indépendante :** avant 1965, elles ne peuvent pas prendre un emploi ou ouvrir un compte en banque sans l'autorisation de leur mari.
- **Depuis 1960, les femmes travaillent de plus en plus :** en 1961, 40 % des femmes travaillaient ; 59 % en 1990. Leur niveau d'instruction s'élève, ce qui leur permet d'avoir des ambitions professionnelles plus importantes.
- **Pourtant, des discriminations entre hommes et femmes demeurent :** sous-représentation des femmes dans certains métiers jugés « masculins », « plafond de verre ». Pour tenter de résorber ces inégalités, le gouvernement socialiste fait voter en 1983 une loi sur l'égalité professionnelle, qui encore aujourd'hui est souvent jugée mal appliquée.

L'ESSENTIEL

Débats de société et évolution législative : des transformations décisives

- Mai 1968 a participé à libérer les débats sur de grands enjeux de société.
- L'émancipation des femmes est un des phénomènes les plus marquants des dernières décennies : elle a contribué à faire évoluer notamment le droit de la famille.

ZOOM SUR...

La « société libérale avancée » : les mesures politiques et sociales du septennat de Valéry Giscard d'Estaing (1974-1981)

L'expression « société libérale avancée » date de 1974 et désigne le projet de société de Valéry Giscard d'Estaing fondé sur une société qui accordait plus de libertés aux individus et prenait en compte certaines revendications de Mai 68.

1 La légalisation de l'avortement

→ La loi de 1920 avait réaffirmé l'interdiction de la contraception et de l'avortement. **La loi Neuwirth de 1967 légalise la contraception**, qui restait payante. Dès décembre **1974** le gouvernement rendit la **contraception remboursable** par la Sécurité sociale.

→ **À partir du début des années 1970 les associations féministes se mobilisent pour réclamer la légalisation de l'avortement :** le Mouvement français pour le planning familial né en 1956, le Mouvement de Libération des Femmes créé en 1970, l'organisation Choisir créée en 1971, la Ligue des droits de la femme fondée en 1974 par Simone de Beauvoir. Les autorités catholiques comme l'Ordre des médecins réagissent en menant une campagne anti-avortement.

→ Le débat au Parlement est très vif. **La loi est votée le 17 janvier 1975** grâce aux voix des giscardiens et des partis de gauche.

2 Des lois démocratiques destinées à étendre la citoyenneté

→ **L'âge de la majorité est abaissé à 18 ans en 1974.** Cette loi doit être comprise comme une conséquence de l'**irruption de la jeunesse sur la scène politique en Mai 68**. Elle fait entrer 2 400 000 personnes de plus dans le corps électoral.

→ Des **réformes de l'enseignement sont menées pour améliorer l'égalité des chances** dans le système éducatif. La loi Haby du 11 juillet 1975 met en place le collège unique pour tous les Français. Le président de la République introduit pour la première fois la notion de « savoir minimal ».

Doc. Affiche de la campagne électorale de Valéry Giscard d'Estaing, 1974

Sur cette affiche le candidat prit soin de se représenter aux côtés d'une de ses filles. Il sous-entendait ainsi qu'il s'adresserait aux femmes et aux jeunes, des catégories jusque-là négligées par les partis politiques.

Doc. Affiche du Mouvement de la jeunesse communiste de France pour la Fête d'Avant-Garde des 5 et 6 juin 1976

Cette affiche, qui détourne l'image de Karl Marx, icône politique du communisme, montre à quel point les partis politiques cherchaient tous à s'adresser à la jeunesse.

3 La réforme de l'audiovisuel

→ **Depuis 1945 l'État exerce un monopole sur la radiodiffusion et la télévision.** En 1964, cette situation est renforcée avec la création de l'ORTF, Office de radio-télévision française. Cela pose le problème politique du contrôle ou de la liberté de l'information.

→ **La réforme votée en août 1974 fait éclater l'ORTF en plusieurs sociétés autonomes** (TF1, Antenne 2, France-Régions 3) afin de limiter l'emprise de l'État. La réforme reste cependant timide, car elle suscite de l'hostilité aussi bien à droite qu'à gauche. Elle porte ses fruits progressivement.

Repères chronologiques

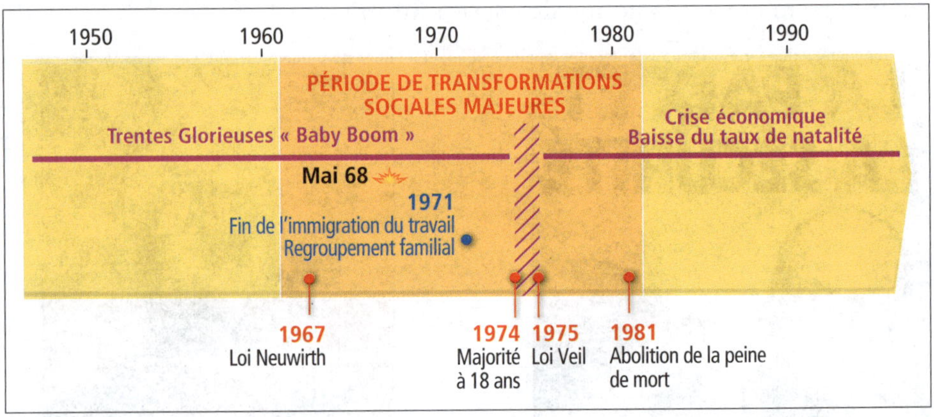

Mots clés

■ **Baby-boom** : période, entre 1945 et 1973, où le taux de natalité français fut élevé.

■ **Désindustrialisation** : recul des activités du secteur secondaire.

■ **Discrimination** : distinction, injuste et illégitime, établie sur des critères comme l'origine familiale ou la couleur de la peau.

■ **Féminisme** : mouvement qui cherche à promouvoir la place et les droits des femmes dans la société.

■ **Parité** : égalité des hommes et des femmes dans les sphères domestique, professionnelle, politique.

■ **« Plafond de verre »** : difficultés d'accès des femmes à des postes importants et à des salaires élevés.

■ **Productivisme** : système d'organisation de la vie économique qui consiste à accroître la production.

■ **Regroupement familial** : possibilité pour un travailleur immigré de faire venir sa femme et ses enfants dans le pays où il séjourne, au nom du droit à vivre en famille.

■ **Société de consommation** : système social fondé sur la consommation de masse, stimulée par la publicité.

■ **Société post-industrielle** : société dans laquelle le secteur tertiaire est devenu la principale activité économique.

■ **Tertiarisation** : augmentation du poids des activités tertiaires.

■ **Trente Glorieuses** : expression qui désigne la période de croissance et de plein emploi que connut la France entre 1945 et 1975.

Personnages clés

Simone VEIL (1927)

Rescapée de la Shoah, magistrate, elle fut nommée ministre de la Santé en mai 1974. Elle défendit devant le Parlement la loi sur l'interruption volontaire de grossesse.

Robert BADINTER (1928)

Avocat militant pour l'abolition de la peine de mort, il fut ministre de la Justice de 1981 à 1986. Il défendit la loi sur l'abolition de la peine de mort. Il contribua également à renforcer les libertés individuelles en dépénalisant totalement l'homosexualité.

Document majeur

Doc. Histogramme présentant les grandes tendances de l'évolution de la population française

L'histogramme délivre directement un certain nombre d'informations sur l'augmentation de la population totale, de la population active (conséquence du « baby-boom ») et de la population immigrée (conséquence de l'immigration de travail et du regroupement familial). Si on met en relation ces différents éléments, l'histogramme suggère d'autres informations : la part de la population active dans la population totale a diminué, ce qui s'explique par l'allongement du temps des études et la forte augmentation du nombre de retraités.

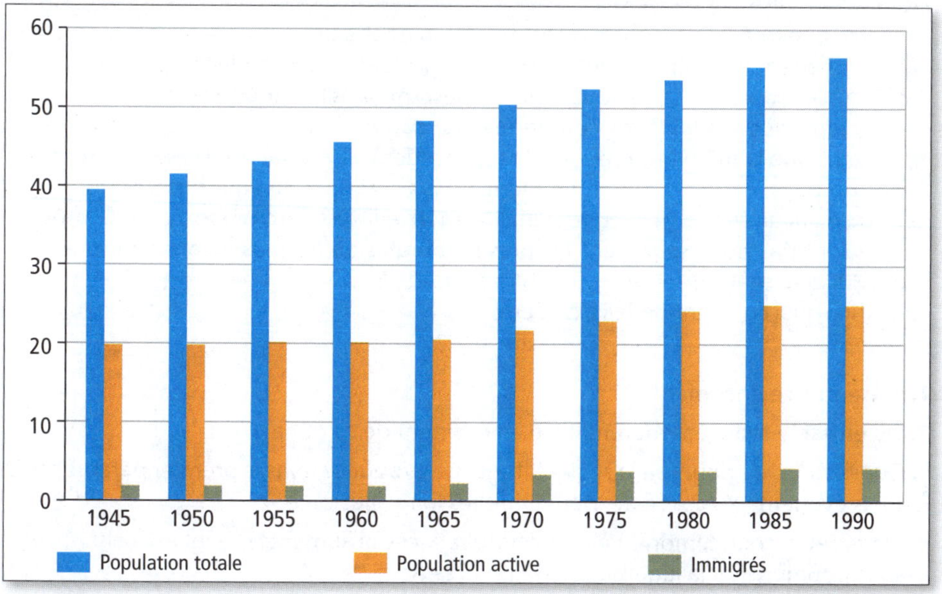

Je vérifie mes connaissances

1 Qu'est-ce que le « baby-boom » ? Quelles sont ses conséquences sur la société française ?

2 Décrivez les évolutions de la population active des années 1950 aux années 1980.

3 Citez trois exemples de réformes sociales sous le septennat de Valéry Giscard d'Estaing.

4 Pourquoi peut-on parler d'émancipation des femmes à partir des années 1960 ?

Vers le brevet

Doc. Discours de Simone Veil à l'Assemblée Nationale, 26 novembre 1974

– « [...] Pourquoi ne pas maintenir le principe et continuer à ne l'appliquer qu'à titre exceptionnel ? Pourquoi consacrer une pratique délictueuse et, ainsi, risquer de l'encourager ? Pourquoi légiférer et couvrir ainsi le laxisme de notre société, favoriser les égoïsmes individuels au lieu de faire revivre une morale de civisme et de rigueur ? Pourquoi risquer d'aggraver un mouvement de dénatalité dangereusement amorcé au lieu de promouvoir une politique familiale généreuse et constructive qui permette à toutes les mères de mettre au monde et d'élever les enfants qu'elles ont conçus ?

– Parce que tout nous montre que la question ne se pose pas en ces termes. [...] En face d'une femme décidée à interrompre sa grossesse, [les médecins] savent qu'en refusant leur conseil et leur soutien ils la rejettent dans la solitude et l'angoisse d'un acte perpétré dans les pires conditions, qui risque de la laisser mutilée à jamais. Ils savent que la même femme, si elle a de l'argent, si elle sait s'informer, se rendra dans un pays voisin ou même en France dans certaines cliniques et pourra, sans encourir aucun risque ni aucune pénalité, mettre fin à sa grossesse. Et ces femmes, ce ne sont pas nécessairement les plus immorales ou les plus inconscientes. Elles sont 300 000 chaque année. [...] C'est à ce désordre qu'il faut mettre fin. C'est cette injustice qu'il convient de faire cesser. »

1. Présentez ce document.

2. Où en est le mouvement féministe au moment de ce débat ?

3. Quelles sont les peurs de la société française évoquées dans le premier paragraphe ? À quels événements ces peurs peuvent-elles faire allusion ?

4. Dans cet extrait, Simone Veil répond-elle à ces arguments ? Quel est celui qu'elle avance pour justifier la légalisation de l'avortement ?

Je vérifie mes connaissances

1 Le « baby-boom » désigne un phénomène démographique majeur qui eut lieu entre 1945 et 1973. Pendant cette période, le taux de natalité fut particulièrement élevé, entre 17 et 21 ‰, ce qui entraîna une forte augmentation de la population française.

2 Dans les années 1950, la population active est en situation de quasi plein emploi : le chômage est rare. Les ouvriers y ont une part importante, qui augmente jusque dans les années 1960 où ils atteignent 36,7 % des actifs. Les agriculteurs ne cessent en revanche de reculer. Les années 1970 voient apparaître un chômage de masse structurel qui touche largement les ouvriers. Leur part dans la population active diminue au profit des employés du secteur tertiaire.

Remarque

« Décrire » n'est pas « expliquer ». Il faut s'en tenir dans la réponse à des faits, sans forcément en donner les raisons, ce qui aurait de plus l'inconvénient d'allonger considérablement la réponse.

3 On peut citer ces trois exemples de réforme sociale sous le septennat de Valéry Giscard d'Estaing : l'abaissement de l'âge de la majorité électorale et civile à 18 ans dès le 5 juillet 1974; la légalisation de l'avortement par la loi du 17 janvier 1975; la loi Haby du 11 juillet 1975 qui mit en place le « collège unique ».

Conseil

Il est préférable de classer les réformes dans l'ordre chronologique – ce qui implique d'en connaître et d'en donner les dates.

4 On peut parler d'émancipation des femmes à partir des années 1960 car elles se libèrent d'un certain nombre d'interdictions et de limites qui pesaient sur elles jusque-là. Sur le plan personnel, elles obtiennent l'accès à la contraception avec la loi Neuwirth de 1967, avant de voir l'avortement légalisé en 1975. Sur le plan matériel, elles n'ont plus besoin de l'autorisation de leur mari pour prendre un emploi ou ouvrir un compte en banque à partir de 1965. Elles sont de plus en plus nombreuses à travailler à partir des années 1960.

Vers le brevet

1 Ce texte est le discours prononcé par Simone Veil, alors ministre de la Santé, devant les députés de l'Assemblée Nationale le 26 novembre 1974. Il était destiné à défendre la loi sur la légalisation de l'avortement afin d'obtenir qu'elle soit votée. Le contexte soutenait l'émancipation des femmes puisqu'en 1967 la contraception avait été légalisée et que les mouvements féministes se développaient considérablement depuis 1970.

2 Au moment de ce débat, le mouvement féministe a commencé à se structurer en grandes organisations. Au Mouvement français pour le planning familial né en 1956 sont venus s'ajouter le Mouvement de Libération des Femmes créé en 1970, l'organisation Choisir créée en 1971, la Ligue des droits de la femme fondée en 1974 par Simone de Beauvoir. Ces mouvements sont très actifs pour les droits des femmes en général et pour la légalisation de l'avortement en particulier. Ils occupent l'espace public en organisant de grandes manifestations.

> **Remarque**
> N'hésitez pas à bien observer les documents du manuel et à en tirer des informations pour vos réponses. Saurez-vous retrouver le document qui permet d'écrire « Ils occupent l'espace public en organisant de grandes manifestations » ?

3 Le premier paragraphe évoque la crainte que la légalisation de l'avortement n'encourage l'immoralité (des relations sexuelles multipliées) et la crainte de voir instaurer un contrôle des naissances qui ferait diminuer la population française. Ces craintes s'expliquent dans le contexte de Mai 68, qui a contribué à libérer les mœurs, et du ralentissement démographique à l'œuvre depuis le milieu des années 1960 avant d'être franchement perceptible au début des années 1970.

4 Dans cet extrait, Simone Veil ne répond pas exactement à ces arguments et à ces peurs. Elle choisit de répondre sur un autre terrain en soulignant les inégalités d'accès à l'avortement parmi les Françaises. Ces inégalités varient en fonction de l'argent et de l'information dont les femmes disposent, donc aussi de leurs réseaux personnels. Cela crée une injustice fondamentale, indigne d'une société démocratique ou « société libérale avancée » prônée par Valéry Giscard d'Estaing.

PARTIE II

Géographie

CHAPITRE 9

Les aires urbaines : une nouvelle géographie d'une France mondialisée

DE QUOI S'AGIT-IL ?

Aujourd'hui, 95 % des Français vivent sous l'influence des villes. L'espace urbain occupe une part de plus en plus importante du territoire national. Il s'étend bien au-delà de ses limites traditionnelles, ce qui rend difficile la distinction entre villes et campagnes. Ce phénomène d'étalement urbain repose sur la multiplication des mobilités individuelles ; il traduit une nouvelle logique, liée à la mondialisation, dans la répartition des hommes et des activités économiques sur le territoire français. C'est en effet dans les métropoles les plus denses, celles qui offrent le plus grand nombre de services spécialisés et qui disposent d'infrastructures de transport modernes, que se concentrent les principales fonctions de commandement de niveau national ou international.

1 La France, un territoire urbanisé

A L'affirmation de la France des villes

1. Des urbains toujours plus nombreux

- **L'écrasante majorité des Français habite en ville.** La population urbaine a considérablement augmenté au fil du XXe siècle.
- Le processus d'urbanisation s'est accéléré au **lendemain de la Seconde Guerre mondiale :** la part de la population urbaine est passée de 53 % en 1946 à 70 % en 1968. La modernisation de l'agriculture s'est en effet traduite par un **exode rural important**, tandis que la croissance des villes était portée par le développement des activités industrielles et des services.
- **L'augmentation du nombre d'urbains s'est poursuivie des années 1970 au milieu des années 1990**, mais à un rythme moins soutenu. La part de la population urbaine semble s'être stabilisée au tournant des années 2010.

2. De la ville à l'aire d'attraction urbaine

- **Le mode de vie des Français est profondément urbain.** Il se diffuse sur l'ensemble du territoire à l'exception de quelques endroits particulièrement isolés. Selon l'INSEE, **95 % de la population vit dans un territoire sous influence urbaine.**
- L'opposition traditionnelle ville-campagne ne permet plus de rendre compte de l'évolution des modes de vie des Français ni de l'organisation du territoire. On utilise désormais la notion d'**aire d'attraction** des villes pour décrire et analyser les dynamiques démographiques et spatiales à l'œuvre. L'aire d'attraction d'une ville définit l'étendue de son influence sur les communes environnantes.
- Une aire est composée d'un **pôle**, défini à partir de critères de population et d'emploi, et d'une **couronne** constituée des communes dont au moins 15 % des actifs travaillent dans le pôle. C'est donc sur l'intensité des déplacements domicile-travail que repose la mesure de l'influence exercée par une ville dans son environnement.

3. Des aires d'attraction d'étendue inégale

- En France, **les 699 aires d'attraction des villes regroupent plus de neuf personnes sur dix**. Ainsi, 51 % de la population habite dans les pôles et 43 % dans les couronnes.

Vidéo Paris et son aire urbaine

- **Un Français sur cinq vit dans l'aire d'attraction de Paris**. Treize autres très grandes aires comptent 700 000 habitants ou plus : Lyon, Marseille-Aix-en-Provence, Lille, Toulouse, Bordeaux, Genève-Annemasse, Nantes, Luxembourg, Strasbourg, Sarrebruck, Montpellier, Rennes et Grenoble.

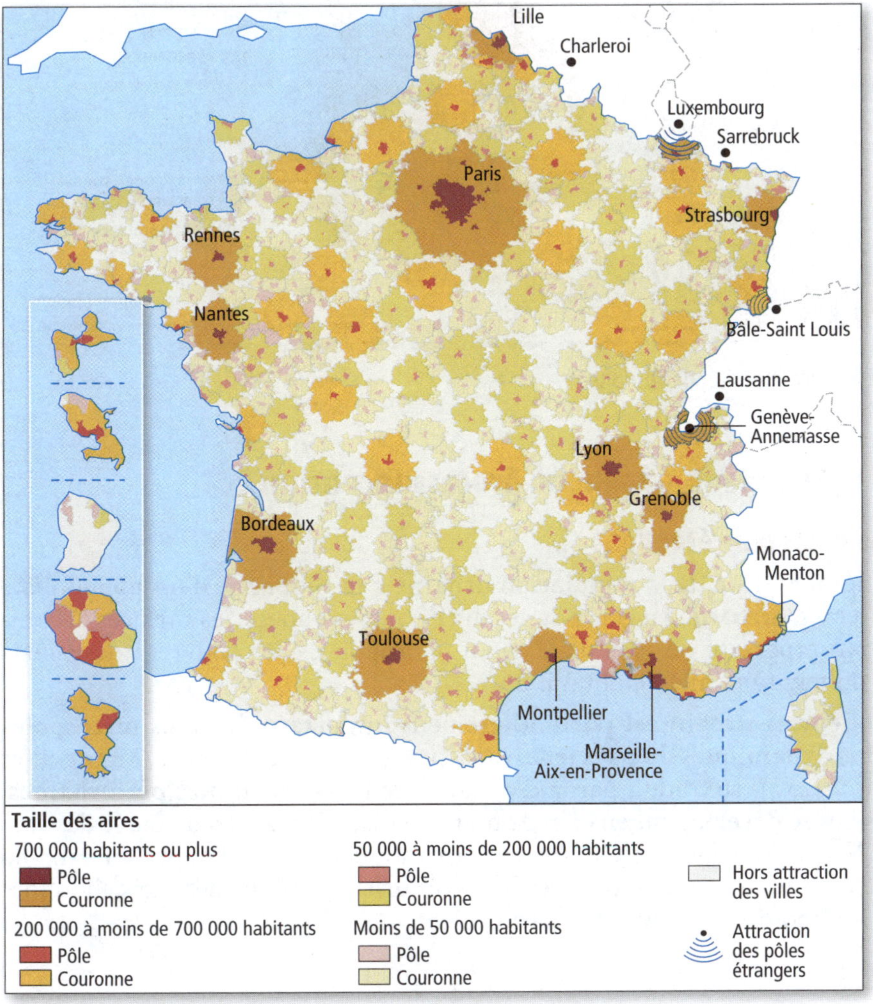

Doc. Les aires d'attraction des villes selon le nombre d'habitants

• Le **zonage en aires d'attraction urbaine** se substitue depuis 2020 au zonage en aires urbaines. Il permet d'apprécier plus finement l'influence d'une ville au-delà de ses limites physiques traditionnelles définies par la continuité du bâti.

• Ainsi, par exemple, l'aire d'attraction de Toulouse englobe 75 communes de plus et près de 55 000 habitants supplémentaires que son ancienne aire urbaine.

Sachez que...

8 932 communes françaises sont situées en dehors d'une aire d'attraction urbaine. Elles représentent 25,5 % du nombre total de communes et rassemblent 6,7 % de la population.

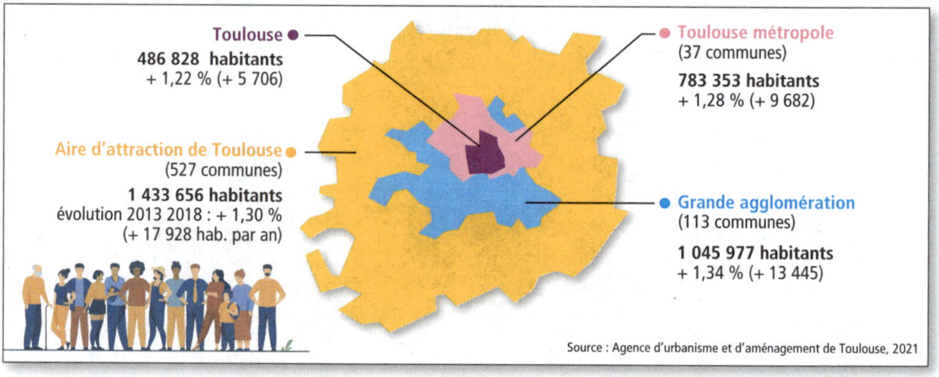

Doc. L'aire d'attraction de Toulouse

B L'étalement urbain, un processus continu

1. Des villes qui s'étendent

• **L'augmentation de la population urbaine s'accompagne d'un phénomène d'étalement urbain.** Au cours de ces dix dernières années, les surfaces urbanisées ont progressé de près de 20 % en métropole : elles couvrent désormais 22 % du territoire métropolitain.

• **L'étalement urbain est particulièrement important dans les métropoles les plus dynamiques du pays** telles que Toulouse, Nantes, Rennes, Montpellier et Bordeaux. Il se traduit par la croissance de leurs **couronnes périurbaines**. Les villes se développent en effet de manière discontinue et à distance des surfaces bâties qui sont au cœur des agglomérations. La population péri-urbaine garde cependant un lien fort avec les pôles urbains autour desquels elle s'installe : au moins 40 % des actifs y travaillent.

2. De multiples facteurs d'explication

- L'étalement urbain – ou **périurbanisation** – est lié notamment à la difficulté de se loger dans de bonnes conditions dans le centre des agglomérations. En ville, les loyers sont élevés, les logements sont souvent de taille réduite. Certaines familles n'ont parfois d'autre choix que de quitter le cœur des villes pour gagner la périphérie.
- La recherche d'un cadre de vie plus agréable, plus « vert », et la perspective de vivre dans une maison individuelle expliquent aussi la multiplication des **lotissements**, ces ensembles pavillonnaires construits par des promoteurs, et la généralisation du **mitage** (quand il s'agit d'une construction isolée à l'initiative d'un particulier).

C Les conséquences de la périurbanisation

1. Des effets environnementaux

- La périurbanisation entraîne une **croissance importante de la longueur et de la durée des déplacements de la population**, surtout en ce qui concerne les migrations pendulaires. Parmi les 24,6 millions de Français qui quittent quotidiennement leur domicile pour exercer leur emploi, 18,2 millions se déplacent en voiture (74 %).

Sachez que...
58,4 % des actifs ayant un emploi et résidant dans les pôles rejoignent leur lieu de travail en voiture, contre 90 % dans les zones situées hors d'une aire d'attraction urbaine.

- **La croissance de la mobilité individuelle contribue à l'augmentation de la pollution atmosphérique.** Faute de transports en commun, les habitants des espaces périurbains doivent aussi utiliser un véhicule personnel pour accéder aux services et aux équipements qui restent majoritairement concentrés dans les pôles urbains.

2. L'uniformisation des paysages

- **L'étalement urbain accentue l'uniformisation des paysages à l'échelle du territoire national.** Il crée des espaces de transition entre les villes et l'espace rural où la présence de terrains à moindre coût permet de construire des centres commerciaux ou de vastes zones industrielles aux caractéristiques architecturales identiques d'une région à l'autre.
- **Les paysages périurbains conservent en règle générale l'apparence de la campagne.** Ils restent pour l'essentiel caractérisés par la prédominance des champs et des bois. Mais, au-delà du mitage, de l'implantation des lotissements et des zones d'activités, ils sont aussi soumis

Sachez que...
En France, entre 20 000 et 30 000 hectares sont artificialisés chaque année. Cette artificialisation augmente presque quatre fois plus vite que la population.

à l'artificialisation des sols du fait de la construction des routes et autoroutes nécessaires pour permettre les relations avec le centre des aires urbaines.

- **L'artificialisation des sols nuit à la biodiversité animale et végétale**, soit directement par la disparition des espèces concernées, soit indirectement par la dégradation de leurs milieux de vie.
- **Elle gêne aussi le rechargement des nappes phréatiques et favorise le ruissellement des eaux.** Outre les problèmes d'érosion des sols qu'il soulève, ce phénomène accentue les conséquences humaines et matérielles des catastrophes naturelles telles que les inondations.

3. Le recul de l'agriculture

- **La périurbanisation concurrence l'agriculture :** le territoire urbain s'étend en effet principalement par la consommation d'espaces agricoles ou naturels.
- **Le lien entre pression urbaine et recul de l'agriculture est double :** d'une part, l'étalement urbain entraîne l'augmentation du prix des terrains (un terrain constructible vaut plus cher que des terres agricoles), ce qui incite les propriétaires fonciers à convertir leurs parcelles agricoles ; d'autre part, le mitage rend plus difficile le travail des agriculteurs (difficultés d'accès aux terrains cultivés, émiettement des parcelles...), ce qui peut contribuer à la disparition de leurs exploitations.

Doc. Un paysage périurbain dans la région de Nancy

1 Lotissement **3** Forêt **5** Échangeur autoroutier
2 Entrepôts **4** Zone artisanale et commerciale **6** Terres agricoles

• Par ailleurs, **les conflits d'usage entre les agriculteurs et les nouveaux habitants des couronnes périurbaines se multiplient.** Cette population, qui présente des profils très variés (jeunes actifs avec enfants, retraités français ou européens à haut niveau de revenus, ménages dans une situation de grande précarité…), est attirée par la possibilité de vivre dans un cadre agréable. Elle n'adhère pas toujours pour autant au mode de vie campagnard : chant du coq, passage des vaches et travail nocturne des machines au temps des récoltes ne sont pas nécessairement appréciés…

2 Les aires urbaines et l'organisation du territoire français

A À l'échelle locale et régionale

1. Centres et périphéries des aires urbaines : des territoires dissociés

• **Le centre des aires urbaines françaises a souvent fait l'objet d'opérations d'urbanisme de grande ampleur depuis un demi-siècle.** Les quartiers les plus anciens de la ville-centre ont été réhabilités, des voies piétonnes aménagées, les transports modernisés.

• Ces quartiers de l'hyper-centre accueillent les activités les plus prestigieuses (spécialités médicales rares, commerces de luxe…) et attirent les populations les plus favorisées qui peuvent y assumer le coût des logements. On parle d'un processus de **gentrification**.

• **Les espaces situés à la périphérie du centre historique de l'aire urbaine** (autres quartiers de la ville-centre, banlieues et couronnes périurbaines) **présentent des caractéristiques extrêmement variées.** Il peut s'agir de quartiers résidentiels pavillonnaires, de grands ensembles d'habitat collectif, de centres commerciaux ou d'affaires, d'espaces récréatifs…

> **Sachez que…**
> Le centre historique de Bordeaux a été inscrit en 2007 sur la liste du patrimoine mondial de l'UNESCO en raison du caractère urbain et architectural exceptionnel de ce quartier.

• Le plus souvent, il s'agit d'espaces urbains « à vocation mixte » qui se caractérisent par la présence simultanée de plusieurs types d'activité. Ils accueillent des populations issues de catégories sociales contrastées et sont structurés par des axes de communication et de desserte des différents territoires de l'aire urbaine.

2. Répondre aux « crises urbaines »

• **L'étalement urbain est parfois considéré comme un facteur d'aggravation des inégalités sociales.** Il favoriserait les phénomènes de ségrégation

COURS

liés à l'âge (les personnes âgées plutôt en centre-ville, les ménages avec jeunes enfants plutôt en périphérie) ou au niveau de revenus (les familles aisées au cœur des aires urbaines, les plus modestes sur les marges les plus lointaines).

- Face à une telle tendance, **l'État et les collectivités territoriales conçoivent et financent des politiques d'aménagement spécifiques**, notamment dans le périmètre des quartiers prioritaires de la politique de la ville (voir chapitre 12).
- Au-delà des difficultés sociales et économiques, **l'urbanisation croissante du pays pose aussi problème du point de vue environnemental.** Dans toutes les grandes aires urbaines du pays, les pouvoirs publics et les promoteurs privés investissent en conséquence dans la construction d'**écoquartiers**.
- Les municipalités des communes concernées (ou leurs représentants communautaires quand il existe une structure intercommunale) mettent également en œuvre de **plans de déplacements urbains**. Ils visent à privilégier les transports en commun et les « mobilités douces » (cheminements piétonniers, location de vélos ou de véhicules électriques) afin de diminuer la pollution sonore et atmosphérique qui se développe avec la croissance urbaine.

Sachez que...
Aujourd'hui en France, le vélo ne représente encore que 3 % des déplacements en ville. Son usage a néanmoins fortement progressé du fait de la crise sanitaire.

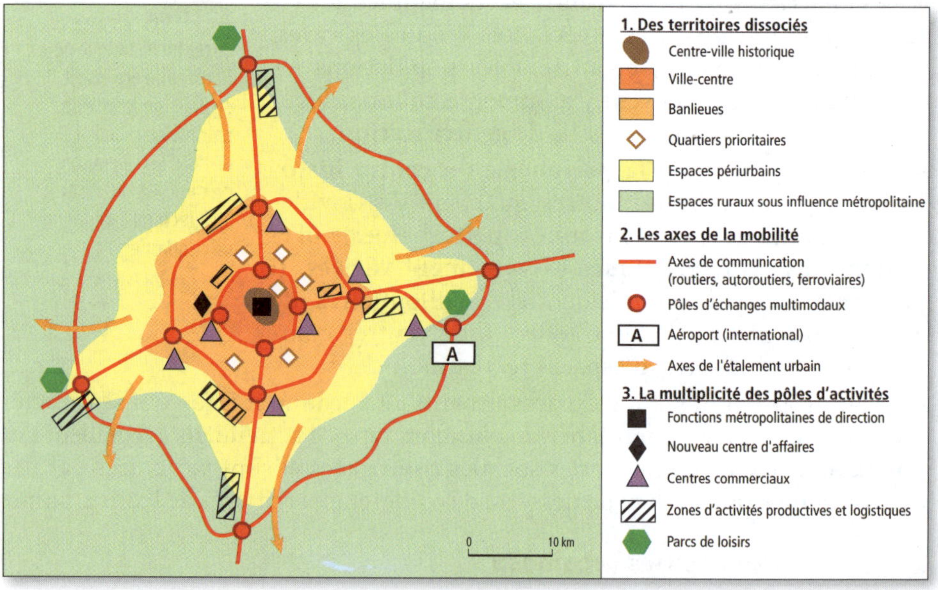

Doc. Les territoires des aires urbaines métropolitaines

B À l'échelle nationale et internationale

1. Des aires urbaines hiérarchisées

- **L'aire urbaine de Paris compte 5,5 fois plus d'habitants que celle de Lyon et 7 fois plus que celle d'Aix-Marseille**, respectivement classées aux 2e et 3e rangs en France.
- Ce déséquilibre démographique entre la région-capitale et les autres aires métropolitaines du pays traduit également un déséquilibre de puissance et d'influence économiques des aires urbaines françaises. C'est un héritage de l'histoire.
- **Seule aire française de rayonnement mondial, Paris domine l'armature urbaine du pays grâce à de nombreux atouts.** Elle compte proportionnellement deux fois plus d'emplois de type **CFM** que les autres aires urbaines, son économie est nettement plus ouverte à l'international que la moyenne, sa population y est plus jeune et son solde naturel (l'écart entre le taux de natalité et le taux de mortalité) plus élevé qu'ailleurs.

> **Sachez que...**
> Pour les géographes, la question du déséquilibre entre Paris et le reste du territoire national est une préoccupation ancienne. Elle remonte à la publication en 1947 d'un livre de J.-F. Gravier au titre évocateur : « Paris et le désert français »...

2. L'inégal dynamisme des aires métropolitaines régionales

- L'Insee (institut national de la statistique et des études économiques) a mis en évidence l'hétérogénéité des situations dans lesquelles se trouvent les principales aires urbaines françaises.
- **22 aires connaissent à la fois une très forte croissance démographique et économique.** Parmi elles, des capitales régionales comme Toulouse, Bordeaux, Nantes et Rennes, mais aussi des agglomérations de taille plus modeste également situées sur le pourtour du territoire national telles que Annecy, Vannes et Chambéry. Dans ces aires urbaines attractives, l'arrivée de jeunes adultes en âge d'avoir des enfants ralentit le processus de vieillissement de la population et stimule la construction de logements neufs (2,4 % par an contre 0,8 % en moyenne nationale).

> **Sachez que...**
> À Bordeaux, la population augmente de 1,6 % par an contre 0,8 % en moyenne dans les autres aires urbaines et 0,4 % pour l'ensemble de la population française.

- **85 aires** connaissent également une croissance économique et démographique, mais dans une moindre mesure et pour des raisons spécifiques. C'est en effet principalement dans la sphère de **l'économie présentielle** qu'elles puisent les facteurs de leur développement. Ce sont des villes qui vivent pour une large part du tourisme et qui accueillent de nombreuses résidences secondaires. De nombreux retraités font également le choix de s'installer à Bayonne, Nice, Saint-Malo, Perpignan ou Quimper, ... cette « France où il fait bon vieillir ».

• **À l'inverse de ces deux premières catégories, 170 aires sont dites « en difficulté ».** Ces difficultés peuvent être de nature économique (crise des activités industrielles) et/ou sociales (chômage de longue durée, départ des jeunes actifs, vieillissement et précarisation de la population résidente...). Elles affectent des aires de toutes tailles comme Mulhouse, Limoges, Saint-Etienne, Valenciennes, Arles...

• **Les autres aires urbaines du pays, principalement regroupées au Nord et à l'Est du pays, sont en situation intermédiaire :** leur évolution démographique et économique se situe à un niveau proche de la moyenne nationale, que l'écart soit positif ou négatif.

3. Les liens entre métropolisation et mondialisation

• **La recomposition de l'armature urbaine française se traduit par le déplacement des hommes et des activités du Nord-Est vers le Sud-Ouest, et des régions de l'intérieur en direction des espaces littoraux.** Elle est étroitement liée aux transformations du système productif français et aux effets de la mondialisation.

• **La globalisation de l'économie repose en effet sur l'accélération des échanges de biens et de services à toutes les échelles.** Les entreprises cherchent à se développer là où elles sont en mesure de trouver une main d'œuvre hautement qualifiée, des services variés et très spécialisés, un cadre de vie agréable, une intense vie culturelle tout particulièrement appréciée par les CFM, ainsi que des infrastructures de transport et de communication modernes et performantes (autoroutes, TGV, réseaux numériques 4G...). Or, ce sont précisément ces attributs qui caractérisent les aires urbaines les plus attractives du Sud et de l'Ouest du pays : **métropolisation et mondialisation vont donc de pair.**

> **Sachez que...**
> Les CFM sont aussi qualifiés « d'emplois stratégiques » : ils contribuent directement au rayonnement et à l'attractivité des aires urbaines qui les accueillent.

• **Ces nouvelles dynamiques spatiales remettent en cause les lignes de force traditionnelles de l'organisation du territoire français.** Elles renforcent l'influence de Paris et celle des grandes aires urbaines qui s'étendent de Rennes à Toulouse, et de Montpellier à Nice ou à Lyon. L'amélioration des connections à grande vitesse entre elles d'une part, et entre ces métropoles et les grandes capitales européennes d'autre part, accentuent le rôle qu'elles ont dans l'organisation du territoire à l'échelle des aires urbaines concernées, de leurs régions respectives et du pays tout entier.

- **Inversement, cette évolution fragilise les aires urbaines du Nord, de l'Est et du Centre de la France.** Les élus et les habitants des « villes qui rétrécissent » s'inquiètent des conséquences à moyen ou long terme de ce « déménagement du territoire ». Ils redoutent de se retrouver de plus en plus isolés face à des difficultés sociales et économiques qui ne cessent de s'accroître.

COURS

L'ESSENTIEL

Les aires urbaines, une nouvelle géographie d'une France mondialisée

- Le territoire français est profondément marqué par le fait urbain. 95 % de la population vit sous l'influence d'une ville.
- L'étalement urbain se poursuit ; les couronnes périurbaines se développent au détriment des activités agricoles et des équilibres environnementaux.
- Paris et les aires urbaines métropolitaines ont un rôle majeur dans l'organisation du territoire français. Elles contribuent à son inscription dans une économie mondialisée tandis que certains espaces restent à l'écart et se marginalisent.

ZOOM SUR...

L'agglomération parisienne, pôle dominant du territoire français

1 Une région-capitale au rayonnement exceptionnel

→ **L'aire urbaine de Paris compte 12,6 millions d'habitants.** C'est la métropole la plus peuplée de l'Union européenne. L'Île-de-France contribue à 30 % du PIB français et fait partie des quatre premières métropoles mondiales par la richesse produite.

→ **Paris concentre l'essentiel des lieux de pouvoir à l'échelle nationale**, qu'il s'agisse du pouvoir politique, économique et financier ou culturel et intellectuel : elle est le 1er centre universitaire du pays avec 625 000 étudiants.

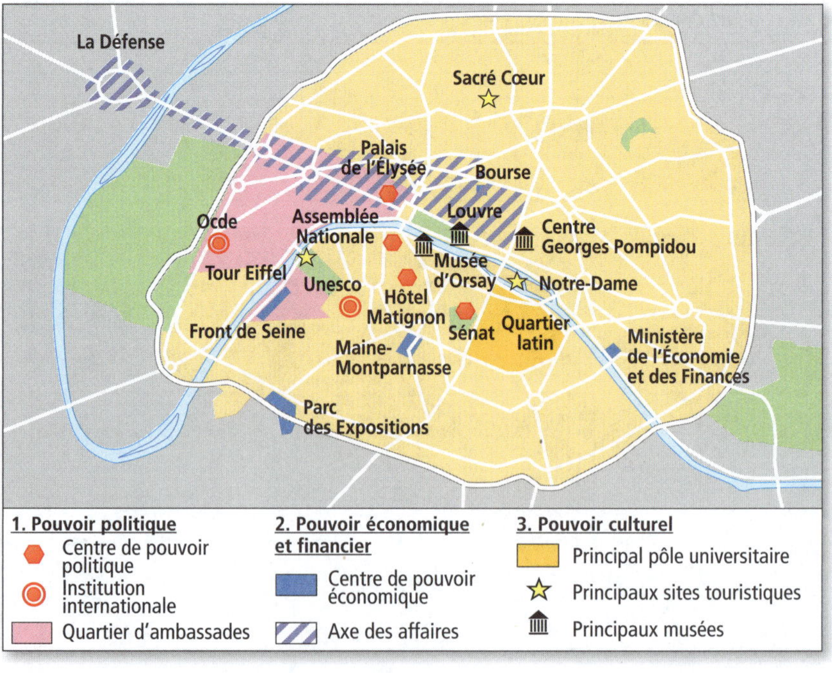

Doc. La concentration des pouvoirs à Paris

→ Paris bénéficie en outre d'une **situation géographique favorable** qui renforce son statut de « **ville mondiale** ». Bien que situées à l'écart de la dorsale européenne, la ville et sa région profitent d'infrastructures de transport modernes et performantes (deux aéroports internationaux, sept gares TGV) qui facilitent leur intégration à l'Europe et amplifient leur ouverture sur le monde.

2 Problèmes urbains et inégalités territoriales

→ La région-capitale est « **victime de son succès** » : les réseaux de transport en commun (métro, RER, bus) et le réseau routier sont saturés.

→ Au-delà de l'**augmentation de la pollution** et de ses conséquences sur la santé, la métropolisation de la région parisienne s'accompagne d'autres **effets négatifs.** Une offre de logements insuffisante et un coût de la vie plus élevé que dans les autres grandes villes du pays accentuent les **phénomènes de ségrégation** : la capitale est de plus en plus inaccessible pour les catégories sociales les plus modestes et pour les jeunes en particulier.

→ **Les inégalités sociales sont d'ores et déjà bien plus marquées dans la région parisienne** qu'ailleurs dans le pays. Mais avec la crise, **les contrastes ont tendance à s'aggraver** : la généralisation de la précarité dans certaines banlieues fait craindre de nouvelles émeutes urbaines semblables à celles de 2005.

3 Le projet du « Grand Paris »

→ C'est pour « **mieux équilibrer le territoire régional** » que l'État et les collectivités territoriales se sont engagés depuis 2009 dans le **projet du « Grand Paris »** ; il prévoit la fusion de la ville de Paris et des trois départements limitrophes ainsi que la création d'un nouveau réseau de transports reliant les pôles économiques et scientifiques de la région.

→ **Le « Grand Paris » a pour ambition de donner à l'Île-de-France les moyens de soutenir la concurrence des autres métropoles mondiales.** Pour l'État, renforcer le poids de Paris, c'est renforcer les chances de la France dans la mondialisation et garantir son maintien au rang de puissance mondiale.

→ Cet avis **ne fait pas l'unanimité** : certains élus considèrent que cet investissement devrait bénéficier en priorité à l'amélioration des réseaux de transport entre les régions de province. Ils estiment que ce projet, en accentuant l'attractivité de la capitale, va renforcer les déséquilibres qui opposent la région parisienne au reste du territoire national.

Mots clés

Artificialisation : transformation de l'état naturel d'une surface forestière ou agricole en espace urbain, industriel, commercial ou dédié aux transports.

CFM (cadres des fonctions métropolitaines) : emplois à haut niveau de responsabilité et de qualification qui caractérisent les fonctions de commandement des entreprises dans les domaines de la conception-recherche, des prestations intellectuelles, du commerce inter-entreprises, de la gestion et de la culture.

Conflit d'usage : concurrence entre différents acteurs autour de l'utilisation d'un espace ou d'une ressource (l'eau, la terre, la forêt…).

Couronne périurbaine : espace à la périphérie des villes qui, tout en conservant l'apparence de la campagne, accueille de nombreux habitants liés à la ville voisine pour le travail, les courses, les études ou les loisirs.

Économie présentielle : voir p. 189.

Écoquartier (ou « quartier durable ») : aménagement urbain qui préserve l'environnement, prévoit la création d'entreprises et d'emplois, et encourage la mixité sociale et l'implication des citoyens à la vie de leur quartier.

Étalement urbain (ou périurbanisation) : extension des villes au détriment de l'espace à dominante rurale.

Gentrification : concentration des catégories sociales les plus aisées dans les quartiers rénovés et modernisés du centre des aires urbaines.

Métropolisation : concentration des hommes et des activités économiques à haute valeur ajoutée dans les villes de grande taille.

Migrations pendulaires : déplacements quotidiens des personnes entre leur domicile et leur lieu de travail.

Mobilité : ensemble des déplacements effectués par un individu pour diverses raisons (emploi, loisirs, achats…).

Chiffres clés

- Près de 53 millions de Français vivent en ville. Un sur six vit dans l'unité urbaine de Paris et un sur quatre dans une unité urbaine de plus de 200 000 habitants (hors celle de Paris).
- La population urbaine a augmenté de 9 millions d'habitants au cours des trente dernières années ; 80 % de cette hausse relève des agglomérations de plus de 400 000 habitants.
- 95 % des Français vivent sous l'influence d'une ville.
- L'aire d'attraction urbaine de Paris est la plus vaste et la plus étendue du pays. Elle compte 1 929 communes dont près de 30 % situées en dehors de l'Île-de-France.

Documents majeurs

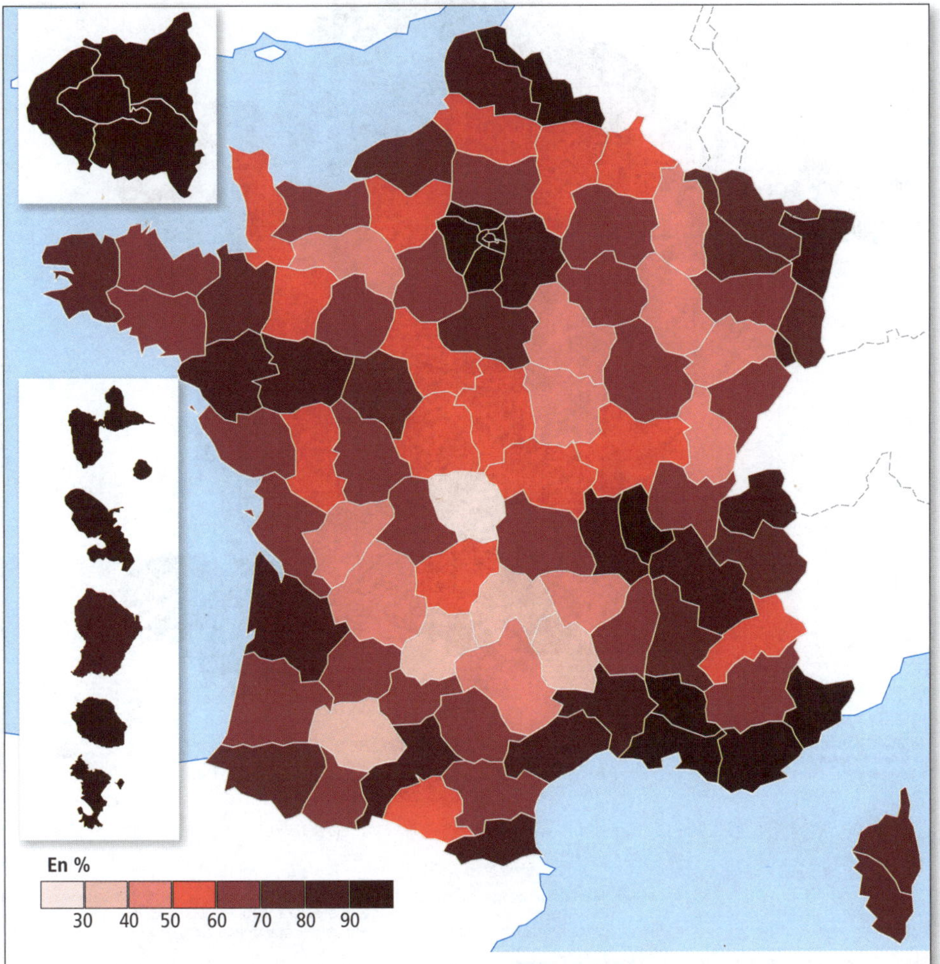

Lecture : en 2017, dans l'Ain, 67 % des habitants vivent dans une unité urbaine.
Source : Insee, recensement de la population 2017, composition communale des unités urbaines 2020.

Doc. 1 **Part de la population française vivant dans une unité urbaine**

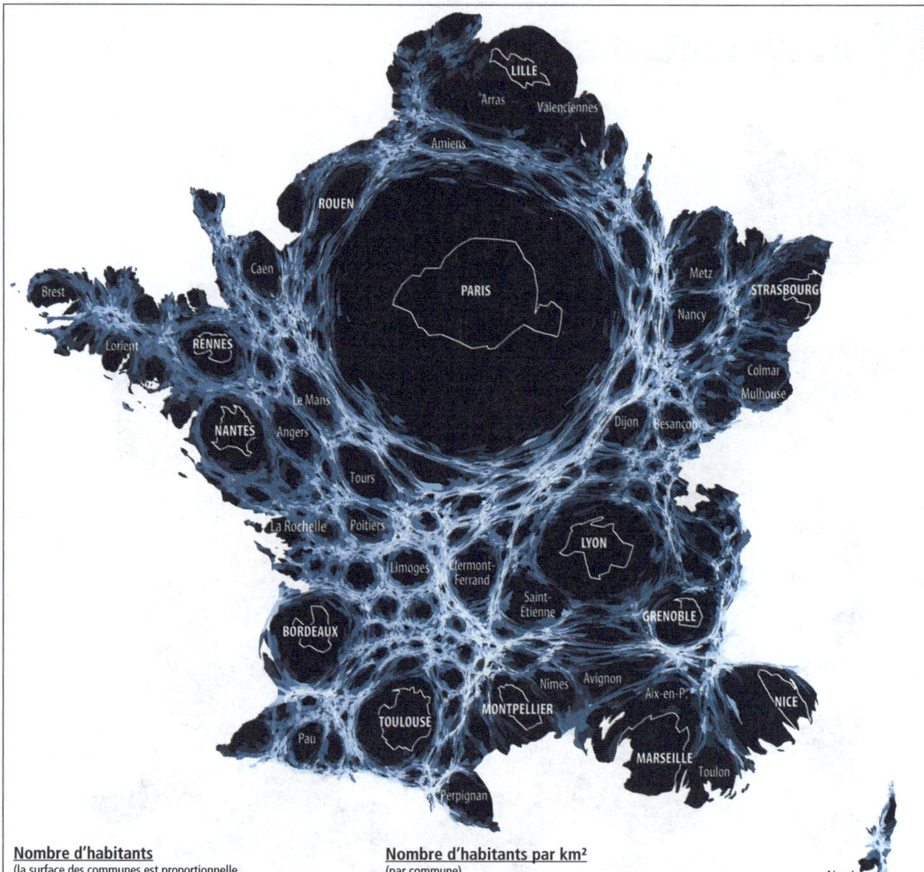

Source : Insee, Recensement de la population, Datar, 2011. Réalisé par la Datar. Stéphane Cordobes, Karine Hurel, Florian Muzar d, 2012 d'après les travaux dirigés par Michel Lussault dans le cadre de Territoires 2040, 2011.

Doc. 2 Les grandes aires urbaines en France

Je vérifie mes connaissances

1 Définissez les notions suivantes : **a)** migrations pendulaires ; **b)** conflit d'usage ; **c)** gentrification.

2 Choisissez la bonne réponse parmi les propositions suivantes :

1. 95 % des Français vivent sous l'influence d'une ville.

a) Vrai **b)** Faux

2. Après Paris, l'aire d'attraction urbaine la plus peuplée est celle de :

a) Bordeaux. **b)** Lyon. **c)** Toulouse.

3. Que signifie le M du sigle CFM ?

a) Maritime **b)** Mobile **c)** Métropolitaine

4. Où les aires urbaines « en difficulté » sont-elles majoritairement situées ?

a) Au Nord-Est **b)** Au Sud **c)** À l'Ouest

3 Localisez les aires urbaines suivantes en indiquant le numéro correspondant sur la carte : Lyon, Toulouse, Paris, Marseille-Aix-en-Provence, Bordeaux, Nantes, Nice, Lille, Strasbourg, Rennes.

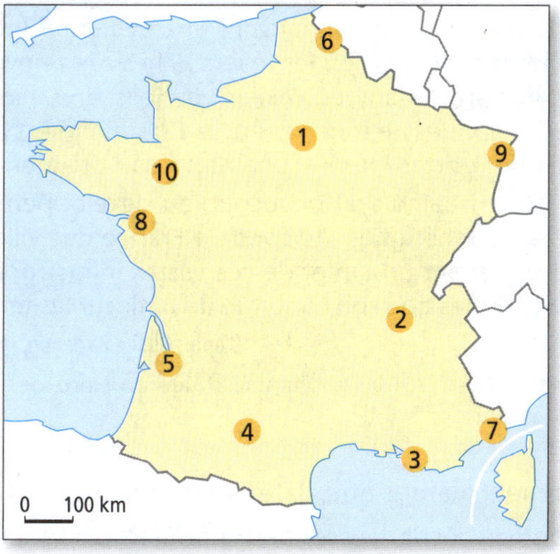

Doc. Les dix premières aires urbaines françaises

Vers le brevet

Doc. « Centres-villes à vendre »

« Bail à céder », « à vendre », « locaux disponibles ». Dans cette rue piétonne du centre de Saint-Brieuc*, les agents immobiliers ont placé des affichettes sur les devantures des magasins. Peine perdue. De nombreuses vitrines demeurent vides et les rideaux de fer sont baissés.

Que les habitants de Saint-Brieuc ne s'offusquent pas de cette description. On aurait pu dépeindre avec les mêmes mots le centre de Béthune, Troyes, Avignon ou encore Perpignan. À dire vrai, presque toutes les villes moyennes de France connaissent cette désertification commerciale de leur centre [qui] pèse lourdement sur l'activité économique.

Comment en est-on arrivé là ? Les raisons sont multiples. On songe bien sûr au développement du commerce en ligne, qui repose sur les livraisons et supprime le passage obligé par les magasins. Mais les difficultés du commerce constituent en fait l'aspect le plus flagrant d'un phénomène plus large.

Les villes moyennes partagent trois caractéristiques qui signent leur déclin : une population qui stagne, des revenus en baisse et une part croissante de logements vides. Ces agglomérations connaissent une évolution inverse de celle que l'on constate dans les métropoles, où les foyers riches ont réinvesti le centre-ville, tandis que les ménages plus pauvres s'exilent en lointaine banlieue. Ici, dans les centres anciens, les rues vides ne font pas envie. L'humidité est présente, des bâtiments sont démolis, des portes murées. L'habitat insalubre menace.

L'origine de la crise urbaine doit beaucoup au développement incessant des zones commerciales périphériques. Au fond, la France des villes mortes dessine en creux celle de l'étalement urbain et de ces vastes infrastructures industrielles, commerciales et logistiques que l'on continue de bâtir sur les terres agricoles.

D'après Olivier Razemon, *Le Monde*, 12 janvier 2016.

* 56e aire urbaine de France (170 000 habitants), située au Nord de la Bretagne, dans le département des Côtes d'Armor

1. Présentez ce document (nature, titre, date, auteur, source).

2. Quel est le phénomène décrit dans les deux premiers paragraphes du document ?

3. Quelles en sont les causes ?

4. Quelles en sont les conséquences ?

5. Expliquez à l'aide de vos connaissances sur les aires urbaines françaises le sens profond de l'expression « *la France des villes mortes dessine en creux celle de l'étalement urbain* ».

Je vérifie mes connaissances

1 a) Les migrations pendulaires désignent les déplacements effectués quotidiennement par les actifs ayant un emploi entre le lieu de résidence et le lieu de travail. Les déplacements ayant lieu le matin dans un sens et le soir dans le sens opposé, on les compare au mouvement d'un pendule. De plus, elles interviennent le plus souvent dans les mêmes tranches horaires… d'où leur nom.

Remarque
On peut aussi désigner le déplacement du domicile vers le travail par le terme de « navette ».

b) Un conflit d'usage oppose deux catégories d'habitant ou d'usager d'un espace au sujet de l'utilisation d'une ressource comme l'eau, la terre, la forêt. Dans l'espace rural, ces conflits mettent souvent face à face les agriculteurs et d'autres acteurs (habitants nouvellement installés, chasseurs, touristes…).

c) La gentrification (anglicisme qui vient de « gentry », petite noblesse) désigne le processus qui correspond à l'installation de catégories sociales relativement aisées dans le centre des villes au détriment des catégories plus modestes qui, en raison des coûts du logement, ne peuvent se maintenir sur place. Ce phénomène s'accentue à l'issue des opérations de réhabilitation de l'habitat et de rénovation des quartiers historiques des principales aires urbaines du pays.

2 **1. a)** Vrai.

2. b) Lyon.

3. c) Cadre des fonctions métropolitaines.

4. a) Nord-Est.

3

Vers le brevet

1 Ce document est un article de presse intitulé « Centres-villes à vendre ». Il est signé par Olivier Razemon et a été publié dans le journal « Le Monde » le 12 janvier 2016.

Remarque

Le titre de l'article, comme c'est souvent le cas dans la presse, a une dimension un peu « excessive ». Elle est destinée à susciter la curiosité du lecteur : il ne s'agit pas ici de vendre intégralement tous les centres-villes...

2 L'article porte sur la désertification commerciale qui affecte le centre des villes moyennes en France où de nombreux commerces traditionnels ont définitivement fermé leurs portes.

3 Les causes évoquées par l'auteur de l'article sont multiples. Il y a bien sûr l'effet de la concurrence exercée par les sites de vente en ligne, mais plus largement, ce mouvement s'explique par les problèmes économiques, sociaux et démographiques qui touchent cette catégorie d'aire urbaine. Ainsi, contrairement aux métropoles, le centre des villes moyennes est affecté par le départ de la population la plus jeune et la plus aisée en direction de l'espace périurbain. Les logements anciens restent vides, les communes n'ayant pas les moyens de les moderniser. La population qui reste vivre dans les quartiers centraux n'a souvent pas de grands moyens financiers : ses achats ne permettent pas aux commerces de proximité de se maintenir.

Conseil

Pour éviter la paraphrase, n'hésitez pas à utiliser le lexique mobilisé en cours. Ici, vous pouvez remplacer l'expression « dans les métropoles, les foyers riches ont réinvesti le centre-ville » par le terme de « gentrification ».

4 Les conséquences de la fermeture des commerces dans les aires urbaines de taille moyenne en France sont nombreuses. Elles sont immédiates avec, par exemple, la dégradation progressive de l'environnement urbain ; elles s'envisagent aussi à plus long terme dans la mesure où cela contribue à la diminution de leur attractivité, et donc, à l'aggravation de leurs difficultés dans les domaines de l'emploi et de l'économie. C'est un phénomène cumulatif.

5 La dernière phrase de l'article est complexe. Elle repose sur des références qui exigent des connaissances géographiques actualisées. En effet, le journaliste oppose ce qui se passe dans le centre des villes moyennes (« *la France des villes mortes* ») à la dynamique que l'on observe dans les grandes aires urbaines, la France « *de l'étalement urbain* ». Cela permet de conclure sur la manière dont s'organise et évolue actuellement le territoire français dans son ensemble.

Remarque

La démarche suivie par ce journaliste est une démarche de géographe : pour comprendre un phénomène, il change l'échelle à laquelle il l'examine (en passant ici de l'échelle locale à l'échelle nationale).

CHAPITRE 10

Les espaces productifs et leur évolution

DE QUOI S'AGIT-IL ?

Les espaces productifs sont des espaces aménagés et mis en valeur pour la production agricole, industrielle ou de services. Ils ont considérablement évolué au cours de ces dernières années, avec le passage d'une logique nationale à une logique européenne et mondiale. La mondialisation a entraîné le déclin des espaces peu productifs et la concentration des espaces les plus compétitifs autour de quelques pôles majeurs. Aujourd'hui, c'est dans les métropoles que se développent les industries et les services les plus performants, sur fond de crise et de concurrence internationale très vives.

1 Les espaces de production industrielle

A La France, une puissance industrielle en déclin ?

1. Une industrie performante…

Vidéo
Les espaces productifs en France

• **La France est la 7e puissance industrielle du monde**. La production industrielle a doublé au cours des 25 dernières années grâce à d'importants gains de productivité.

• **L'industrie française** est particulièrement performante dans les secteurs de l'aéronautique et de la pharmacie ainsi que dans les « industries du luxe » (parfumerie, haute couture…).

2. …mais un secteur en recul

• **L'industrie a perdu 2 millions d'emplois depuis les années 1970**. Elle n'occupe plus que 13 % de la population active.

• **Les délocalisations** expliquent en partie ce recul : les industries lourdes et le textile ont ainsi quasiment disparu du territoire national du fait de la concurrence des pays émergents.

• C'est surtout la **transformation des conditions de production** (informatisation, robotisation) qui explique cette désindustrialisation relative.

B Les mutations spatiales de l'industrie française

1. Une nouvelle répartition des activités industrielles

• L'opposition traditionnelle entre un **Nord-Est industrialisé** et un **Sud-Ouest sous-industrialisé** de part et d'autre d'une ligne Le Havre-Marseille n'est plus d'actualité.

• **L'industrie est désormais répartie de manière plus complexe** sur le territoire national.

• **La fermeture des sites miniers et sidérurgiques** dans le Nord et en Lorraine et le **développement des activités de haute technologie** au sud et à l'ouest ont conduit à un éclatement des localisations industrielles à l'échelle du pays.

2. L'affirmation des régions périphériques

- La redistribution de l'industrie a profité aux **périphéries littorales** (Atlantique et Méditerranée) et aux **régions frontalières** situées à proximité des grands foyers industriels européens (Alsace, région lyonnaise).
- Elle a mis en valeur certaines **interfaces** comme les **zones industrialo-portuaires** (ZIP).

C Les villes au cœur des dynamiques industrielles

1. Les atouts de la ville

- **Les facteurs de localisation de l'industrie ont changé**. Autrefois liée à la proximité des matières premières et des sources d'énergie, l'implantation des activités industrielles repose désormais sur la présence d'une main d'œuvre hautement qualifiée (ingénieurs, techniciens).
- **La concentration de réseaux de communication et de transports modernes** est un autre atout dont disposent les villes pour attirer à elles de nouvelles fonctions industrielles.

2. La métropolisation de l'industrie française

Vidéo
Les espaces productifs des pays de la Loire

- **C'est donc dans les métropoles que les activités industrielles les plus performantes se développent depuis quelques années.** Les agglomérations de Nantes, Bordeaux, Montpellier et Toulouse ont ainsi enregistré une forte croissance de la valeur ajoutée de leurs industries.
- **Les entreprises industrielles s'implantent en particulier dans les technopôles**, où les relations entre entreprises, universités et laboratoires de recherche favorisent l'innovation et sont aujourd'hui l'un des principaux moteurs du développement économique.
- Afin de mieux résister à la concurrence internationale**, l'État encourage les entreprises des technopôles à se rassembler autour de projets de développement communs.** La politique des « pôles de compétitivité » vise ainsi à créer de la croissance économique et de l'emploi dans chaque région concernée.

COURS

Doc. Organisation et dynamiques des espaces industriels français

2 Les espaces agricoles

A Une agriculture moderne et spécialisée

1. La France, un « géant agricole »

- Grâce à des rendements particulièrement élevés, **la France est le 1er producteur agricole en Europe. Les produits issus de l'agriculture et de l'agroalimentaire constituent le 3e poste d'excédent commercial du pays.**
- La surface agricole couvre plus de la moitié du territoire métropolitain (28,5 millions d'hectares) et s'organise en **régions de productions spécialisées.**

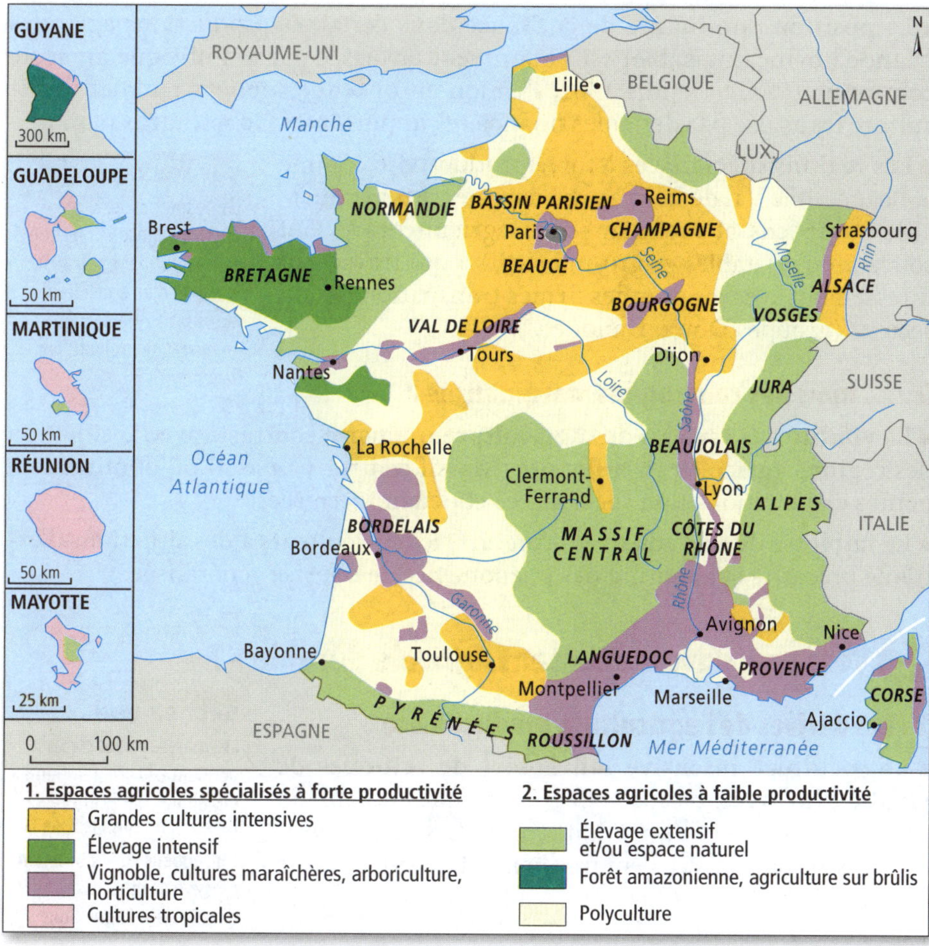

Doc. La diversité des espaces agricoles français

2. Un secteur de plus en plus concentré

- **La modernisation de la production explique le recul de la polyculture.** Le nombre d'exploitations agricoles diminue mais leur taille moyenne augmente : c'est le signe du triomphe de l'agriculture productiviste.
- Alors que l'emploi agricole représente désormais **moins de 3 % des actifs**, le secteur prend appui sur une filière agro-alimentaire performante qui constitue le 1er pôle industriel du pays.

B Des espaces agricoles inégalement intégrés

1. Des régions agricoles « en pointe »…

- La **position dominante** de la France dans certaines productions agricoles (viande bovine, maïs, blé) est notamment favorisée par la **Politique agricole commune** (PAC). Depuis 1962, l'Union européenne soutient en effet l'agriculture française par des aides financières importantes (10 milliards par an).
- **Les régions spécialisées à forte productivité** comme la Beauce et le Val de Loire sont bien intégrées aux marchés européens et mondiaux. Les agriculteurs y sont souvent de véritables « agro-managers » qui travaillent directement avec les grandes firmes transnationales du secteur (groupes Doux, Danone…).

Sachez que…
L'amélioration de la productivité agricole française est spectaculaire : en 1950, le travail d'un agriculteur nourrissait 7 personnes en moyenne ; aujourd'hui, il en nourrit 70.

2. … mais des campagnes marginalisées

- La **vitalité des espaces de l'agriculture intensive** contraste avec la situation des **régions agricoles en difficulté** (Massif central, Corse…) où dominent de petites exploitations non spécialisées et peu modernisées.
- La **faiblesse des revenus** peut conduire les agriculteurs à des situations d'extrême précarité et aboutir à des phénomènes de **déprise** généralisée.

C Vers un « développement agricole durable » ?

1. Les dérives de l'agriculture productiviste

- **L'agriculture intensive fait l'objet de critiques de plus en plus vives.** Il est en effet prouvé que l'utilisation massive d'engrais et de produits chimiques a des conséquences négatives sur l'environnement et sur la santé humaine.

Sachez que…
Les marées vertes correspondent à la prolifération des algues, sur le littoral breton notamment. C'est la conséquence de l'utilisation massive de nitrates et d'azote dans l'agriculture.

• **Les pouvoirs publics encouragent donc les agriculteurs à faire évoluer leurs pratiques.** La PAC favorise désormais le développement des activités agricoles compatibles avec la protection de l'environnement et la sauvegarde des paysages ruraux traditionnels.

2. Des résultats encore assez modestes mais encourageants

• **L'agriculture durable et biologique est une filière en plein développement.** Elle représente aujourd'hui 100 000 emplois directs. Les surfaces cultivées sans pesticides ni engrais chimiques ou OGM ont doublé depuis 2007.

• **Le bio demeure néanmoins encore assez peu développé en France.** Seuls 9,5 % de la surface agricole sont concernés contre 25 % en Autriche, 23 % en Estonie et 20 % en Suède (chiffres 2020).

3 Les espaces des services

A Un secteur dominant et très diversifié

1. Une économie et une société très « tertiarisées »

• **Les services (ou « secteur tertiaire ») dominent l'économie et la société françaises**. Ils contribuent à **80 % de la richesse nationale** et concentrent **77 % des emplois du pays**. La France est le 4e exportateur mondial de services avec des entreprises de renommée internationale dans les transports (Air France) ou le tourisme (Club Méditerranée).

• La « **tertiarisation** » de l'économie repose sur la progression des fonctions commerciales, administratives, publicitaires, informatiques, dans l'industrie et dans l'agriculture. Elle est également liée à l'augmentation des besoins des Français dans le domaine de la culture, des loisirs, de la santé et du bien-être.

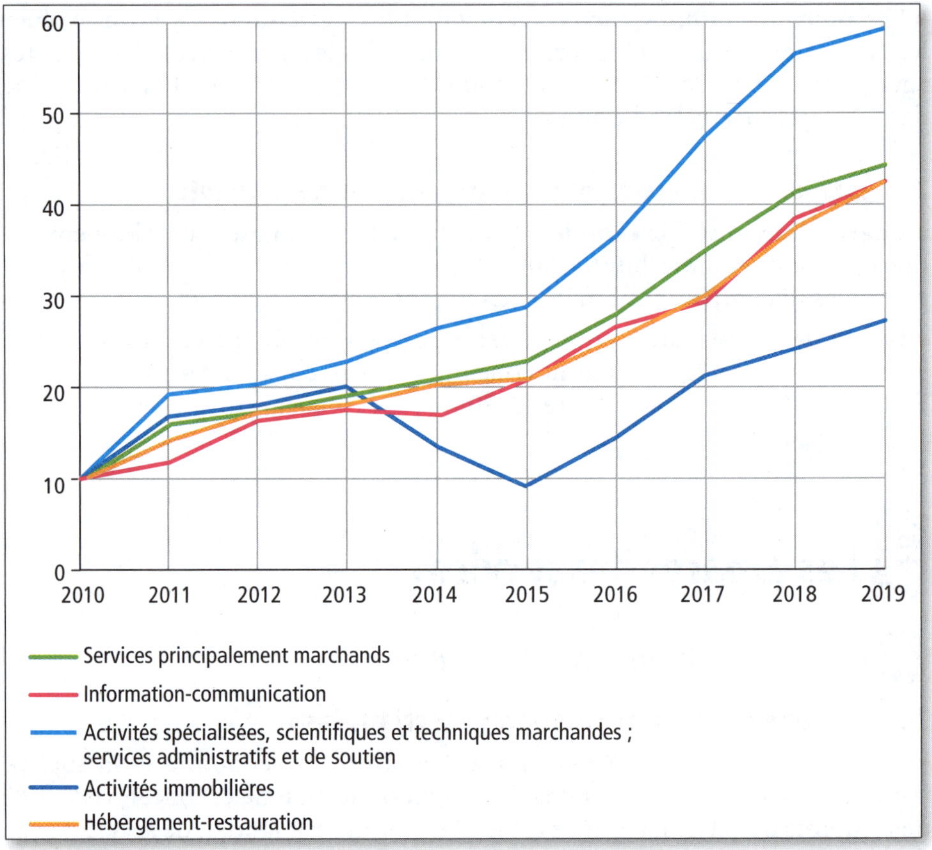

Doc. **La croissance de l'emploi (en équivalent temps plein) dans le secteur des services**

2. Des activités variées

- On peut rendre compte de la diversité des services en distinguant les **services aux entreprises** (marketing, comptabilité) des **services aux particuliers** (coiffeur, dentiste).
- On peut aussi distinguer les **services marchands** (boulanger, taxi) des **services non-marchands** (qui sont financés par les contribuables et non par les usagers eux-mêmes : police, enseignement public…).

B Une concentration dans les métropoles

1. Une répartition liée à la demande économique et sociale

- **La répartition géographique des services répond à des logiques variables.** Ils sont présents de manière diffuse sur tout le territoire (la mairie ou l'épicerie dans un village), mais **les services les plus rares** (sièges sociaux des grandes entreprises, universités, hôpitaux) **se concentrent dans les grandes métropoles du pays**, là où la demande de la population et des entreprises est la plus forte.
- Ce principe repose sur des contraintes de **rentabilité** et d'**efficacité** qui, ces dernières années, se posent aussi dans le secteur des services publics (fermeture de bureaux de poste, de sous-préfectures, de casernes…).

2. Un impact variable sur l'organisation du territoire

- Le processus de concentration des services spécialisés accentue la domination des métropoles sur leur environnement. **La tertiarisation et la métropolisation de l'espace français sont des phénomènes complémentaires :** leurs effets s'additionnent et contribuent à renforcer la domination des grandes villes sur les autres territoires.
- **Il accentue les difficultés des espaces les plus vulnérables**, ceux qui connaissent un déclin démographique, une crise économique ou souffrent de l'insuffisance des réseaux de communication.

L'ESSENTIEL

Les espaces productifs en France et leur évolution

- Les espaces industriels français opposent des régions de tradition industrielle en déclin aux technopôles et aux métropoles dynamiques du Sud et de l'Ouest du pays.
- La France est une puissance agricole moderne et performante, même si certaines régions connaissent des difficultés importantes par manque de compétitivité face à la concurrence européenne et mondiale.
- Les services ont une importance économique majeure. Ils sont de nature très variée et occupent le territoire de manière inégale, les métropoles constituant leur localisation privilégiée.

ZOOM SUR...

La reconversion des espaces industriels français

Construite en 2009, la cité du design s'est installée sur le site de l'ancienne manufacture d'armes de Saint-Étienne. À la fermeture de cette entreprise d'armement, les bâtiments industriels ont été réhabilités. Deux nouvelles structures ont été créées : la Platine (1) et la Tour de l'observatoire (2). Elles abritent les nouvelles fonctions de ce lieu emblématique de la ville dédié au design : école, auditorium, salles d'exposition, médiathèque…

Doc. La manufacture d'armes de Saint-Étienne reconvertie en cité du design en 2009

1 Les causes de la reconversion

→ Les mutations de l'industrie française s'accompagnent de la **fermeture de certains sites** de production, pour de **multiples raisons** : effets de la concurrence internationale, délocalisation vers des pays émergents, restructuration des entreprises, etc.

→ Les sites occupés par les anciennes activités industrielles deviennent des **friches** : les bâtiments et les terrains sont laissés à l'abandon et se dégradent rapidement faute d'être entretenus. Souvent situées au cœur même des villes, ces friches peuvent être à l'origine de **nuisances variées** : pollution des sols, dégradation du paysage…

→ La disparition de l'industrie provoque également une augmentation du chômage dans les bassins d'emploi concernés car les anciens ouvriers ne sont pas toujours qualifiés pour trouver un emploi dans un autre secteur d'activité. Elle entraîne donc des difficultés sociales souvent importantes.

2 Les voies de la reconversion industrielle

→ La reconversion de ces espaces s'envisage dans une triple direction :

- **économique :** favoriser l'implantation de nouvelles activités dans les régions concernées, et donc de nouveaux emplois, pour remplacer l'industrie ;
- **sociale :** faire bénéficier les anciens ouvriers d'une formation professionnelle qui leur permette de retrouver un emploi dans un secteur moins touché par la crise. Leurs familles, soumises à la diminution de leurs revenus, ont besoin d'être aidées par des mesures de soutien financier ;
- **urbaine :** ne pas maintenir les friches dans un état d'abandon. Les anciens bâtiments industriels doivent être détruits ou réhabilités afin d'accueillir de nouvelles activités et de redonner vie aux quartiers concernés.

3 Les effets de la reconversion industrielle

→ D'une région à l'autre, la reconversion des espaces industriels français est **inégalement aboutie** : tout dépend de la nature et de la taille des sites industriels à transformer, des acteurs concernés, des moyens humains et financiers disponibles.

→ Certaines reconversions sont de **véritables réussites**, comme l'ancienne manufacture d'armes de Saint-Étienne qui est devenue en 2009 la cité du design, lieu d'enseignement supérieur, de recherche, de colloques et d'expositions ouvert à tous les publics.

Mots clés

- **Agriculture productiviste (ou intensive)** : agriculture qui vise l'augmentation des rendements en utilisant les produits chimiques et la mécanisation.
- **Délocalisation** : déplacement d'activités économiques vers des États du monde qui offrent un avantage compétitif (faible coût de main-d'œuvre, avantages fiscaux).
- **Déprise** : abandon de l'activité dans un territoire agricole (disparition des fermes, friches…).
- **Facteur de localisation** : élément qui explique l'installation et le développement d'une activité économique.
- **Filière agro-alimentaire** : ensemble des entreprises transformant des produits agricoles végétaux ou animaux en produits de consommation.
- **Interface** : zone de contacts et d'échanges privilégiés entre deux espaces géographiques distincts.
- **Métropolisation** : mouvement de concentration des hommes et des activités à haute valeur ajoutée dans les espaces urbains de grande taille.
- **Productivité** : production réalisée en un temps donné.
- **Technopôle** : association dans un espace donné d'industries de haute technologie, d'universités et de laboratoires de recherche. Les technopôles bénéficiant du soutien de l'État forment des **pôles de compétitivité**.

Chiffres clés

- En France, l'**agriculture** assure **3,5 % de la production des richesses** ; l'**industrie 13,5 %** et les services **83 %** (dont 7 % pour le tourisme).
- La France est la **1re puissance agricole** de l'Union européenne.
- Elle se situe au **4e rang européen** (7e rang mondial) **pour l'industrie.**
- Les **services** emploient **77 % des actifs** et produisent **80 % de la richesse** du pays.

Document majeur

Doc. **Les pôles de compétitivité en France**

Un pôle de compétitivité rassemble sur un territoire donné des entreprises de toutes tailles, des centres de recherche et des établissements de formation universitaire qui, avec le soutien financier de l'État, développent une coopération autour d'une même spécialité. Le but est d'accroitre les performances économiques des territoires qui les accueillent, en créant des emplois et en renforçant la place des entreprises concernées à l'échelle internationale.

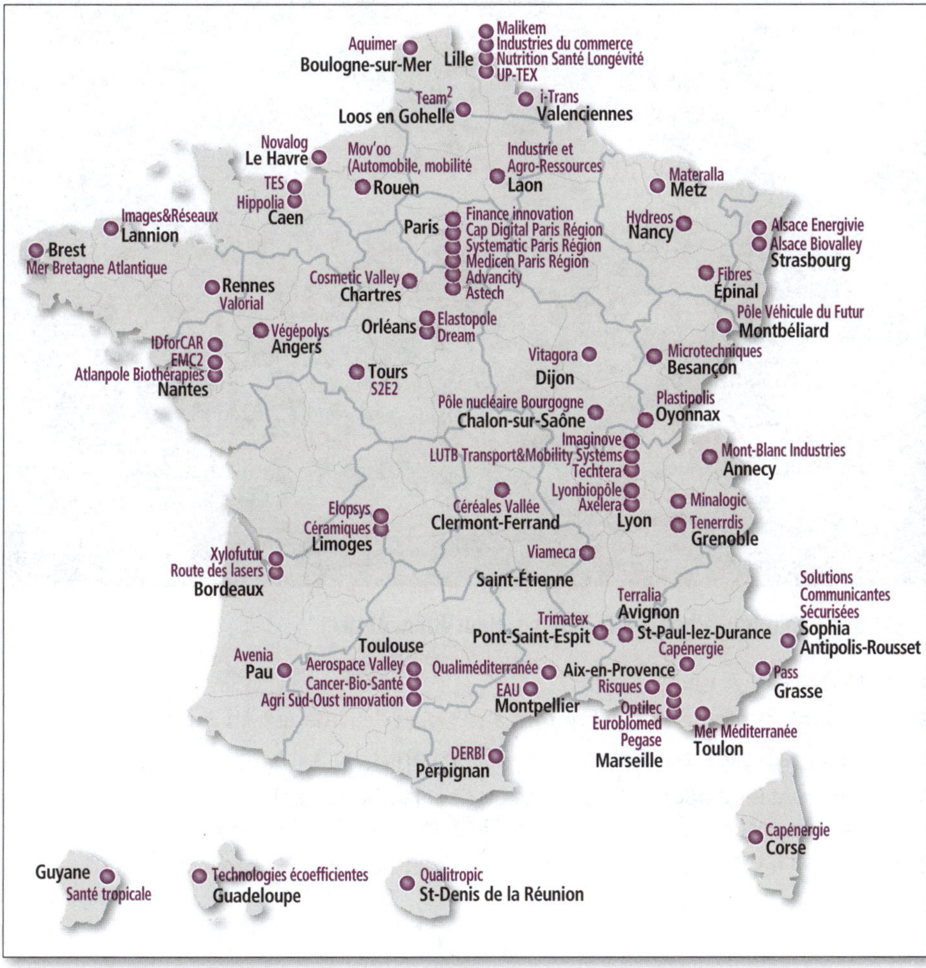

Je vérifie mes connaissances

1 Définissez les notions suivantes : **a)** délocalisation ; **b)** technopôle ; **c)** interface.

2 Expliquez le sens de l'expression « tertiarisation de l'économie française ».

Vers le brevet

Doc. L'usine chimique Rhodia à Chalampé (Haut-Rhin, Alsace)

1. Localisez ce paysage.

2. Quels sont les éléments qui figurent au 1er plan de l'image ? Au 2e plan ?

3. À quel type d'espace productif ce paysage correspond-il ?

4. Quelles sont les caractéristiques (visibles sur la photographie) de ce site ? Comment peuvent-elles justifier de l'implantation de cette activité à Chalampé ?

5. Quels sont les risques encourus par la population et le territoire concernés ?

Je vérifie mes connaissances

1 **a)** La délocalisation, c'est le transfert d'une activité de production française vers un autre pays qui offre une main-d'œuvre à moindre coût ou des avantages fiscaux.

b) Un technopôle réunit sur un même site des entreprises industrielles de haute technologie, des universités et des laboratoires de recherche. Les relations qu'ils établissent entre eux permettent de mettre au point des produits innovants et d'améliorer la compétitivité de l'économie.

> **Remarque**
> Les activités délocalisées correspondent le plus souvent à des emplois peu qualifiés ; elles peuvent être industrielles (textile, métallurgie) ou tertiaires (centres d'appel téléphonique). Les pays qui les accueillent sont principalement les pays émergents ou en voie de développement d'Asie et d'Afrique.

c) Une interface, c'est une zone de contact entre deux espaces géographiques distincts (la terre et la mer, deux États de part et d'autre d'une frontière…). Il s'agit donc de lieux (zones industrialo-portuaires, villes frontalières…) où se concentrent les échanges. Leur importance se renforce avec l'ouverture européenne et la mondialisation.

2 La tertiarisation de l'économie française correspond à la généralisation des activités de services dans notre société : ils représentent désormais 75 % des emplois et 80 % de la richesse produite. Les services se diffusent dans les autres secteurs d'activité économique (agriculture et industrie) et progressent du fait des changements de mode de vie des Français. L'augmentation du temps libre, par exemple, crée de nouveaux besoins dans le domaine du tourisme et des loisirs et contribue à la création d'emplois tertiaires.

> **Conseil**
> Le terme « tertiaire » était largement utilisé jusqu'à une période récente par opposition au « primaire » (activités agricoles) et au « secondaire » (activités industrielles). Aujourd'hui, la généralisation des services dans l'agriculture et dans l'industrie rend son usage moins pertinent. Il convient d'en limiter l'emploi à l'expression « **tertiarisation de l'économie** » et de préférer le mot « **services** » pour ce qui ne relève pas directement de la production agricole ou industrielle.

Vers le brevet

1 Cette photographie a été prise à Chalampé, commune située dans le département du Haut-Rhin, en Alsace. Il s'agit d'une vue aérienne oblique de l'usine chimique Rhodia.

2 Au premier plan, on reconnaît les bâtiments et les équipements industriels : entrepôts, canalisations, cheminées fumantes… Le périmètre de l'usine se développe le long du grand canal d'Alsace ; le site bénéficie également de voies ferrées et d'axes routiers pour s'approvisionner en matières premières et diffuser ses productions.

Au second plan, à proximité immédiate de l'usine, apparaissent les maisons de Chalampé.

Méthode

Pour lire une image paysagère, on peut, comme c'est le cas ici, identifier les plans qui la composent et les décrire. On peut aussi décrire le paysage par « unités fonctionnelles » en repérant sur l'image les éléments qui ont la même fonction : fonction résidentielle, fonction productive, transports…

3 Cette image est un exemple d'**espace productif industriel** : le périmètre de l'usine a été aménagé et mis en valeur pour fabriquer des produits chimiques. Ce paysage n'est pas une création récente : aujourd'hui, les industries de haute technologie occupent de petites surfaces et sont abritées dans des bâtiments modernes implantés au cœur des technopôles.

Remarque

Par opposition aux paysages « naturels » ou faiblement transformés par la présence et l'activité des hommes, les paysages industriels sont des paysages « anthropiques » (du grec *anthropos*, l'homme).

4 **Plusieurs facteurs de localisation sont favorables à cette implantation industrielle** : Chalampé offre un site étendu, plat, bien desservi, au cœur d'un bassin de main-d'œuvre. Une activité de ce type a en effet besoin d'une surface importante et facilement aménageable : elle peut difficilement s'installer dans une région au relief accidenté. Elle a également besoin d'être reliée à ses fournisseurs et à ses clients par des axes de transport performants. Elle emploie de nombreux ouvriers et doit donc pouvoir recruter de la main-d'œuvre à proximité.

5 L'usine chimique présente par définition un **risque technologique**. Ce site industriel est potentiellement dangereux. La population et le territoire de Chalampé peuvent être menacés par des fuites de gaz toxiques, par des explosions ou par des incendies qui font l'objet d'un plan de prévention (information de la population, mesures de protection du site…).

Conseil

Pour répondre à cette question, il faut faire appel aux connaissances mobilisées dans le chapitre précédent. Il convient donc de faire attention aux liens entre les leçons.

CHAPITRE 11

Les espaces de faible densité et leurs atouts

DE QUOI S'AGIT-IL ?

Les espaces de faible densité forment un ensemble qui couvre plus de 40 % du territoire national mais ne représente que 4 % de la population totale. Présents dans toutes les régions françaises, ils correspondent plus particulièrement aux zones de montagne, aux plateaux agricoles et aux arrière-pays.

Au-delà d'une occupation humaine discrète (la densité de population y est inférieure à 30 habitants au km²), du nombre réduit de services et de leurs paysages ouverts, ces territoires se caractérisent par des situations extrêmement variées et par des trajectoires d'évolution tout aussi contrastées.

« Faible densité » n'est pas toujours synonyme de difficultés sociales et économiques, de précarité ou de fragilité. L'arrivée de nouvelles populations, le développement de pratiques touristiques originales et l'exploitation des ressources naturelles montrent que bon nombre de ces espaces disposent d'atouts à mettre en valeur.

1 La France de la « faible densité »

A La majeure partie du territoire national

Vidéo
La Lozère : un espace à faible densité

1. Le « poids du vide »...

- **La France de la « faible densité » désigne par convention les espaces qui comptent moins de 30 habitants au km².** Quand la densité tombe sous le seuil de 10 habitants au km², les statisticiens parlent même « d'espace désertifié ».

- Avec une moyenne de 118 habitants au km², **le territoire français dans son ensemble est peu densément peuplé** par rapport à ses voisins belge, allemand, suisse ou italien. **Les espaces très peu denses y sont plus développés qu'ailleurs : ils correspondent au tiers du nombre total de communes et ne regroupent que 4 % des Français.**

Sachez que...
La France compte plus de 17 000 communes de moins de 500 habitants. Elles regroupent 6 % de la population pour 32 % du territoire.

- **Les espaces de la « faible densité » sont présents dans l'ensemble des régions françaises.** Ils sont principalement situés le long d'un axe qui rejoint la frontière espagnole à la frontière belge. Cet axe, souvent désigné comme la « **diagonale du vide** », est particulièrement développé dans le Massif central. Les Alpes, les Vosges, le Jura, la Corse, le cœur du Massif armoricain, les vastes plateaux du Bassin parisien et certains arrière-pays comme les Landes et le Perche présentent les mêmes caractéristiques démographiques.

2. ... et de l'éloignement

- **Les Français ne sont que 6,7 % (4,5 millions de personnes) à résider dans des communes hors de l'influence des villes.** La France de la « faible densité » se définit aussi, au-delà du nombre d'habitants au km², comme étant celle qui se tient à l'écart de l'urbanisation qui marque la disparition de la société rurale traditionnelle.

- **On considère que trois communes françaises sur quatre situées au sein d'espaces très peu denses sont isolées car éloignées de l'influence urbaine.** Trois quarts d'entre elles sont à plus de 10 minutes de voiture des services quotidiens.

Sachez que...
Le temps d'accès au collège le plus proche varie de 6 minutes en moyenne dans les espaces densément peuplés à 24 minutes dans les espaces très peu densément peuplés. Il varie de 8 à 46 minutes pour se rendre au lycée.

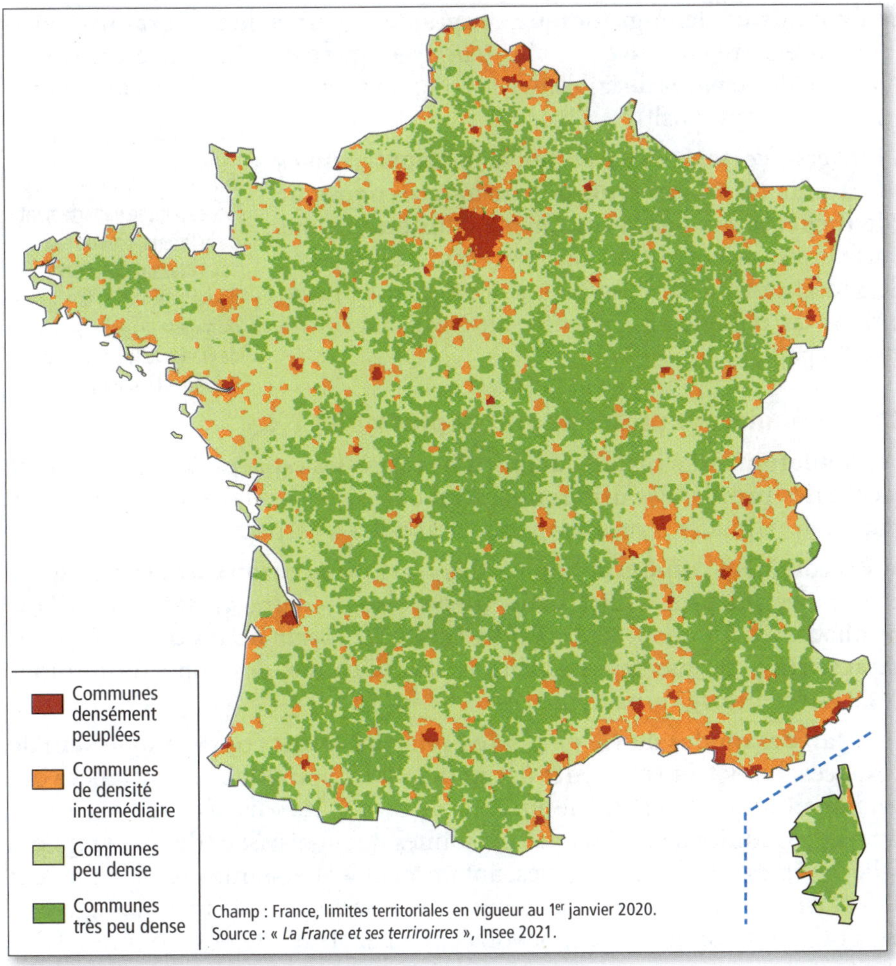

Doc. Les espaces de faible densité en France métropolitaine

B Des sociétés locales en voie de recomposition

1. Des dynamiques démographiques contrastées

• **« Faible densité » n'est pas synonyme de dépeuplement.** Dans les communes de moins de 500 habitants, si la population a baissé de manière ininterrompue jusqu'en 1982 sous l'effet de **l'exode rural**, elle augmente désormais à un rythme légèrement supérieur à celui observé dans l'ensemble de la France métropolitaine.

• Ce dynamisme démographique s'explique par un solde migratoire positif : on enregistre en moyenne plus d'arrivées que de départs. Désormais, la population des espaces de faible densité augmente aussi grâce à un **solde naturel** très légèrement positif.

• À l'inverse, **certains espaces peu densément peuplés situés à plus de 50 km d'un pôle urbain dynamique perdent encore des habitants**, même dans des régions en forte croissance démographique comme la Bretagne ou le Sud-Ouest. L'évolution est particulièrement négative dans les régions en difficulté du Nord-Est ou du centre du pays.

Sachez que...
Située dans le département de la Drôme, près de Saint-Nazaire-le-Désert, Rochefourchat est la commune la moins peuplée de France. Elle ne compte qu'un seul habitant…

2. Des habitants aux profils de plus en plus variés

• La population qui s'installe aujourd'hui dans les espaces de faible densité présente des profils très différents en matière de revenus, d'âge, de niveaux d'études, de parcours professionnels, de rapports à l'espace…

• La « reconquête démographique » des territoires ruraux isolés repose en effet sur des modalités distinctes (il peut s'agir d'une installation, d'une réinstallation, d'un choix de **birésidentialité**…) **et sur de multiples critères d'attractivité :** une meilleure qualité de vie, le calme, des opportunités foncières, l'ouverture de l'espace…

• Au total, des modes de vie de plus en plus différents coexistent au sein de ces espaces. On y trouve en effet des populations nouvellement installées qui revendiquent des modes de vie urbains alors que les « natifs » se veulent les héritiers de traditions rurales ; des personnes qui choisissent de vivre repliées sur elles-mêmes tandis que d'autres, notamment les personnes âgées, subissent la sédentarité et l'isolement ; des défenseurs zélés de la nature et des agriculteurs craignant de ne plus pouvoir exploiter leurs terres comme ils le souhaitent…

• Les **conflits d'usage** ont donc tendance à se multiplier dans les espaces de faible densité. Ils portent principalement sur l'utilisation des terres cultivables, de l'eau et des forêts.

COURS

2 Des évolutions contrastées

A Les mutations du monde rural

1. La diversification des fonctions

● **Les campagnes françaises étaient autrefois essentiellement agricoles ; elles s'affirment de plus en plus comme des espaces résidentiels ou récréatifs.** Les activités de loisirs, notamment le « **tourisme vert** » et « **l'agritourisme** » qui privilégient la découverte de la nature et du patrimoine rural, y connaissent un vif succès.

Remarque
Rural et agricole ne sont pas synonymes : si les activités agricoles sont rurales, l'espace rural accueille bien d'autres fonctions : résidentielle, industrielle, touristique…

● **Les campagnes sont également considérées comme des espaces à préserver.** C'est à ce titre qu'ont été créés les **parcs naturels** nationaux ou régionaux : il s'agit d'y protéger le patrimoine naturel et culturel dans une perspective de développement durable.

2. L'émergence de nouvelles pratiques

● **Les pratiques agricoles s'adaptent à la demande sociale.** De nombreuses exploitations se sont reconverties dans l'agriculture biologique.

● **La mise en valeur des ressources locales stimule le développement de l'artisanat.** Articles de cuir, parfums, vêtements et accessoires de mode, produits du terroir et autres spécialités locales sont davantage mis en valeur, grâce notamment à la multiplication des labels (AOC : appellation d'origine contrôlée…).

● Le **télétravail** permet à une part non négligeable de la population **néorurale** de concilier la vie professionnelle et la vie à la campagne. Ces technologies ne sont cependant pas toujours disponibles : 1/10e de la population française se situe encore dans une « zone blanche » du haut-débit fixe (type ADSL).

B Des espaces entre faillite et réussite

1. Les espaces de faible densité « fragiles », des territoires en crise

● **Certains espaces de faible densité sont confrontés à des difficultés démographiques, économiques et sociales dont les effets s'additionnent.** Ce sont des campagnes qui vieillissent et que l'on quitte, faute d'alternative, comme en Corse, en Bourgogne ou dans le Massif central.

COURS

• C'est dans ces régions que les conditions d'accès aux services de proximité sont les plus difficiles, notamment dans le domaine de la santé. Le départ à la retraite de nombreux médecins généralistes, non remplacés, contribue à l'extension des « **déserts médicaux** ».

• **La population se mobilise pourtant sans relâche** pour maintenir les services menacés de disparaître et pour sauvegarder la qualité de vie à l'échelle locale.

Sachez que...
Aujourd'hui, 7,4 millions de Français vivent dans une commune où l'accès à un médecin généraliste est limité, soit 11,1 % de la population contre 7,6 % en 2012.

Vidéo
Cévennes tourisme

2. Les espaces de faible densité « dynamiques »

• Cette catégorie d'espaces de faible densité correspond à des **territoires qui sont parvenus à s'engager dans une dynamique de développement par le biais de diverses stratégies.**

• **Ils se caractérisent par une fonction résidentielle**, certes moins marquée que celle des campagnes périurbaines, **et par l'existence d'activités touristiques qui stimulent l'économie présentielle.** Il s'agit par exemple de certaines vallées des Alpes ou des Pyrénées qui exploitent les potentialités de « l'or blanc », des Cévennes, du Luberon et de la Corse qui mettent en valeur la richesse de leur patrimoine naturel et culturel.

• Pour assurer leur équilibre, **d'autres territoires ont choisi d'exploiter des ressources naturelles tombées en désuétude ou ignorées.** L'exploitation des ressources forestières (constructions en bois, biocombustibles), la production d'énergie hydraulique, l'installation de panneaux photovoltaïques ou d'éoliennes offrent autant d'opportunités de tirer profit de l'abondance d'espace.

• La gestion et la protection des **aménités environnementales** est également un gisement d'emplois. Veiller à la qualité et à la disponibilité de l'eau, entretenir les paysages, gérer la biodiversité, prévenir les risques naturels… contribuent à la diversification du marché du travail dans les régions concernées.

L'ESSENTIEL

Les espaces de faible densité et leurs atouts

- Les espaces de faible densité se caractérisent par une occupation humaine distendue, par l'importance des espaces ouverts (non construits) et par un rapport privilégié à la nature.
- Ces territoires peu densément peuplés accueillent de nouvelles catégories d'habitants et de nouvelles fonctions, notamment touristiques et récréatives, ce qui peut entrainer des conflits d'usage.
- Les espaces de faible densité français connaissent des situations contrastées : certains s'enfoncent dans une spirale de déclin alors que d'autres connaissent un développement social et économique notable.

ZOOM SUR...

Les espaces de faible densité face à l'inégale accessibilité des services

1 Des inégalités dans l'accès aux services

→ **La santé, l'éducation, la culture, les transports et les commerces sont des services essentiels au quotidien.** Leur accessibilité est en règle générale plutôt satisfaisante en France métropolitaine. En effet, selon une étude publiée en 2015 par le Commissariat général à l'égalité des territoires, **le temps d'accès moyen à un ensemble de 29 services** courants (librairie, opticien, teinturerie, supermarché...) **est en moyenne inférieur à 20 minutes** pour près de 92 % des Français.

→ **Les espaces de faible densité**, et tout particulièrement certaines zones de montagne, les campagnes isolées et les franges de certains départements, **ne bénéficient pas de conditions d'accès aux services aussi favorables**. La carte montre que le temps nécessaire pour accéder aux services concernés est systématiquement plus long pour ces espaces qu'il ne l'est pour les autres parties du territoire national.

2 L'exemple de l'accès aux soins

→ En matière d'accès aux soins, **la majorité des Français est à moins de 5 minutes en voiture d'un service de santé** de proximité. **Mais 4,3 % de la population habite à plus de 20 minutes.** Les projections montrent que les habitants des départements de la Lozère, de la Creuse et de l'Yonne ont du souci à se faire en matière d'offre de soin dans les 5 à 10 ans qui viennent.

→ **Ces inégalités affectent principalement les campagnes**, et surtout les plus isolées d'entre elles. On compte, par exemple, 8,6 médecins pour 1 000 habitants à Paris contre 1,6 dans l'Eure. Ces écarts tendent à s'accentuer avec le départ à la retraite de nombreux médecins généralistes.

3 Des solutions originales

➜ Pour lutter contre les conséquences de la désertification médicale en zone rurale, **le gouvernement a mis en place des mesures visant à garantir un égal accès aux soins de tous les Français**. Il a par exemple adopté des mesures d'incitation facilitant l'installation de médecins dans les régions déficitaires.

➜ **À ces initiatives nationales s'ajoutent des actions locales.** De nombreuses communes rurales s'associent dans la recherche d'un médecin : elles passent des petites annonces dans les journaux spécialisés, rénovent à leurs frais les cabinets médicaux et offrent même des subventions aux volontaires.

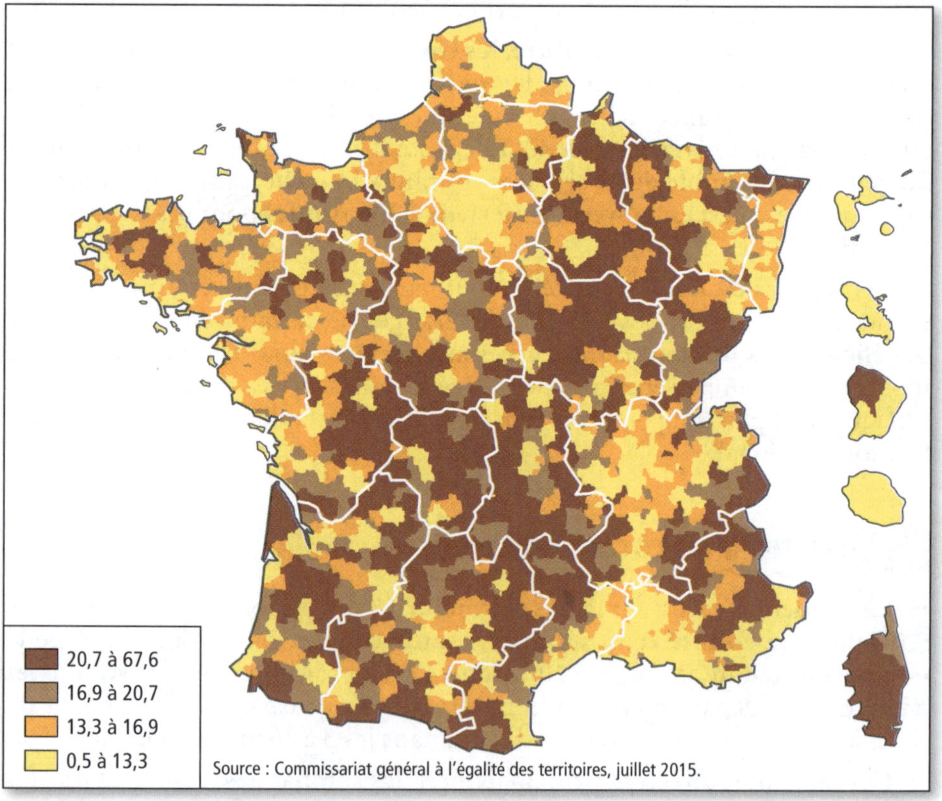

Doc. Temps moyen d'accès aux services courants (en minutes par bassin de vie)

➜ Plus récemment, c'est du côté de la **télémédecine** que certaines régions frappées par la désertification médicale se sont tournées. De véritables petits cabinets médicaux connectés permettent désormais aux patients de bénéficier d'une consultation à distance.

Mots clés

- **Agritourisme** : forme de tourisme qui repose sur l'accueil des clients à la ferme.
- **Aménités environnementales** : aspects agréables et appréciables d'un site pour l'Homme.
- **Birésidentialité** : manière d'habiter un territoire qui s'organise autour de deux lieux de vie distincts dont la durée est comparable.
- **Conflit d'usage** : concurrence entre différents acteurs autour de l'utilisation d'un espace ou d'une ressource (l'eau, la terre, la forêt…).
- **Déserts médicaux** : territoires où l'offre médicale est insuffisante pour répondre aux besoins de la population, soit quand la densité de médecins est de 30 % inférieure à la moyenne nationale.
- **Économie présentielle** : activités économiques destinées à satisfaire les besoins de la population locale, qu'elle soit permanente ou non (touristes) par opposition aux activités productives (destinées à satisfaire des besoins qui ne se limitent pas à la population résidente ou aux entreprises locales).
- **Exode rural** : mouvement de déplacement de la population de la campagne en direction de la ville.
- **Néorural(e)** : adjectif qui désigne les populations ou activités qui se sont implantées récemment au cœur des campagnes françaises.
- **Parc naturel** : territoire, labellisé par l'État ou les collectivités territoriales, bénéficiant d'une réglementation spécifique en faveur de la protection du milieu naturel, de la sauvegarde du patrimoine et du développement économique local.
- **Tourisme vert** : forme de tourisme qui prend appui sur la valorisation du patrimoine naturel et culturel par les habitants d'espaces encore préservés d'une fréquentation touristique massive.
- **Télétravail** : forme de production économique à distance qui repose sur l'usage de l'informatique.

Chiffres clés

- La densité moyenne du territoire français est de 118 habitants au km^2.
- Les espaces de très faible densité représentent environ un tiers des communes françaises mais ne regroupent que 4 % de la population nationale.
- Avec en moyenne 15 habitants au km^2, la Lozère est le département métropolitain le moins densément peuplé. L'un de ses cantons (Langogne) compte moins de 5 000 habitants alors que le plus peuplé de France (Bobigny) dépasse les 96 000 habitants.

Document majeur

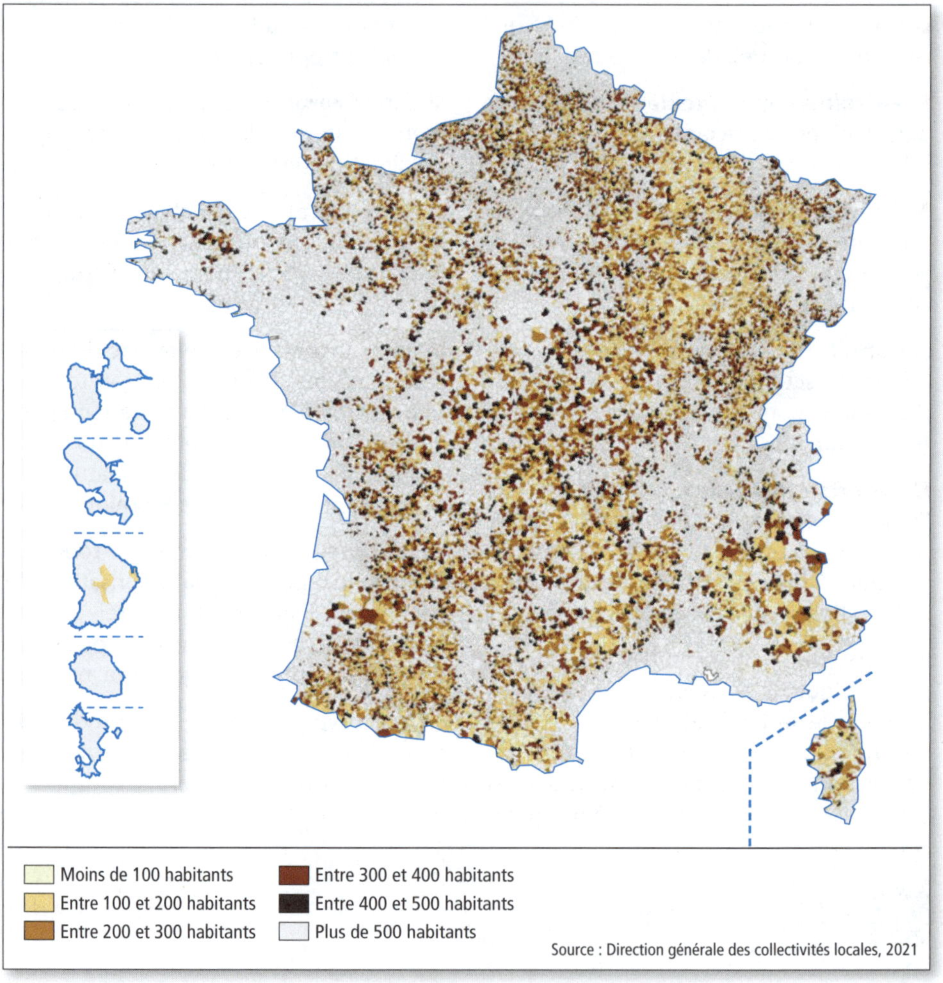

Doc. **L'inégale répartition des communes de moins de 500 habitants**

Je vérifie mes connaissances

1 Définissez les notions suivantes :
a) Télétravail ; **b)** Exode rural ; **c)** Tourisme vert.

2 Choisissez pour chacune des propositions suivantes la réponse qui convient.

1. Un espace de « faible densité » compte moins de 30 habitants au km^2.

a) Vrai **b)** Faux

2. La « diagonale du vide » est orientée du Nord-Ouest au Sud-Est.

a) Vrai **b)** Faux

3. Une production « AOC » est d'origine certifiée.

a) Vrai **b)** Faux

4. Les Cévennes sont un espace de faible densité « dynamique ».

a) Vrai **b)** Faux

3 Identifiez sur la carte les quatre types de communes en fonction de leur densité de population : **1.** Communes densément peuplées ; **2.** Communes de densité intermédiaire ; **3.** Communes peu denses ; **4.** Communes très peu denses.

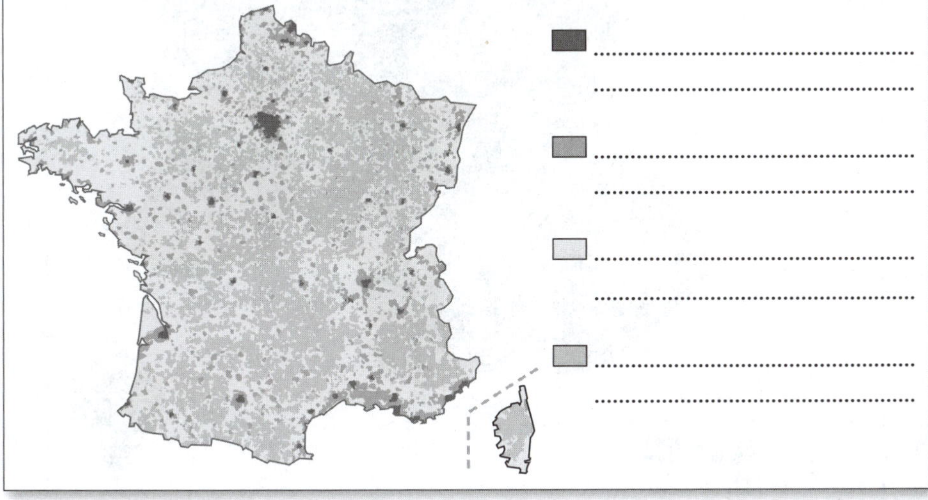

Vers le brevet

Doc. La France de la faible densité

Ce document représente la densité de population des communes de France métropolitaine (en nombre d'habitants au km²) : plus la densité est faible, plus la taille de la commune est importante.

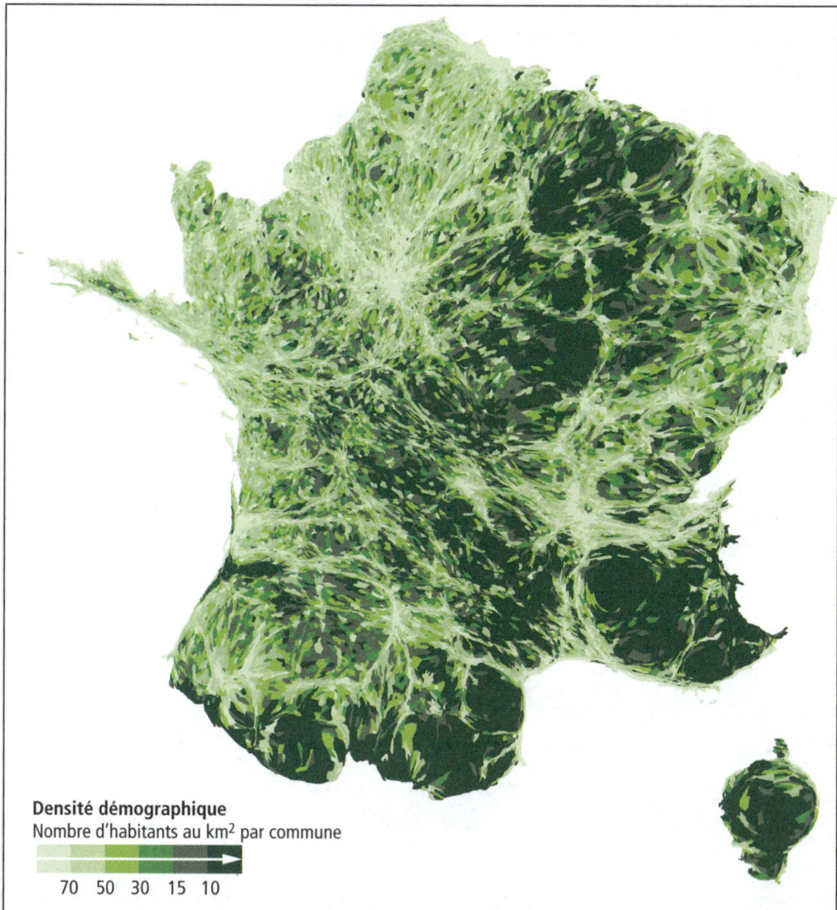

1. Quelle est la nature de ce document ?

2. Que représente-t-il ?

3. Quelle image donne-t-il du territoire français ?

4. Quel est l'intérêt de ce type de représentation ?

Je vérifie mes connaissances

1 **a)** Le télétravail correspond aux activités professionnelles qui peuvent être pratiquées à distance grâce aux nouvelles technologies de communication. Elles se développent dans les espaces de faible densité, sous réserve qu'ils bénéficient de connexions à haut débit.

b) L'exode rural désigne le déplacement d'une partie de la population des campagnes en direction des villes. Ce phénomène a longtemps été alimenté par la restructuration de l'agriculture ce qui n'est plus le cas aujourd'hui.

c) Le « tourisme vert », par analogie aux couleurs dominantes des paysages ruraux, englobe toutes les pratiques touristiques qui se développent en milieu rural et reposent essentiellement sur les acteurs locaux. Chambres d'hôtes, gites à la ferme ou gites d'étape en sont les principales infrastructures. La découverte du patrimoine local et des ressources du terroir constitue l'une des motivations majeures de la clientèle.

2 **1. a)** Vrai **3. b)** Faux
2. b) Faux **4. a)** Vrai

3

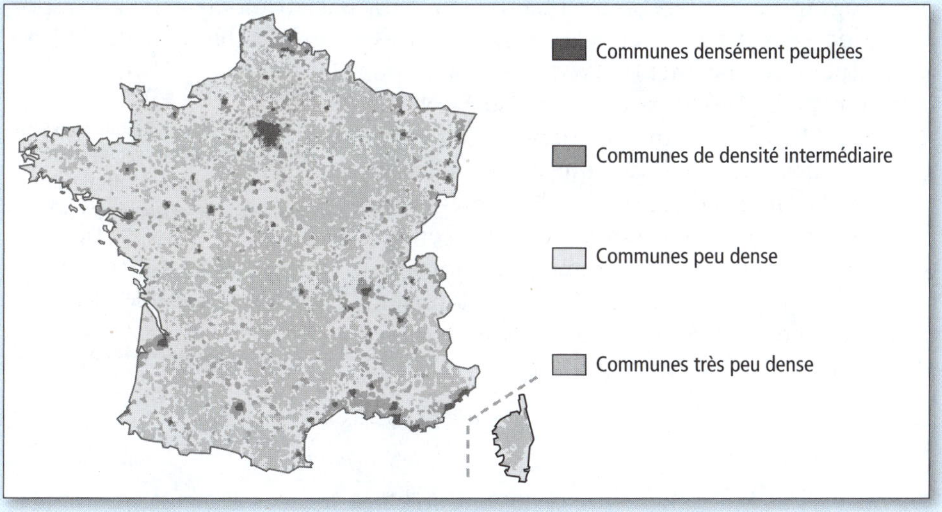

CORRIGÉS

Vers le brevet

1 Ce document est une carte par anamorphose. Elle représente une réalité spatiale en fonction de son importance relative et non pas en fonction de la surface réellement occupée par ce qui est représenté comme c'est le cas pour les cartes « traditionnelles ».

> **Remarque**
> Le mot « anamorphose » dérive du grec *άναμορφόω, anamorphoein*, qui signifie « transformer ».

2 Ici, la carte porte sur la répartition des espaces de faible densité en France métropolitaine. Plus la densité de population d'une commune est faible, plus la surface qu'elle occupe sur la carte est importante.

3 Ce document donne une image « en négatif » du territoire français. C'est en effet comme si nous avions sous les yeux l'image d'une « France inversée » ; les espaces qui concentrent une part importante de la population sont sous-représentés (la surface qu'ils occupent sur la carte est réduite) et les territoires de faible densité sont « surreprésentés » : la place qu'ils tiennent sur le document est volontairement supérieure à leur poids démographique réel.

4 Ce type de représentation a pour intérêt de déconstruire les stéréotypes. En géographie, l'intérêt d'un phénomène n'est pas strictement lié à l'importance de l'effectif qu'il concerne. Les espaces de très faible densité, s'ils ne concernent qu'une part très réduite de la population du pays (4 %), se développent sur de vastes étendues. En outre, dans une période de recomposition des territoires à toutes les échelles du fait de la mondialisation et de l'intégration européenne, ils correspondent à des enjeux d'aménagement particulièrement importants. C'est ce qui en fait un sujet d'intérêt majeur pour les géographes, et au-delà, pour tous les citoyens.

> **Des points en plus**
> Sur une carte en anamorphose, il n'est pas facile de repérer avec précision tel ou tel lieu compte-tenu des déformations de l'espace. La prudence veut donc que l'on s'en tienne à citer des exemples d'espaces dont la localisation ne fait aucun doute, comme les Alpes ou la Corse.

CHAPITRE 12

Aménager pour répondre aux inégalités croissantes

DE QUOI S'AGIT-IL ?

Les inégalités sociales et économiques s'observent à toutes les échelles du territoire français. Qu'il s'agisse de la métropole ou des territoires ultra-marins, des villes ou des campagnes, des littoraux ou des espaces de montagne, des régions frontalières ou des régions de l'intérieur du pays… des disparités socio-spatiales existent de longue date. Elles ont tendance à s'accentuer depuis quelques décennies, sous l'effet de la métropolisation, de l'intégration européenne et de la mondialisation.

Pour faire face à l'aggravation des inégalités, des politiques d'aménagement sont mises en œuvre. Elles ont pour objectif de transformer, de développer et d'équilibrer le territoire français dans toute sa diversité ; elles prennent appui sur des acteurs et des moyens extrêmement variés.

1 Des inégalités territoriales multiples

A Des espaces dominants

1. Un territoire structuré par des métropoles attractives

- **La progression des services dans l'économie a transformé l'organisation du territoire français.** La concentration des activités tertiaires et des fonctions de commandement en milieu urbain a renforcé **l'influence des métropoles**.

- **Paris domine l'ensemble du territoire national.** À la fois capitale politique, financière, économique et culturelle, c'est une **ville mondiale**. Elle joue un rôle essentiel dans l'influence internationale de la France.

- **Quelques métropoles régionales comme Strasbourg, Toulouse, Montpellier et Nice exercent également un rayonnement à l'échelle européenne.** Elles contribuent au rééquilibrage du territoire par rapport à Paris mais leur influence demeure sensiblement plus modeste que celle de la capitale.

2. Les régions frontalières et les littoraux, des périphéries dynamiques

- **L'intégration européenne et la mondialisation favorisent certains espaces périphériques du territoire français**, en particulier les littoraux et les régions frontalières situées à proximité de la **dorsale européenne**.

- Ces périphéries dynamiques forment une sorte de « croissant » qui associe les régions du Grand Ouest à celles du Grand Est en incluant la façade méditerranéenne. Elles bénéficient du **développement des échanges** grâce à l'extension du réseau des lignes à grande vitesse.

B Des espaces en difficulté à toutes les échelles

1. Des inégalités qui s'accentuent à l'échelle régionale...

- **Le territoire français dans son ensemble s'est de tout temps caractérisé par de multiples contrastes.** Aujourd'hui, les inégalités s'aggravent au détriment des espaces tenus à l'écart de l'ouverture sur l'Europe et de la mondialisation.

- La situation économique et sociale des **régions de tradition industrielle en reconversion**, des **espaces agricoles en crise** et des **territoires d'outre-mer** est une source d'inquiétude croissante pour l'État et pour les citoyens.

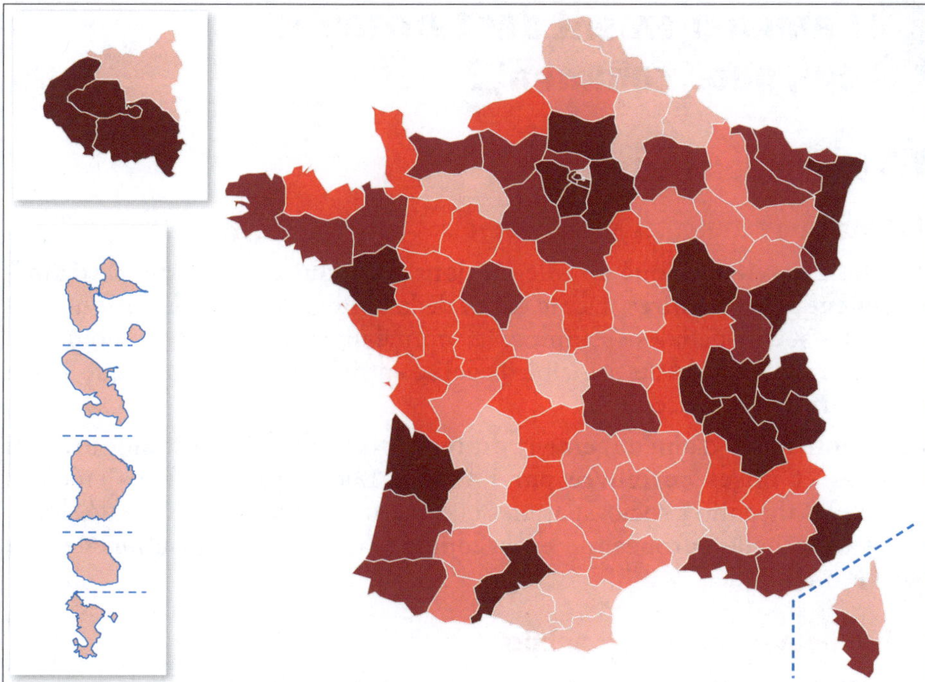

Source : « *La France et ses terriroirres* », Insee 2021.

Doc. **Le revenu médian par départements : de fortes inégalités**

2. … comme à l'échelle locale

- Dans les espaces à dominante urbaine, les **inégalités s'accentuent aussi entre les villes et leurs banlieues**. L'aggravation du chômage et de la précarité amplifie les effets de la **ségrégation socio-spatiale**.
- **Certains ensembles situés à la périphérie des grandes métropoles souffrent de l'insuffisance des réseaux de transport** ; leur enclavement aggrave les difficultés des **quartiers prioritaires de la politique de la ville (QPV)**.

Sachez que…

5,4 millions de Français habitent dans l'un des quelques 1 400 QPV du pays. La part de la population régionale correspondante varie de 3 % (Bretagne) à 66 % (Mayotte).

2 L'aménagement des territoires : qui, quoi, comment ?

A De multiples acteurs

1. L'État, un acteur majeur mais aujourd'hui plus « discret »

• **L'État a longtemps joué un rôle-clé dans la conduite des politiques d'aménagement des territoires.** Dès le début de la 5e République, la lutte contre les inégalités socio-spatiales s'est imposée comme une priorité forte au nom de la solidarité nationale et du principe d'égalité entre les citoyens quels que soient leurs lieux de résidence.

• **Les politiques d'aménagement du territoire de l'État sont aujourd'hui conçues et mises en œuvre par l'ANCT**. Elles visent principalement à réduire les inégalités socio-spatiales et à accroitre la compétitivité des territoires à l'échelle européenne en accompagnant la modernisation de leur tissu économique.

2. De « nouveaux » acteurs publics

• **Le poids des collectivités territoriales dans la définition et la mise en œuvre de politiques d'aménagement des territoires s'est très nettement affirmé avec les lois de décentralisation des années 1982-1983.** Communes, départements et régions ont en effet obtenu de nouvelles compétences qui en font des partenaires incontournables de tout projet d'aménagement.

• **Le rôle de l'Union européenne s'est également étoffé.** Les politiques régionales de l'UE visent en particulier à stimuler la croissance économique et à améliorer la qualité de vie au sein des territoires qui la composent. La **coopération transfrontalière** (voir chapitre 14) est l'une des formes les plus abouties des politiques d'aménagement des territoires français et européen.

Sachez que...
Quand un projet d'aménagement d'intérêt général risque de nuire à la qualité de vie des habitants concernés et qu'ils le contestent, on parle du syndrome NIMBY (« not in my back yard ») : « pas dans mon jardin ».

3. Entreprises et citoyens : de plus en plus concernés

• **Les entreprises sont de plus en plus associées aux débats concernant l'aménagement des territoires** ; elles en sont à la fois des enjeux quand il s'agit de choisir telle implantation plutôt que telle autre, mais sont aussi des sources de financement non négligeables dans le cadre des partenariats entre secteurs public et privé.

● **Citoyens et associations de sauvegarde de l'environnement font aussi entendre leurs voix**, notamment pour contester des projets d'aménagement comme l'aéroport de Notre-Dame des Landes ou le barrage de Sivens.

B Un éventail très ouvert d'actions

1. Des principes invariants

● **Les politiques d'aménagement ont en règle générale une double dimension : sectorielle** (elles concernent un « secteur d'activité », un domaine en particulier : la ville, les transports, le tourisme, l'environnement...) et spatiale (elles s'appliquent dans un périmètre clairement défini, en fonction de critères particuliers qui caractérisent les **territoires éligibles**).

● Elles sont tantôt financées par des **aides publiques** ou des **emprunts**, tantôt dans le cadre de **partenariats** associant de grandes entreprises, l'Europe et les collectivités territoriales.

2. Entre débats et contraintes

● **Les projets d'aménagement font rarement consensus.** Il faut en effet parvenir à concilier des intérêts divergents à l'échelle locale (conseils de quartiers, enquêtes publiques...) ou nationale (débats parlementaires, arbitrages ministériels...).

● **Dans certains cas, des mesures contraignantes sont adoptées.** Les pouvoirs publics ont ainsi décidé d'interdire toute construction au cœur des parcs naturels et peuvent procéder à des expropriations dans le cadre de projets d'utilité publique (création d'une **ZAC**, construction d'une **LGV**...).

Sachez que...
Le coût de la construction de la LGV Sud-Europe-Atlantique entre Tours et Bordeaux est estimé à 8 milliards d'euros, dont 200 millions pour indemniser les riverains expropriés.

3 Des perspectives incertaines pour l'aménagement

A Des enjeux difficiles à concilier

1. Entre réduction des inégalités et compétitivité des territoires

- **L'aménagement des territoires est soumis à des logiques contradictoires.** La construction européenne et la mondialisation mettent en effet chaque jour davantage les territoires en compétition les uns par rapport aux autres.

- **Les acteurs de l'aménagement sont confrontés à un dilemme.** Leurs politiques doivent-elles privilégier la lutte contre les inégalités en France ou doivent-elles renforcer les atouts du pays à l'international ? Est-il possible par exemple de soutenir le développement des métropoles régionales sans nuire au rayonnement mondial de Paris et de l'Île-de-France ?

2. Entre multiplication des besoins et diminution des moyens

- **Le creusement des inégalités de toute nature (sociales, économiques, environnementales) touche en particulier certaines populations** selon l'âge, le sexe, l'origine ethnique. Il menace la cohésion nationale.

- Or, ni l'État ni les collectivités territoriales n'ont actuellement la possibilité de multiplier les aides alors que la crise réduit leurs moyens financiers.

B Vers un aménagement durable des territoires ?

1. Des préoccupations environnementales croissantes

- **Le poids des questions environnementales en matière d'aménagement des territoires est devenu incontournable.**

- Les principes du **développement durable** sont désormais systématiquement envisagés dans la conception des projets d'urbanisme, d'infrastructures de transports, d'équipements touristiques, de sites de production énergétique.

2. Développement durable et aménagement sont-ils vraiment compatibles ?

- **Les impératifs de croissance économique et la protection de l'environnement ne font pas toujours bon ménage :** les manifestations contre le projet d'exploitation du gaz de schiste dans le Sud-Ouest du pays l'ont récemment démontré.

• Les expériences récentes en matière d'urbanisme durable ont montré leur intérêt. Dans les «**écoquartiers**», on a effectivement créé des emplois, sensibilisé les habitants aux enjeux de l'écologie, économisé de l'énergie. Mais **en augmentant le coût du logement, la population la moins aisée est tenue à l'écart** ce qui remet en cause l'objectif initial de mixité sociale.

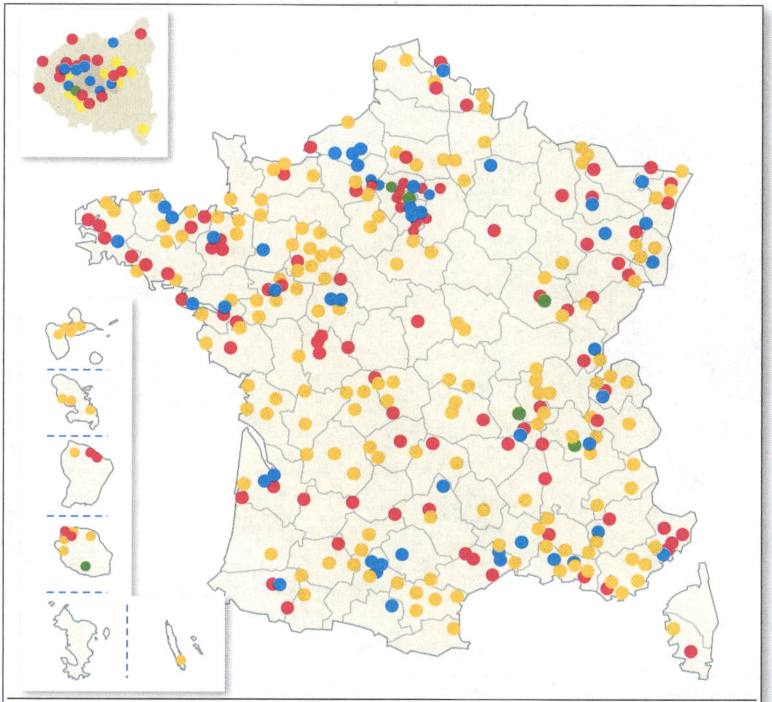

Doc. Les écoquartiers en France : du projet (étape 1) à la confirmation (étape 4)

Vidéo
L'écoquartier de l'Union

L'ESSENTIEL

Aménager pour répondre aux inégalités croissantes

- Le territoire français dans son ensemble est marqué par d'importantes inégalités socio-spatiales. Elles s'accentuent sous l'effet de la mondialisation qui renforce la concurrence des territoires entre eux.
- Pour s'opposer à cette tendance, des politiques d'aménagement sont mises en œuvre par l'État, les collectivités territoriales et l'Europe. Elles suscitent des débats qui impliquent les citoyens et les entreprises.
- L'aménagement des territoires est face à des enjeux complexes ; la crise et les préoccupations environnementales rendent plus difficile l'application de mesures efficaces à moyen ou long terme.

ZOOM SUR...

Les inégalités à l'échelle régionale et locale : l'exemple de l'Île-de-France

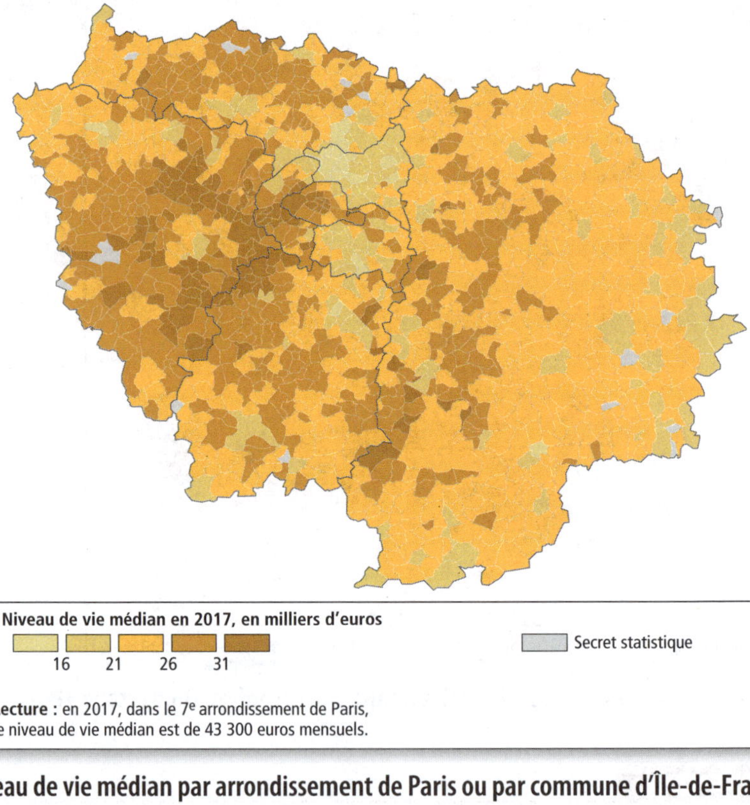

Doc. Niveau de vie médian par arrondissement de Paris ou par commune d'Île-de-France

1 L'Île-de-France, une région riche mais...

→ **L'Île-de-France est la région la plus riche de France.** Le revenu annuel disponible des ménages franciliens est en moyenne supérieur à la moyenne nationale : il atteint 23 200 euros par habitant contre 21 100 euros pour les autres Français.

→ **La région Île-de-France est aussi celle où les inégalités sont les plus fortes.** Ainsi, le niveau de vie des 10 % des ménages les plus aisés est supérieur à 47 400 euros tandis que celui des 10 % les plus modestes est inférieur à 10 700 euros. Le rapport entre ces deux seuils est le plus élevé des régions de France métropolitaine (4,4 contre 3,4 au niveau national).

2 Paris et la proche banlieue Ouest : des inégalités majeures

→ **Paris et le département des Hauts-de-Seine (92) ont le niveau de revenu le plus élevé de la région.** La médiane est supérieure à 27 000 euros par an et par habitant.

→ **C'est là qu'on trouve les inégalités les plus criantes entre les plus riches et les plus pauvres.** À Paris, les 10 % les plus riches gagnent 6,3 fois plus que les 10 % les moins riches.

→ **Dans les arrondissements de l'Ouest de la capitale comme dans les communes voisines, le niveau de vie moyen est très largement supérieur à celui du reste de la région.** Dans un même quartier cohabitent des familles modestes dans des logements sociaux et des ménages qui font partie des plus grosses fortunes de France.

3 Des inégalités qui s'atténuent (un peu) vers la périphérie

→ **Les inégalités de revenus restent importantes dans l'Est parisien** où se trouvent conjointement une proportion importante de couples au niveau de vie élevé et de nombreuses familles monoparentales dont le parent est sans activité professionnelle.

→ **Les contrastes sociaux sont également très forts dans les départements limitrophes de Seine-Saint-Denis (93) et du Val-de-Marne (94)**, malgré un niveau de revenu nettement plus bas en moyenne qu'à Paris. Le 93 est le seul département francilien où le revenu annuel par habitant soit aussi inférieur à la moyenne nationale.

→ **Plus on s'éloigne du centre de l'agglomération, plus l'écart entre les plus aisés et les plus pauvres se resserre.** Si des différences existent bel et bien d'une commune à l'autre, le niveau de vie de la population francilienne est nettement plus homogène en grande banlieue. Ainsi, par exemple, les catégories sociales qui habitent les lotissements pavillonnaires de la périphérie de la région (Val d'Oise, Essonne, Seine-et-Marne et Yvelines) sont souvent plus proches que dans le centre de l'aire urbaine.

Mots clés

ANCT (Agence nationale de la cohésion des territoires) : service de l'État chargé d'accompagner les territoires soumis à difficultés particulières en matière économique, sociale, environnementale ou d'accès aux services publics.

Collectivités territoriales : communes, départements et régions.

Compétitivité : concurrence exercée entre des territoires pour attirer à eux des emplois et des investissements afin de soutenir leur développement économique et social.

Développement durable : mode de développement qui répond aux besoins des sociétés actuelles sans remettre en cause la capacité des générations futures à satisfaire les leurs.

Écoquartier : projet d'aménagement urbain qui intègre les principes du développement durable, notamment en réduisant l'empreinte écologique liée aux déplacements et à l'habitat.

LGV (ligne à grande vitesse) : la modernisation des réseaux de transport est un axe majeur des politiques d'aménagement des territoires, leur accessibilité étant un élément essentiel de leur compétitivité.

Politiques d'aménagement des territoires : mesures que les acteurs publics appliquent pour corriger les déséquilibres et orienter le développement des territoires à toutes les échelles dans le cadre d'un projet global.

QPV (quartiers prioritaires de la politique de la ville) : territoires urbains en difficulté dont les habitants bénéficient d'une politique de lutte contre l'exclusion sociale, professionnelle et culturelle.

Ségrégation socio-spatiale : forme de mise à l'écart d'une partie de la population en fonction de son lieu de résidence sur des critères économiques, sociaux ou ethniques.

Ville mondiale : métropole de grande taille dont la puissance économique, politique, culturelle ou financière exerce une influence à l'échelle de la planète.

ZAC (Zone d'aménagement concerté) : procédure publique d'aménagement de l'espace urbain associant la construction de logements et d'équipements collectifs.

Chiffres clés

- L'Île-de-France est la plus riche des régions françaises et européennes : en 2018, son produit intérieur brut (PIB) représente 31 % de la richesse nationale et 5 % du PIB de l'UE.
- En France, une personne seule est considérée comme « pauvre » si elle vit avec moins de 1 041 euros par mois (environ 14 % de la population française.)
- 9 des 10 communes les plus pauvres de France se situent en région parisienne. On trouve aussi 8 communes d'Île-de-France parmi les 10 villes où le taux de pauvreté est au contraire le plus faible.

Document majeur

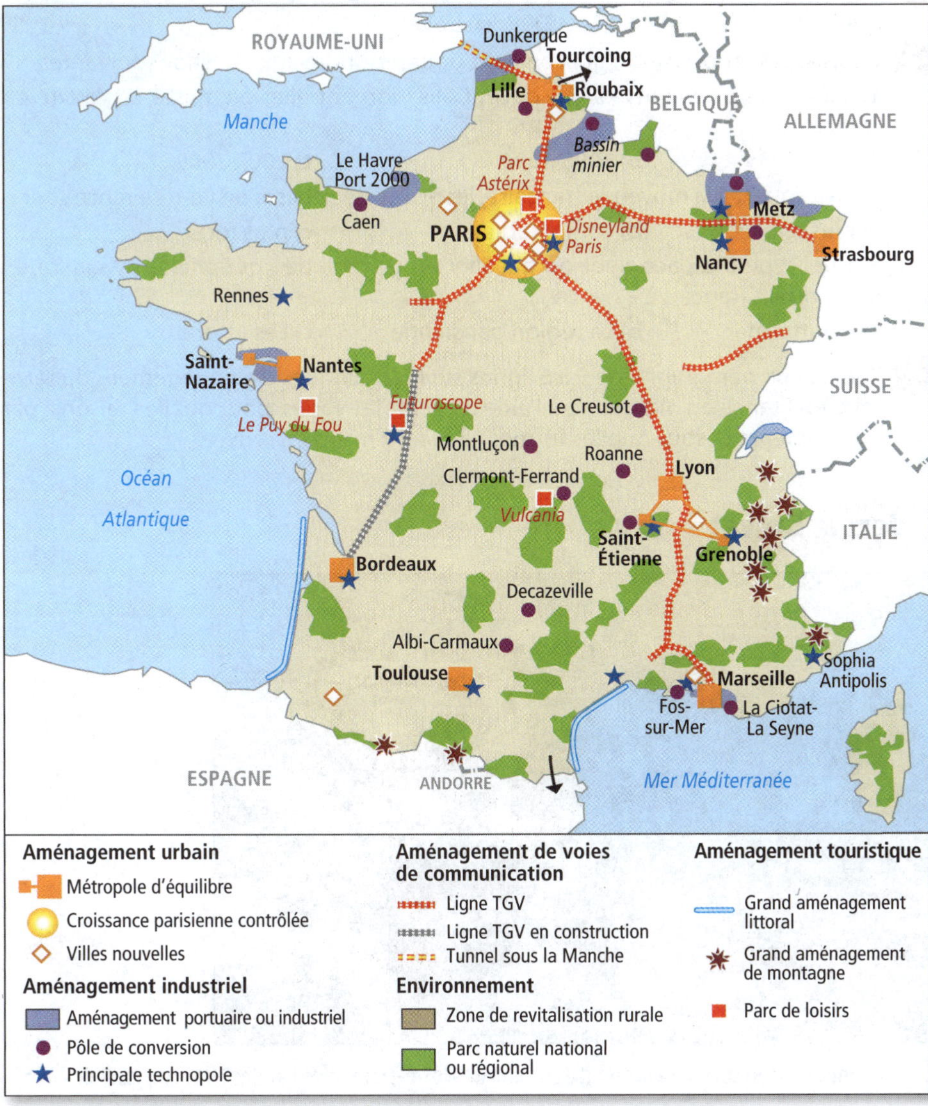

Doc. La diversité des politiques d'aménagement des territoires en France

Je vérifie mes connaissances

1 Développez les sigles suivants. Précisez en quelques mots à quoi ils correspondent : **a)** ZAC ; **b)** ANCT ; **c)** QPV ; **d)** LGV

2 Choisissez la proposition qui convient pour répondre aux questions suivantes.

1. Quand les premières lois de décentralisation ont-elles été mises en œuvre en France ?

a) 1982-1983 **b)** 1995-1996 **c)** 2007-2008

2. Par rapport à la moyenne française, les écarts de richesse en Île-de-France sont :

a) plus faibles. **b)** comparables. **c)** plus forts.

3. Quel type d'espace peut-on qualifier en général de « périphérie dynamique » du territoire français ?

a) L'Outre-mer **b)** La région parisienne **c)** Les littoraux

3 Rédigez un paragraphe de 5 à 6 lignes sur les politiques d'aménagement du territoire en France en indiquant, à l'aide d'exemples variés, pour quelles raisons, par quels acteurs et sous quelles formes elles sont mises en œuvre.

Vers le brevet

Doc. Manifestation contre le projet d'aéroport de Notre-Dame des Landes (Nantes, janvier 2016)

1. Comment et contre quoi ces manifestants protestent-ils ?

2. De quels types « d'acteurs » s'agit-il ?

3. Que révèle ce document sur la mise en œuvre des politiques d'aménagement du territoire en France ?

Je vérifie mes connaissances

1 **a)** La ZAC (zone d'aménagement concerté) est une procédure d'aménagement du territoire urbain qui associe la construction d'un programme de logements et d'équipements collectifs (médiathèque, stade…).

b) L'ANCT (Agence nationale de la cohésion des territoires) est le service de l'État qui accompagne les collectivités locales dans la conception et la mise en œuvre de leurs politiques d'aménagement : revitalisation des centres-villes, redynamisation du tissu industriel, renforcement de l'accès des habitants à l'emploi, aux soins et aux services, attractivité économique, couverture numérique du territoire (fixe et mobile), etc.

c) Les QPV sont les quartiers prioritaires de la (politique de la) ville. Ils désignent des territoires de banlieue qui sont exposés à des difficultés économiques et sociales importantes et qui bénéficient à ce titre d'aides spécifiques de l'État et des collectivités territoriales. Les projets d'aménagement concernent en particulier l'amélioration des infrastructures de transport, l'enclavement de ces quartiers étant un facteur aggravant de leurs difficultés.

d) Les LGV (lignes à grande vitesse) concentrent une part importante des investissements publics dans les domaine de l'aménagement et des transports. Dans le contexte de mise en concurrence des territoires les uns avec les autres, de bonnes conditions d'accès et de circulation constituent en effet un atout primordial en matière de développement régional.

2 **1. a)** Les premières lois de décentralisation ont été adoptées en 1982 et 1983.

2. c) L'Île-de-France est la région française dont le niveau de vie médian est le plus élevé. Les écarts de richesse y sont néanmoins plus élevés qu'ailleurs et à toutes les échelles (régionale, départementale et communale).

3. c) Les littoraux français, en particulier ceux de l'Atlantique et de la Méditerranée, constituent des « périphéries dynamiques ». « Périphéries » dans la mesure où ils sont localisés de fait sur les marges du territoire, mais « dynamiques » car ce sont des espaces qui attirent à eux les hommes et des activités économiques à haute valeur ajoutée.

3 Les politiques d'aménagement du territoire ont pour vocation de réduire les inégalités socio-spatiales qui caractérisent le territoire français à toutes les échelles. Elles sont mises en œuvre par l'État, mais l'Europe, les collectivités territoriales, les entreprises et les citoyens en sont aussi désormais des acteurs incontournables.

Elles recouvrent un ensemble des pratiques très variées, qu'elles soient sectorielles, spatiales ou mixtes : construction d'infrastructures de transport (LGV Sud-Europe-Atlantique), réalisation d'aménagements touristiques (littoral des Landes), distribution d'aides sociales en faveur des bassins de population les plus défavorisés (quartiers prioritaires de la politique de la ville), mesures de préservation de l'environnement (parcs nationaux)…

Vers le brevet

1 Ces manifestants défilent avec des pancartes pour s'opposer à la construction d'un aéroport international à Notre-Dame des Landes près de Nantes. La présence de tracteurs et le slogan « oui aux paysans » soulignent leur principale motivation : il s'agit de dénoncer les conséquences économiques et environnementales du projet. Privés de leurs terres, les agriculteurs n'auraient en effet d'autre choix que de partir ; les paysages ruraux du périmètre concerné en seraient profondément bouleversés.

2 Cette manifestation rassemble des acteurs du monde économique (les agriculteurs) et de la société civile : simples citoyens, militants de mouvements écologistes, riverains du projet d'aménagement.

3 La politique d'aménagement vise essentiellement aujourd'hui à renforcer la compétitivité des territoires français sur la scène internationale. Dans cette perspective, l'État et les collectivités territoriales considèrent qu'il faut améliorer les conditions d'accès et de circulation d'une région à l'autre, et surtout entre la France et le reste du monde. Les acteurs publics conçoivent donc des projets d'aménagement de grande ampleur, financés en partie par des entreprises privées. Certains habitants, des associations ou des partis politiques s'opposent à la construction de telles infrastructures. On parle alors d'un comportement de type *Nimby* ou *Banana*.

Des points en plus…
Banana (de l'anglais *build absolutely nothing anywhere near anyone*, soit « ne construisez nulle part ni près de quelqu'un ») est, comme *Nimby*, un acronyme qui désigne aussi la résistance de la population locale face à des décisions d'aménagement prises par l'État.

CHAPITRE 13

Les territoires ultra-marins français : une problématique spécifique

DE QUOI S'AGIT-IL ?

La France d'outre-mer rassemble des territoires qui se situent à des milliers de kilomètres de l'Europe. Peuplés de 2,7 millions d'habitants, ces territoires ont des statuts qui varient en fonction de leur histoire et de leurs caractéristiques géographiques, sociales et culturelles : cinq d'entre eux sont des « Départements et régions d'outre-mer » (DROM), les autres sont des « Collectivités d'outre-mer » (COM).

Malgré ses nombreux atouts et le soutien de la métropole et de l'Union européenne, la France ultra-marine est confrontée à des enjeux particuliers en matière d'aménagement du territoire.

COURS

1 La France d'outre-mer, un ensemble original

A Des territoires entre dispersion et éloignement

1. Une majorité d'îles et archipels…

Vidéo
Les territoires d'outre-mer

• **La France d'outre-mer regroupe les territoires de la République situés à l'extérieur de l'Europe.** Il s'agit essentiellement **d'îles et d'archipels** d'étendue assez restreinte, à l'exception de la Guyane, continentale et de grande taille.

• Qu'ils soient situés en Amérique, en Océanie, dans l'océan Indien ou en Antarctique, ce sont des territoires issus de l'ancien empire colonial français.

2. …situés à plusieurs milliers de kilomètres de la France métropolitaine

• **Le territoire français le plus éloigné** de la France métropolitaine **se situe à 18000 kilomètres de Paris**, il s'agit de Wallis-et-Futuna. **Le plus « proche »**, Saint-Pierre et Miquelon, **est à plus de 4200 kilomètres**.

• **L'éloignement et l'enclavement relatif de ces territoires se traduisent par des difficultés d'accès et de circulation.** Les effets de cette **discontinuité** sont particulièrement sensibles quand il n'existe pas d'aéroport international et de liaisons aériennes directes avec la métropole, comme c'est le cas pour Mayotte par exemple.

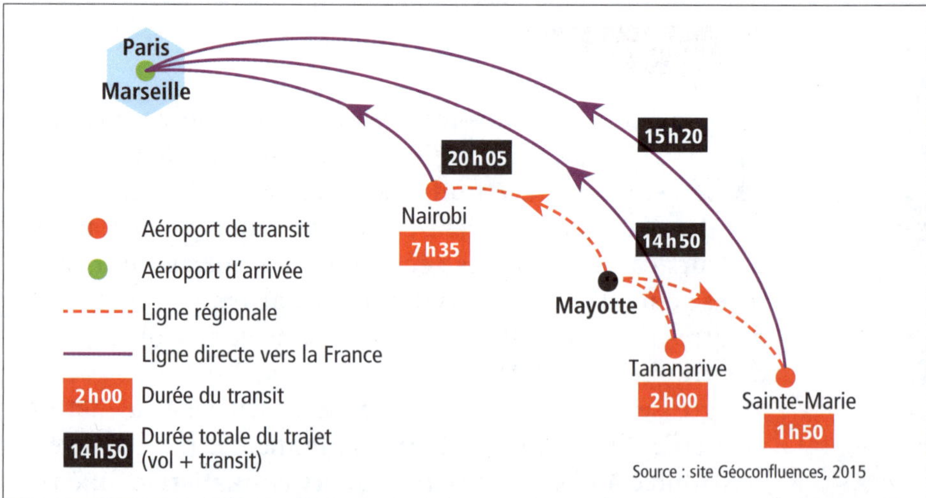

Doc. Les trois solutions pour rejoindre la métropole depuis Mayotte

B Une multitude de statuts

1. Des DROM et des RUP

- **Les départements et/ou régions d'outre-mer (DROM) sont des collectivités territoriales qui ont le même statut que celles de la métropole** ; il s'agit de la Martinique, la Guadeloupe, la Réunion, la Guyane et Mayotte.
- Pour l'UE, ce sont aussi des **régions ultra-périphériques (RUP)** : avec les Açores et Madère (Portugal) et les îles Canaries (Espagne) par exemple, elles bénéficient de fonds de développement et d'aménagements spécifiques.

2. Des COM et des PTOM

- **Les autres territoires ultra-marins ont un statut particulier au sein de la République française** ; ce sont des **collectivités d'outre-mer (COM)** où les lois et règlements nationaux font l'objet de dérogations et d'adaptations locales.
- **Les COM ne sont pas considérées par l'UE comme faisant partie intégrante de son territoire** ; avec les autres **pays et territoires d'outre-mer (PTOM)** européens, certaines sont simplement « associées » à l'UE au nom des relations qu'elles entretiennent avec les États membres concernés (France, Danemark, Pays-Bas…).

Sachez que…
La France ultra-marine couvre une superficie de 120 000 km^2 (400 000 km^2 avec la Terre Adélie), soit 18 % du territoire national.

C Des milieux naturels riches mais contraignants

1. Un patrimoine naturel exceptionnel

- **Les territoires ultra-marins, situés en majorité dans la zone intertropicale, abritent une faune et une flore exceptionnelles.** Ils font l'objet de politiques de préservation et de valorisation de leur patrimoine naturel.
- Ainsi, le Parc national de la Réunion couvre une surface de 100 000 hectares (40 % du territoire de l'île). Depuis 2010, sa zone centrale est inscrite sur la liste du patrimoine mondial de l'UNESCO pour la qualité de ses paysages.

2. Des risques particuliers

- **Les conditions climatiques et le relief** exposent ces territoires à des **risques naturels** tels que les séismes, les phénomènes volcaniques, les cyclones…
- **Les effets du réchauffement climatique et la montée du niveau des océans constituent une source d'inquiétude** supplémentaire pour certains de ces territoires, notamment pour les atolls.

COURS

COURS

2 Des spécificités sociales et spatiales majeures

A Une situation démographique singulière

1. L'augmentation de la population

- **La population ultra-marine représente environ 4,5 % de la population française.** Elle a connu une croissance tout au long de ces dernières décennies, grâce à une fécondité plus élevée qu'en moyenne nationale.
- Une **forte immigration**, malgré les départs parfois massifs vers la métropole, peut également expliquer l'augmentation spectaculaire du nombre d'habitants.
- **Les territoires ultra-marins font en effet figure d'îlots de prospérité dans leur environnement régional.** La richesse moyenne, bien qu'inférieure à celle de la métropole, est bien souvent beaucoup plus élevée que dans les pays voisins.

Sachez que...
La Réunion est le territoire ultra-marin français le plus peuplé. L'île de Clipperton, atoll de 7 km² situé dans l'Océan Pacifique, ne compte aucun habitant.

Sachez que...
La population de la Guyane est passée de 20 000 habitants dans les années 1950 à 290 000 habitants actuellement ; les immigrés y représentent environ 35 % de la population.

2. Une urbanisation rapide des littoraux

- **Les territoires ultra-marins ont vu leurs villes se développer rapidement en un demi-siècle.** Comme elles sont en général situées sur le littoral, les contrastes avec les espaces intérieurs s'aggravent.
- **Le phénomène d'étalement urbain se conjugue aussi avec l'accentuation des inégalités sociales :** au sein d'une population dont le niveau de vie moyen est inférieur à celui de la métropole, l'opposition de plus en plus nette entre quartiers aisés et secteurs urbains en difficulté est à l'origine de tensions sociales parfois extrêmement vives.

B La dépendance à l'égard de Paris et de l'Europe

1. Des déséquilibres structurels

- Traditionnellement, **l'économie des territoires ultra-marins est fondée sur les activités agricoles** (à l'exception des zones situées dans les régions polaires ou équatoriales). Les productions locales ne suffisent pas à satisfaire les besoins de la population : elles rendent les importations nécessaires et soulignent les limites de **l'économie de subsistance**.

- **L'industrie est très peu représentée.** Le tourisme est en revanche un secteur-clé de l'économie locale, mais il est soumis à une concurrence internationale de plus en plus vive.
- **L'exploitation des ressources naturelles** (or, phosphate, nickel…) **et halieutiques** offre des perspectives de développement non négligeables.

2. Les aides de la métropole et de l'Europe

- **L'économie et les sociétés ultra-marines sont dépendantes à l'égard de la métropole et des institutions européennes.** Leur équilibre repose sur les transferts financiers de l'État ou de l'UE sous forme de subventions, de salaires plus élevés pour les fonctionnaires, de régimes fiscaux dérogatoires…

> **Sachez que…**
> 77 % de la population de Mayotte vit sous le seuil de pauvreté (14 % en métropole).

- **D'importantes aides sociales permettent également d'atténuer les difficultés des populations les plus vulnérables.** 33 % des Réunionnais vivent ainsi du RSA (revenu de solidarité active).

3 Des politiques d'aménagement du territoire adaptées

A Renforcer la cohésion sociale, économique et territoriale

1. Faire face aux tensions locales…

- **Certaines sociétés ultra-marines sont « sous tension » :** des grèves et des manifestations dénoncent régulièrement l'accentuation des inégalités entre les habitants.
- **La contestation des héritages de la colonisation** et **l'accélération de la mondialisation** ont amplifié au cours de ces dernières années les revendications des mouvements indépendantistes.

2. …en agissant prioritairement dans trois domaines

- Face aux très fortes inégalités sociales et spatiales qui sous-tendent ce mécontentement, **les acteurs de l'aménagement (État, Europe, collectivités territoriales) conjuguent leurs efforts pour intervenir simultanément dans trois domaines en priorité.**
- **L'amélioration des conditions de logement** (dans la perspective de faire disparaitre les quartiers d'habitat pré-

> **Sachez que…**
> Le taux de chômage ultra-marin est toujours supérieur à celui de la métropole (8,4 % des actifs). Il dépasse 20 % en Guadeloupe et à la Réunion ; il atteint 30 % à Mayotte.

caire qui accompagnent la croissance rapide des villes), **la création de nouveaux équipements** (hôpitaux, écoles, ...) pour faire face à l'augmentation de la population, **la diversification et la modernisation des activités économiques** (pour réduire le chômage et permettre à la jeunesse de travailler sur place) sont ainsi les axes majeurs des politiques d'aménagement déployées au sein de ces territoires.

B Améliorer l'intégration régionale et faciliter les mobilités

1. Développer les relations avec les États voisins

- **L'économie des territoires ultra-marins est soumise à la concurrence de leurs voisins d'Amérique ou d'Afrique.** Ce sont en général des États plus peuplés, au coût de main-d'œuvre plus faible, qui produisent les mêmes produits mais en quantité bien plus importante.
- Conscient de la nécessité de permettre une meilleure **intégration régionale**, le Ministère des Outre-mer a créé en 2015 un **fonds de coopération économique, sociale et culturelle régionale** en faveur des territoires des zones Antilles-Guyane et de l'Océan Indien.

2. Faciliter les déplacements à toutes les échelles

- **Dans un monde où les flux humains et matériels ne cessent de croitre, l'enclavement est un handicap majeur.** L'amélioration des transports au sein de ces territoires (en ville, entre les littoraux et l'intérieur ou entre les îles d'un même archipel) ou avec la métropole est également une dimension essentielle des politiques d'aménagement déployées actuellement.
- La construction de nouvelles infrastructures de transport (ponts, ports, aérogares, ...) bénéficie du soutien de **l'Agence française de développement (AFD)**.

Sachez que...
L'intervention de l'AFD en outre-mer représente un budget annuel de 1,25 milliard d'euros.

L'ESSENTIEL

Les territoires ultramarins français : une problématique spécifique

- Qu'il s'agisse de DROM ou de COM, la discontinuité, l'éloignement et l'insularité (en dehors de la Guyane) caractérisent les territoires ultra-marins français.
- Forte d'une population jeune et de plus en plus urbaine, la France d'outre-mer est marquée par de très fortes inégalités de richesse. Les faiblesses de son économie la placent dans une situation de dépendance à l'égard de la métropole et de l'Union européenne.
- L'aménagement de ces territoires vise essentiellement à renforcer la cohésion sociale, à faciliter leur intégration régionale, à favoriser le développement économique et à améliorer les conditions de circulation des hommes et des biens.

ZOOM SUR...

Le rôle des DROM dans le rayonnement de la France : l'exemple de la Guyane

Les DROM assurent à la France une présence effective sous toutes les latitudes. Ils participent à son rayonnement international. Comment la Guyane contribue-t-elle au rôle mondial de la France ?

1 Un territoire ultra-marin français en Amérique du Sud

→ **La Guyane est le plus grand département français (83 500 km²).** Situé à 7 000 kilomètres de Paris, au nord de l'Amérique du Sud, il partage une longue frontière commune avec le Brésil et le Surinam : les flux migratoires sont majoritairement clandestins.

→ **Seul DROM qui ne soit pas une île, la Guyane est un territoire français depuis 1664.** Elle compte environ 280 000 habitants dont les origines sont extrêmement variées et qui se concentrent principalement le long du littoral.

→ Ce territoire permet à la France d'exercer son rayonnement sur le continent sud-américain.

2 Un relais de l'influence culturelle française

→ **La Guyane est une enclave francophone** dans une région du monde dominée par les langues espagnole et portugaise.

→ **Le rayonnement culturel de la France y est assuré par l'ensemble des institutions de la République** (écoles, collèges, lycées, centres culturels, etc.). Radio France Internationale et les chaînes de télévision en sont des relais essentiels.

→ **L'Université des Antilles et de la Guyane accueille des étudiants venus de différents horizons.** Par son rôle dans le domaine de la formation supérieure, elle représente un outil essentiel de la diffusion de la langue et de la culture françaises.

3 Un acteur du rayonnement scientifique et politique de la France

→ **La Guyane présente un intérêt stratégique particulier.** Elle accueille en effet à Kourou le Centre spatial guyanais (CSG), base européenne de lancement d'engins spatiaux.

Doc. Le Centre spatial guyanais (CSG) de Kourou

→ **Le choix de ce site repose sur plusieurs avantages :** dans une région politiquement stable et peu peuplée, la proximité de l'équateur permet de bénéficier de conditions favorables à la mise en orbite de fusées et de satellites.

→ **La surveillance du Centre spatial explique la forte présence militaire sur place.** Les forces armées assurent par ailleurs des missions de souveraineté essentielles, comme la lutte contre l'orpaillage illégal.

→ **La Guyane est donc un territoire où la souveraineté de la France s'exerce pleinement.**

Mots clés

- **AFD (Agence française de développement)** : établissement public qui finance en partenariat avec les collectivités territoriales et les entreprises locales les politiques d'aménagement du territoire en outre-mer.
- **Archipel** : ensemble formé par plusieurs îles qui entretiennent des relations entre elles.
- **Atoll** : île corallienne basse des océans tropicaux dont le centre est un lagon.
- **COM** : collectivité d'outre-mer dotée d'une autonomie douanière et fiscale.
- **Discontinuité** : rupture géographique entre deux territoires qui s'accompagne de difficultés d'accès et de communication entre eux.
- **DROM** : départements et régions d'outre-mer.
- **Économie de subsistance** : système qui repose sur la consommation de produits locaux.
- **Enclavement** : situation d'un territoire mal relié aux autres, du fait de l'absence de voies de communication et/ou de la présence d'obstacles naturels.
- **Insularité** : ensemble des caractéristiques des îles ou des archipels, en particulier l'éloignement relatif du continent, la taille réduite du territoire, l'opposition entre espaces intérieurs et littoraux…
- **Intégration régionale** : forme de coopération volontaire entre des territoires appartenant à un même environnement régional dans la perspective de développer leurs relations économiques, culturelles, sociales…
- **Ressources halieutiques** : produits de la pêche.
- **RUP** : régions ultra-périphériques de l'Union européenne. Pour la France, elles correspondent aux 5 DROM ; territoires faisant partie intégrante de l'UE.
- **UNESCO** : organisation des Nations Unies pour l'éducation, la science et la culture.

Chiffres clés

- La France compte 5 DROM (Guadeloupe, Guyane, Martinique, Mayotte et Réunion) et une multitude de territoires ultra-marins aux statuts variés (COM).
- La distance des DROM à la métropole est toujours supérieure à 6 000 kilomètres : Guadeloupe (6 800 km), Martinique (6 850 km), Guyane (7 500 km), Mayotte (8 000 km) et Réunion (9 400 km).
- Les aéroports internationaux de la Guadeloupe, de la Réunion et de la Martinique occupent respectivement les 11ᵉ, 12ᵉ et 14ᵉ rangs du classement des aéroports français par le nombre de voyageurs.

Document majeur

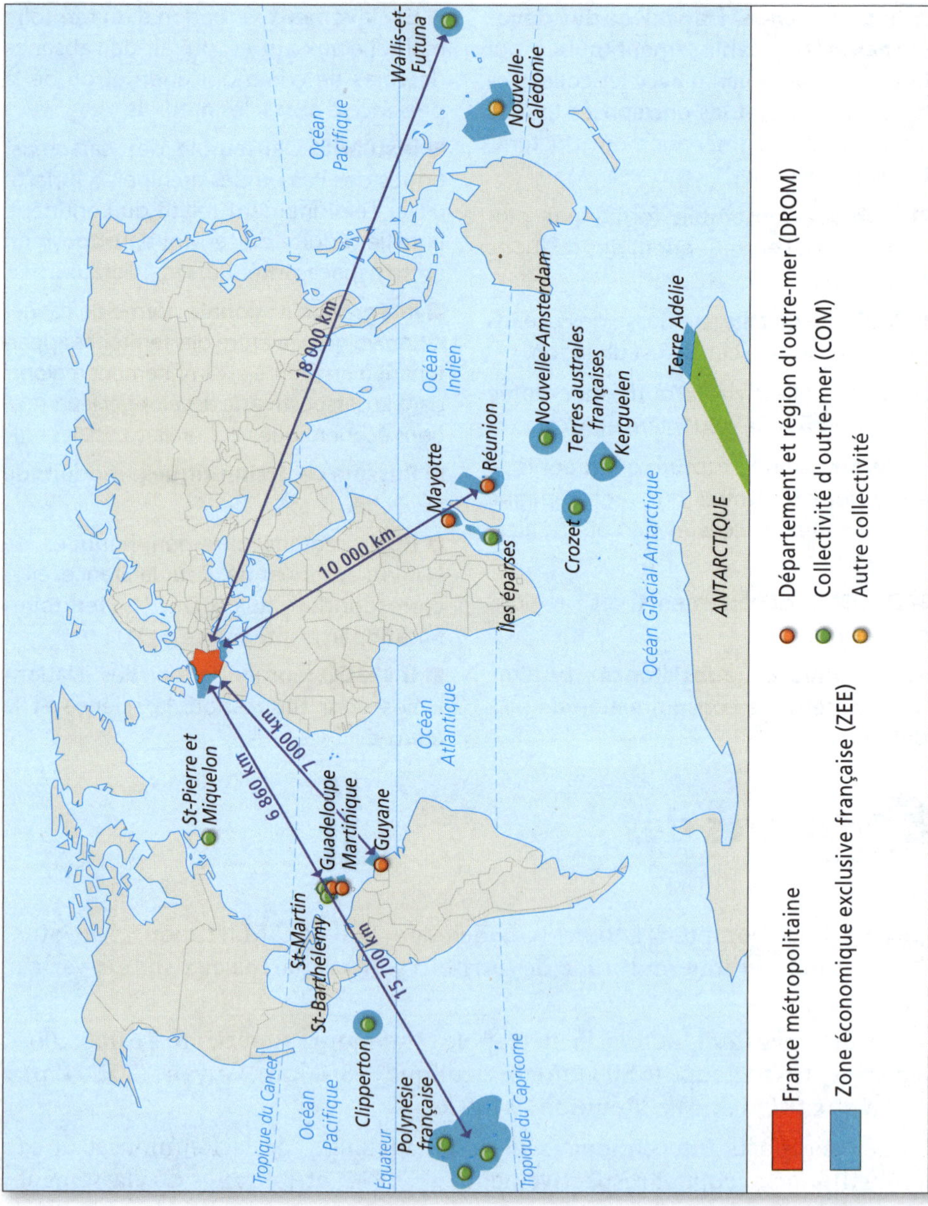

Doc. Les territoires ultra-marins de la France

Je vérifie mes connaissances

1 Identifiez les territoires ultra-marins français figurant sur cette carte.

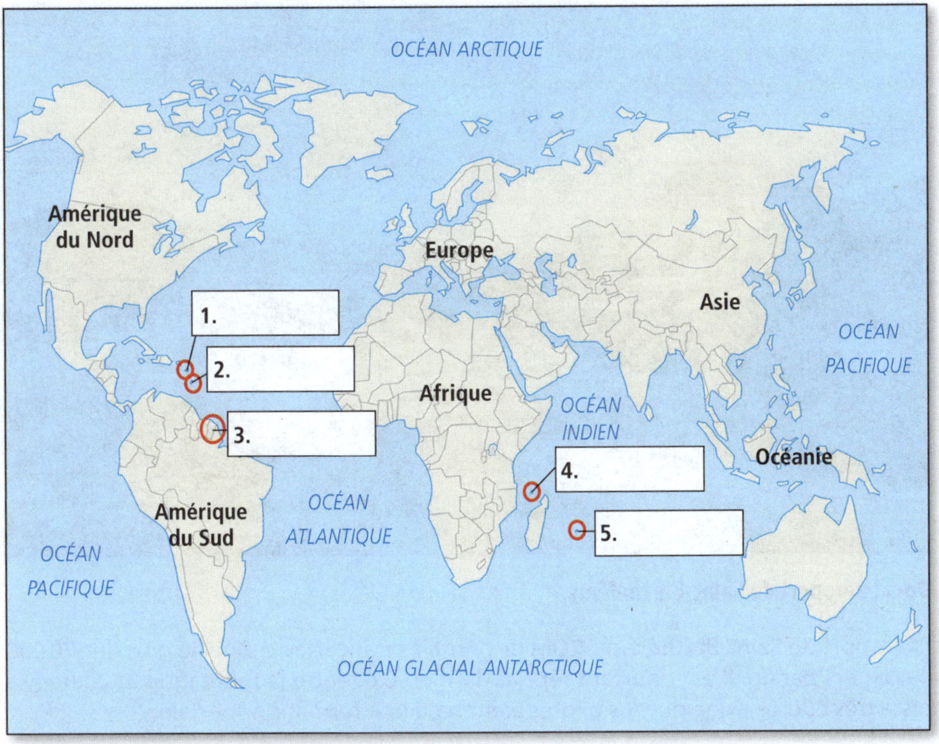

2 Définissez les notions suivantes :

a) discontinuité ; **b)** enclavement ; **c)** intégration régionale.

3 Remettez dans l'ordre les lettres qui composent le nom de ces collectivités d'outre-mer.

a) e-r-o-c-z-t

b) f-y-e-l-o-r-i-p-n-a-a-e-s-s-e-n-i-c

c) p-e-p-l-i-c-r-o-n-t

d) l-e-b-r-a-s-t-a-i-n-m-y-e-h-t

e) g-u-r-e-l-e-n-e-k

f) u-n-e-w-l-i-s-t-a-u-t-l-a-f

Vers le brevet

Doc. **L'aéroport de Saint-Barthélémy**

L'aéroport de Saint-Barthélémy, COM des Antilles françaises, accueille plus de 170 000 passagers par an. Il est pourtant réputé dangereux : entre la montagne et la mer, sa piste très courte exige que les pilotes aient reçu une formation spéciale.

1. Localisez ce paysage.

2. Quels sont les éléments naturels présents dans les différents plans de l'image ?

3. En quoi sont-ils représentatifs de la spécificité de certains territoires ultra-marins français ?

4. Quelle activité économique, non directement représentée sur la photographie, permet d'expliquer la fréquentation de cet aéroport ?

5. Qu'est-ce que cette image paysagère révèle de l'accessibilité de la France d'outre-mer ?

Je vérifie mes connaissances

1 Les cinq territoires ultra-marins sont : 1. Guadeloupe; 2. Martinique; 3. Guyane; 4. Mayotte; 5. Réunion.

2 **a)** La discontinuité désigne une rupture, une interruption ou une fracture au sein d'un espace géographique. Concernant le territoire français, elle correspond au fait qu'il ne soit pas d'un seul tenant. La France, c'est en effet le territoire métropolitain (ou la « France d'Europe » qui s'étend sur 550 000 km^2) mais aussi l'ensemble des DROM-COM qui représente une surface totale de 120 000 km^2.

b) L'enclavement est également une notion essentielle pour caractériser la situation de la majorité des territoires ultra-marins français. Il s'agit en effet de tout ce qui les rend difficile d'accès, et en particulier l'absence ou l'insuffisance des voies de communication et des infrastructures de transport (ports, aéroports, gares routières et ferroviaires, routes goudronnées…).

c) L'intégration régionale correspond à un système de coopération entre des États ou des territoires voisins qui a pour objectif de favoriser leur développement commun dans différents domaines, en particulier pour les échanges commerciaux. C'est ce principe qui fonde le mode de fonctionnement de l'Union européenne. Pour les territoires ultra-marins en revanche, les relations avec les pays voisins, tant en Amérique qu'en Afrique, sont relativement limitées; en règle générale, elles ne leur permettent pas d'asseoir leurs perspectives de développement économique sur des bases solides.

3 **a)** Crozet

b) Polynésie française

c) Clipperton

d) Saint-Barthélémy

e) Kerguelen

f) Wallis-et-Futuna

Vers le brevet

1 Cette photographie paysagère en vue aérienne oblique a été prise dans l'archipel des Petites Antilles, sur l'île de Saint-Barthélémy, collectivité d'outre-mer de la mer des Caraïbes.

2 Au 1er plan de l'image, on distingue une colline sur laquelle serpente une route sinueuse. Au centre, dans le prolongement de la piste d'atterrissage, on voit une plage de sable fin bordant un golfe à l'eau turquoise. À l'arrière-plan, se trouvent d'autres collines qui sont urbanisées.

3 Cette image permet de souligner quelques caractéristiques essentielles des territoires ultramarins français : l'insularité, le caractère exceptionnel des paysages et de l'environnement, les atouts climatiques… Elle met également en avant les contraintes qui pèsent sur ces espaces : un relief contraignant, des surfaces exiguës, une urbanisation mal encadrée.

> **Des points en plus…**
> Comme les contraintes liées au climat peuvent être qualifiées de « climatiques », celles liées aux formes de relief sont dites « orographiques ».

4 Un ciel bleu, une nature luxuriante, une plage de sable fin, une mer transparente, un aéroport … autant de facteurs qui sont favorables au développement du tourisme. Cette île de 25 km^2 est devenue en trente ans l'une des principales destinations du tourisme de luxe dans le monde : elle n'est en effet accessible qu'aux personnes les plus fortunées, que ce soit par la voie aérienne (petits avions de moins de 20 passagers appartenant à des compagnies privées) ou maritime (yachts et croisières de luxe).

5 L'accessibilité des territoires français ultramarins est en règle générale plus limitée que celle du territoire métropolitain, tant par l'existence de caractéristiques naturelles contraignantes (insularité, éloignement, contraintes orographiques…) que par l'absence ou le nombre limité d'infrastructures de transport modernes et de grande envergure. C'est à la fois une chance et un handicap. Dans le domaine du tourisme par exemple, on peut ainsi considérer qu'il s'agit d'un atout, ces territoires étant au moins partiellement tenus à l'écart d'un tourisme de masse qui pourrait se révéler dévastateur d'un point de vue écologique; mais il s'agit aussi d'un obstacle au développement d'une activité pourtant vitale dans l'économie locale.

> **Conseil**
> Comme souvent dans le champ des sciences humaines en général et de la géographie en particulier, une conclusion nuancée est appréciable : dans l'étude des phénomènes sociaux, il faut toujours conserver un esprit critique…

CHAPITRE 14

L'Union européenne, un nouveau territoire de référence et d'appartenance

DE QUOI S'AGIT-IL ?

L'Union européenne (UE) est un rassemblement volontaire d'États partageant des valeurs communes (démocratie, droits de l'homme) et animés par un projet de développement global.

L'UE est un territoire en construction : son périmètre s'étend au fil des élargissements successifs. C'est aussi un territoire à géométrie variable : les États membres ne participent pas tous aux mêmes politiques communes (zone euro, espace Schengen...). L'UE intervient dans tous les domaines de notre vie quotidienne. Ses politiques contribuent à renforcer le sentiment d'appartenance à un même ensemble. Elles visent à réduire les inégalités entre les régions européennes. La France occupe une place particulière en Europe. Au-delà de sa situation géographique, elle exerce un rôle spécifique dans le fonctionnement des institutions et dans la mise en œuvre des politiques européennes.

1 L'Union européenne, une union d'États

A Un territoire en construction

Vidéo
Les conséquences du Brexit

1. Un ensemble à « géométrie variable »

- **Le territoire de l'Union européenne n'a cessé de s'étendre depuis sa création en 1957**. L'adhésion de la Croatie, effective en juillet 2013, porte à 28 le nombre d'États membres. En juin 2016, les Britanniques ont choisi par référendum de quitter l'UE : le « Brexit » est effectif depuis le 1er février 2020.

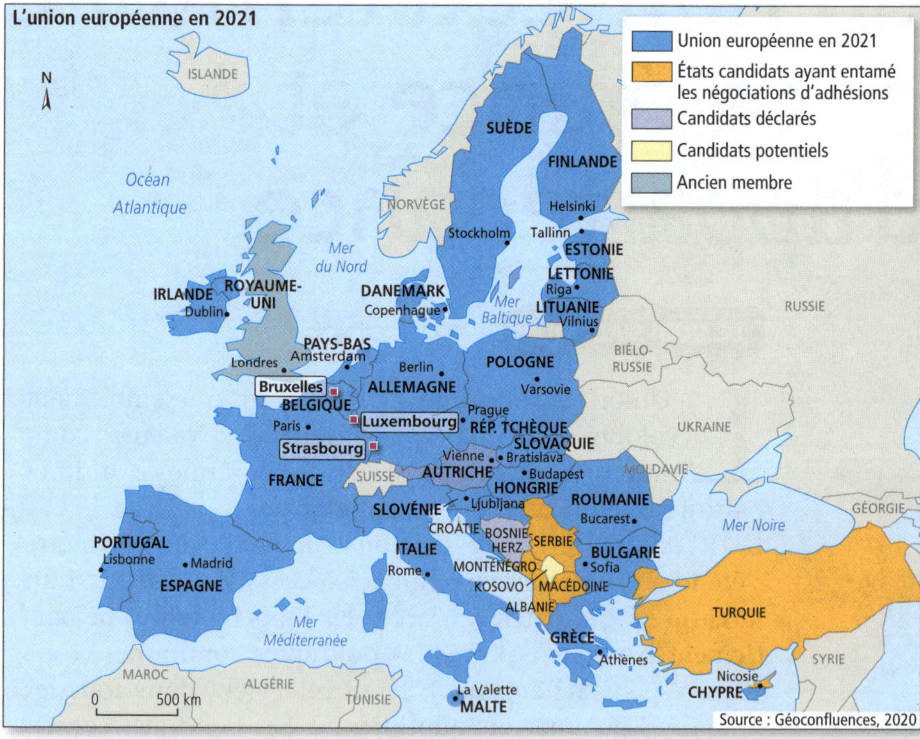

Doc. L'Union européenne, un territoire en construction

- **L'Union européenne compte 448 millions d'habitants (3e puissance démographique du monde** derrière la Chine et l'Inde). La densité de population est très élevée car son territoire est assez peu étendu (4 millions de km²).

- Au fil du temps, **les États membres de l'UE ont renforcé leurs liens**. Projet politique et économique à l'origine, l'intégration européenne est devenue sociale et financière avec la création de l'espace Schengen et d'une monnaie unique (l'euro).
- **Les États-membres ont la possibilité de ne pas appliquer l'ensemble des politiques communes.** Le territoire de l'UE ne coïncide donc précisément ni avec l'espace Schengen ni avec la zone euro : aujourd'hui, seuls 19 des 27 États membres ont adopté la monnaie unique. Inversement, des pays qui ne font pas partie de l'UE peuvent adopter l'euro ou intégrer l'espace Schengen.

COURS

2. Une aire de richesse, de paix et de démocratie

- **L'Union européenne est la 1re puissance économique du monde.** L'indicateur de développement humain (**IDH**) y atteint des valeurs records : 0,942 en Irlande, 0,939 en Allemagne, 0,937 en Suède…
- **L'UE est un espace de liberté individuelles et collectifs.** Les États membres disposent d'institutions stables et démocratiques. En 2012, l'UE a même reçu le **prix Nobel de la paix** pour son rôle en faveur des droits de l'homme et de la réconciliation des peuples divisés par les guerres.

Sachez que…
L'IDH permet de mesurer le niveau de développement d'une société sur une échelle de 0 à 1 selon trois critères complémentaires : l'espérance de vie à la naissance, l'éducation et le niveau de vie.

B Une identité plurielle

1. Unie dans la diversité

- L'UE se caractérise par une **très grande diversité de milieux, de paysages et de cultures**; elle compte 24 langues officielles. Ses institutions sont nombreuses : Parlement, Cour de justice, Conseil européen, Commission, Banque centrale, Cour des comptes … ; **elles interviennent dans tous les domaines de notre vie quotidienne.**
- Progressivement, l'UE est donc devenue un territoire de référence pour ses habitants.

2. De fortes inégalités de développement entre les territoires

- **Les contrastes de développement entre régions européennes sont importants**. Ils opposent un **centre dominant** à des **périphéries dominées.**
- Au nord-ouest de l'UE, les premiers États membres forment un ensemble riche et très peuplé. Cette région, constitue la **dorsale européenne** et concentre

les fonctions de commandement et les principaux lieux de décision économique et politique.

- Les **périphéries** qui accusent un **retard de développement** sont les pays d'Europe centrale et orientale (**PECO**), les régions d'outre-mer et, dans une moindre mesure, les marges du sud de l'UE.

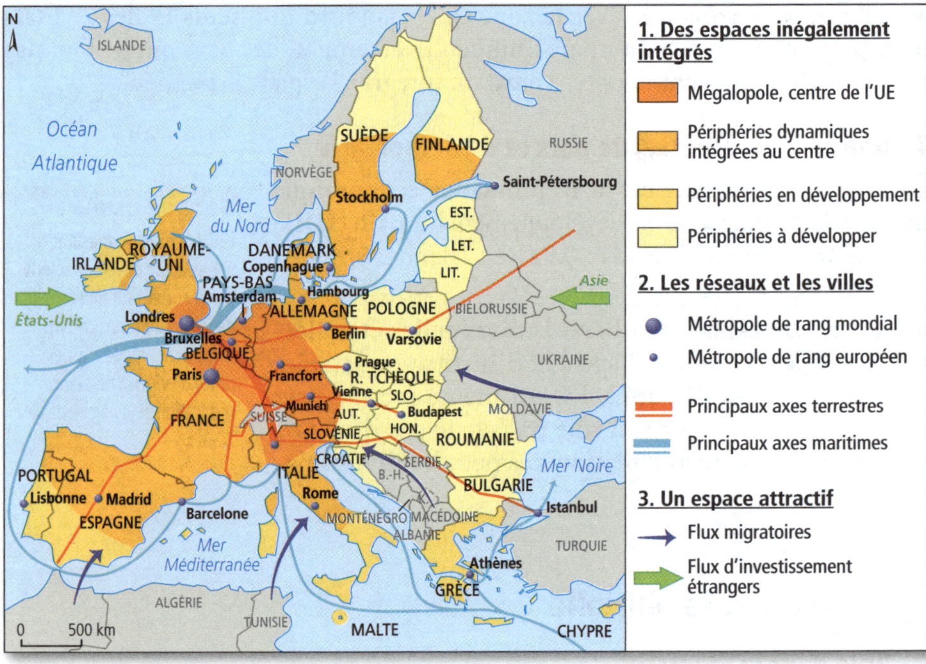

Doc. **L'organisation de l'espace européen**

L'ESSENTIEL

L'Union européenne, une union d'États

- L'UE est un territoire en construction dans lequel les frontières ont eu tendance à s'effacer progressivement. Association volontaire d'États de plus en plus nombreux, elle forme un espace original où dominent la richesse et les libertés.
- Le territoire de l'UE est cependant marqué par de fortes inégalités entre la dorsale européenne et des périphéries plus ou moins bien intégrées.

2 Renforcer la cohésion de l'UE : une priorité forte

A Réduire les inégalités entre territoires et populations de l'Europe

1. Une volonté qui s'affirme au fil du temps

- Les élargissements successifs de l'UE ont accentué les inégalités entre ses États membres et ses régions ; ainsi, à elles seules, les économies de l'Allemagne, de la France, de l'Italie et de l'Espagne produisent 60 % de la richesse globale de l'Union. Le pouvoir d'achat d'un Bulgare est cinq fois moindre que celui d'un Luxembourgeois.
- Pour réduire de tels écarts de richesse, l'Union européenne applique une **politique de cohésion sociale et territoriale** : le budget qui lui est consacré atteint 331 milliards d'euros pour la période 2021-2027.

Sachez que...
Pour la période 2021-2027, la politique de cohésion constitue le 2e poste de dépenses de l'Union européenne juste devant celui consacré au marché unique, à l'innovation et au numérique.

2. Des axes prioritaires, un objectif commun

- En finançant des projets d'aménagement et en facilitant la création d'emplois dans les espaces en difficulté, ces politiques ont pour objectif de **permettre à tous les Européens de vivre dans des conditions équivalentes d'accès à l'emploi, à la culture, aux transports, à l'éducation, à la santé...** quel que soit leur lieu de résidence.
- Les régions rurales, les régions industrielles en reconversion, les régions exposées à des contraintes géographiques fortes (espaces insulaires, zones de montagne...) font à cet égard l'objet d'une attention particulière de la part des autorités européennes.

B Des mesures qui s'appliquent à toutes les échelles et selon des modalités variées

1. Du local à l'ensemble de l'Europe

- Les mesures mises en œuvre au titre de la cohésion sociale et territoriale concernent potentiellement tout l'espace européen. Elles s'appliquent de **l'échelle locale** (la banlieue d'une grande ville par exemple) à **l'échelle d'une région ou d'un ensemble de régions**.

• Les **espaces qui se situent de part et d'autre des frontières des États membres** se caractérisent souvent par des **écarts de développement particulièrement importants**. Avant la création de l'UE, les activités économiques, le système de transport, l'organisation des services publics ou privés... se sont en effet développés de manière indépendante de chaque côté du tracé de la frontière.

• Aujourd'hui, au titre du principe de cohésion, l'Europe accompagne le rapprochement des hommes et des territoires de ces régions : elle définit et finance des projets dans le cadre de la politique de **coopération transfrontalière européenne**.

2. Les « outils » de la politique régionale européenne

• Plusieurs types de **fonds européens structurels et d'investissement (FESI)** sont mobilisés pour financer les projets qui relèvent de la politique de cohésion, notamment le **FSE** (fonds social européen) et le **FEDER** (fonds européen de développement régional).

• **Le montant des aides distribuées par l'Europe dépend du niveau de développement de la région concernée**. Selon qu'il s'agisse d'une région « moins développée », d'une région « en transition » ou d'une région « plus développée », la participation financière de l'UE varie. Il s'agit d'un choix conforme aux valeurs de solidarité et aux objectifs d'intégration qui fondent les orientations politiques de l'UE depuis sa création.

L'ESSENTIEL

Renforcer la cohésion de l'UE : une priorité forte

- L'UE a pour objectif de réduire les inégalités entre les hommes et les régions des États membres. Elle applique dans cette perspective une politique de cohésion sociale et territoriale.
- Les mesures européennes s'appliquent à toutes les échelles, du village à un ensemble de régions. Elles prennent appui sur des fonds structurels dont l'importance varie en fonction du niveau de développement du territoire qui en bénéficie.

3 La France dans l'UE : de nouveaux enjeux

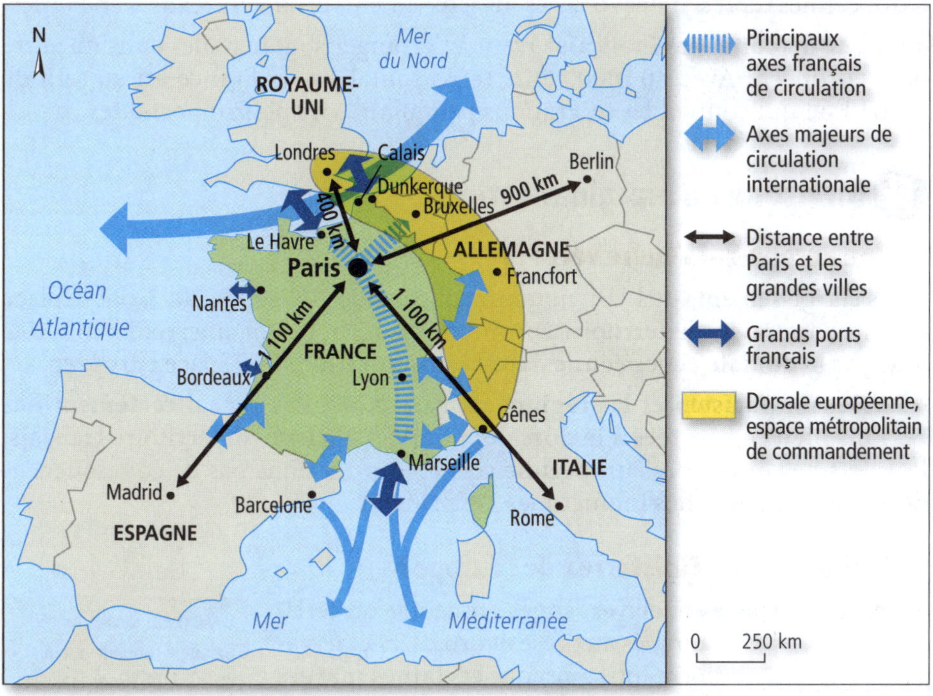

Doc. La situation de la France en Europe

A Un acteur majeur de l'Europe

1. Une situation géographique singulière, un rôle historique essentiel

• **La position géographique de la France en fait une double interface** : océanique et maritime, entre Manche-Atlantique et Méditerranée d'une part, terrestre et continentale, entre Nord et Sud du continent d'autre part.

• Membre fondateur de l'UE, **son rôle dans l'affirmation et la mise en œuvre du projet européen est essentiel**. Le pays se situe au deuxième rang à la fois pour sa participation au budget de l'UE et pour les aides qu'elle perçoit.

COURS

2. Des relations étroites entre la France et ses partenaires européens

- **L'économie française et celle de l'UE sont étroitement liées** : 60 % des exportations françaises sont orientées vers les autres États membres, les entreprises européennes représentent 70 % des investissements étrangers réalisés en France.
- Plus de la moitié des Français vivant à l'étranger sont installés dans un autre pays européen. Avec 400 000 actifs transfrontaliers, la France est au sein de l'UE l'État qui connaît les migrations pendulaires les plus importantes.

B Un risque de marginalisation ?

1. Une Europe qui s'ouvre vers l'Est

- Les élargissements de l'UE, notamment ceux de 2004 et de 2007, ont déplacé le centre de gravité du territoire européen vers l'Est. Ils ont ainsi renforcé le rôle joué par la **dorsale européenne** dans la structuration de l'espace européen.
- **Le Bassin parisien et les régions de l'arc Nord-Est sont directement des régions bien connectées à la dorsale** ; pour cette partie du territoire français, les effets de l'ouverture européenne vers l'Est n'ont donc pas de conséquences négatives. Ailleurs, des inquiétudes s'expriment.

2. La France, un « Finisterre » de l'Europe ?

- **Certains espaces enclavés**, situés au centre du territoire national et mal reliés aux réseaux routiers et ferroviaires les plus performants, ainsi que **certaines marges** situées au Sud et à l'Ouest du pays sont donc soumis de fait à **l'éloignement des centres de commandement européens**.
- Pour ces territoires, souvent confrontés à des difficultés économiques ou démographiques majeures, l'intégration des pays d'Europe centrale et orientale n'a fait qu'accentuer le caractère de « **finisterre** européen » de l'espace français.

Sachez que...
Selon un sondage publié en 2021, 68 % des Français se sentent fiers d'être européens.

L'ESSENTIEL

La France dans l'UE : de nouveaux enjeux

- La France est un État fondateur de l'UE. Son rôle dans le fonctionnement et dans l'organisation de l'Europe est déterminant.
- Aujourd'hui, l'ouverture vers l'Est remet en cause la place de la France dans cet ensemble : certaines parties de son territoire, celles qui sont le plus éloignées ou le moins bien reliées à la dorsale européenne, sont exposées à des risques de marginalisation.

ZOOM SUR...

Les Pyrénées, de la frontière au territoire transfrontalier

Comment l'Europe contribue-t-elle au développement des relations entre les populations et les territoires des régions frontalières ?

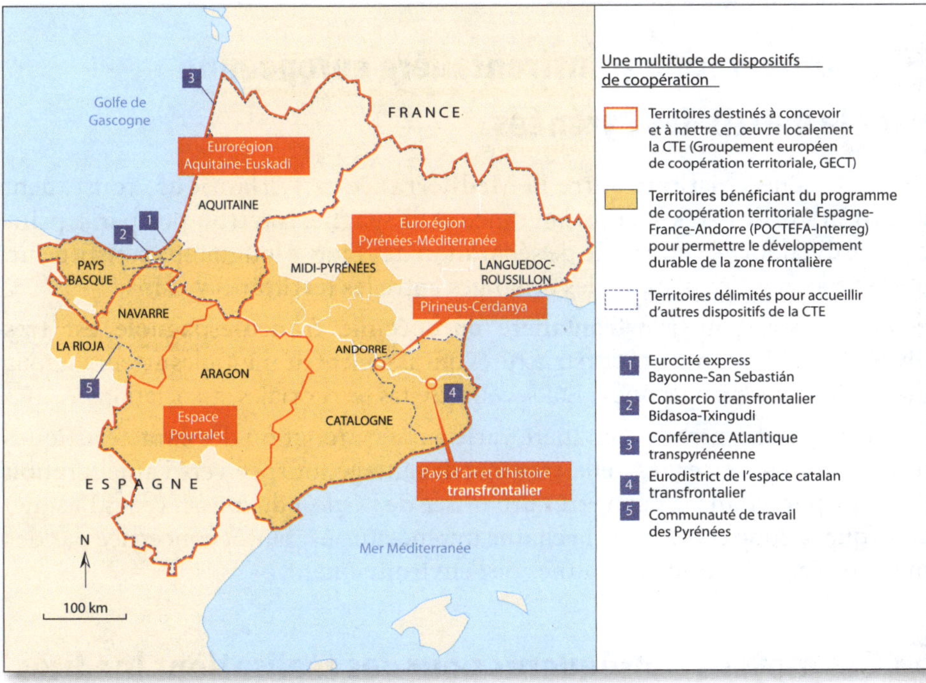

Doc. **La coopération transfrontalière européenne dans les Pyrénées**

1 Les objectifs de la politique de coopération transfrontalière européenne

→ L'Europe déploie 60 programmes de **coopération transfrontalière** qui, dans le cadre de la politique de cohésion sociale et territoriale européenne, ont pour objectif de résoudre des problèmes communs qui se posent de part et d'autre des frontières intérieures de l'UE.

→ Les difficultés d'accès et de circulation, un environnement peu propice aux entreprises, la pollution de l'environnement, la prévention des risques naturels ou technologiques, des attitudes qui peuvent être négatives vis-à-vis des ressortissants des pays voisins... sont autant d'exemples des domaines d'intervention possibles.

→ Il s'agit plus généralement d'**exploiter le potentiel inutilisé** de la zone frontalière en favorisant l'intégration transfrontalière du marché du travail, la coopération entre universités ou centres de santé, la valorisation du patrimoine naturel et culturel.

2 La coopération transfrontalière européenne dans le massif des Pyrénées

→ Les Pyrénées, **isthme entre la Méditerranée et l'Atlantique**, constituent une frontière de 623 km entre la France et l'Espagne. Interrompue par la principauté d'Andorre, cette ligne de séparation des États a longtemps constitué un obstacle au développement des échanges entre les territoires voisins.

→ La **coopération transfrontalière européenne franco-espagnole est très diversifiée.** Elle repose sur des structures qui associent de multiples acteurs autour des institutions européennes : États, collectivités territoriales, associations...

→ La coopération transfrontalière varie aussi en fonction des caractéristiques des territoires concernés : elle est ainsi davantage tournée vers l'amélioration des transports dans la partie très urbanisée de l'Ouest du massif (pays Basque) alors que la zone centrale de la chaîne pyrénéenne est plutôt concernée par des mesures de protection communes de l'environnement.

3 Des moyens conséquents pour des réalisations inédites

→ Pour la période en cours (2021-2027), **23 programmes de coopération transfrontalière européenne** concernent les frontières françaises.

→ La coopération transfrontalière européenne prend parfois des formes originales, notamment **à la frontière franco-espagnole.** Ainsi, dans le domaine de la santé, elle a permis l'**ouverture en 2014 d'un hôpital transfrontalier** dans la vallée isolée de la Cerdagne. Cette structure unique en Europe a été financée pour plus de la moitié par des fonds européens.

→ Ce sont 30 000 personnes qui bénéficient désormais d'un **nouvel accès à la santé, proche de chez elles** et qui **intègre les deux cultures.**

Mots clés

■ **Cohésion sociale et territoriale** : principe qui vise à réduire les écarts de richesse et de développement entre les territoires et les habitants des États membres de l'UE.

■ **Coopération transfrontalière européenne** : ensemble des politiques de l'UE ayant pour objectif le développement des liens entre les territoires et les populations séparés par une frontière d'État.

■ **Dorsale européenne** : axe qui, du Sud-Est de l'Angleterre au Nord de l'Italie en passant par la vallée du Rhin, se caractérise par une forte concentration urbaine et joue un rôle majeur dans l'organisation de l'espace européen.

■ **Espace Schengen** : zone dans laquelle tout individu peut circuler librement, qu'il soit ou non ressortissant d'un État membre de l'UE.

■ **Finisterre** : extrémité d'un continent située à l'écart des lieux d'activité majeurs.

■ **Fonds européens structurels et d'investissement (FESI)** : programmes de financement des projets mis en œuvre dans le cadre de la politique de cohésion sociale et territoriale.

■ **Interface** : zone de contacts et d'échanges privilégiés entre deux espaces distincts.

Chiffres clés

- L'**Union européenne** compte **448 millions d'habitants**, dont **67 millions de Français** (15 % de la population totale).
- L'UE couvre une surface de **4 millions de km²**, dont 0,55 million pour le territoire français métropolitain (0,67 avec les territoires ultra-marins, soit près de 16,5 % de la superficie totale).
- La **richesse moyenne de l'Europe est inférieure** d'environ 5 % par rapport **à la richesse moyenne des Français** (29 700 standards de pouvoir d'achat pour un Européen contre 30 800 SPA pour un Français).
- **Entre 2021 et 2027**, la **coopération transfrontalière européenne** c'est un ensemble de **23 programmes concernant les frontières françaises**, un budget de 3,8 milliards d'euros pour les financer pour une enveloppe globale de 9 milliards d'euros à l'échelle de l'ensemble de l'UE.

Document majeur

Doc. Les territoires transfrontaliers aux frontières françaises (2021)

Je vérifie mes connaissances

1 Définissez les notions suivantes : **a)** dorsale européenne ; **b)** espace Schengen ; **c)** cohésion sociale et territoriale.

2 Choisissez pour chacune des propositions suivantes la réponse qui convient :

a) En 2015, combien d'États membres de l'UE la zone euro compte-t-elle ?

☐ 12 ☐ 15 ☐ 19

b) Avec l'Allemagne, la France et l'Italie, quel est le pays qui contribue à produire plus de 60 % de la richesse de l'UE ?

☐ La Belgique ☐ Les Pays-Bas ☐ L'Espagne

c) Combien de programmes de coopération transfrontalière européenne concernent les frontières françaises ?

☐ 9 ☐ 23 ☐ 53

d) Combien de travailleurs transfrontaliers la France compte-t-elle ?

☐ 40 000 ☐ 400 000 ☐ 4 000 000

3 Retrouvez dans cette grille les 14 mots concernant l'Union européenne et les politiques qu'elle mène.

P	Y	R	E	N	E	E	S	V	Q	U	N	Y	R	F	V
U	X	F	G	W	A	O	K	X	H	I	A	E	F	I	P
U	C	R	E	F	B	U	E	R	I	Z	E	H	S	F	H
L	X	A	U	L	D	T	J	I	A	P	T	S	C	A	J
F	Z	N	E	P	K	R	U	A	B	U	D	G	E	T	L
I	E	C	W	E	G	E	E	W	X	S	C	E	E	H	S
A	A	E	L	E	V	M	S	K	M	C	I	E	T	F	I
F	I	N	I	S	T	E	R	R	E	H	S	W	I	M	O
A	Y	I	N	T	E	R	F	A	C	E	T	C	G	N	D
E	U	R	O	E	G	P	Y	I	R	N	H	O	U	V	Q
P	U	I	S	S	A	N	C	E	R	G	M	H	F	O	C
Y	I	F	U	O	A	X	O	Y	L	E	E	E	U	K	J
W	W	E	F	L	Y	I	J	U	Y	N	L	S	U	A	E
T	H	D	O	R	S	A	L	E	L	I	O	I	Q	N	C
E	J	E	H	O	C	M	L	I	Z	A	S	O	E	R	U
P	A	R	L	E	M	E	N	T	O	I	G	N	Z	Q	U

Vers le brevet

Les « navetteurs transfrontaliers » sont les personnes habitant en France mais travaillant à l'étranger. Elles traversent la frontière matin et soir en effectuant une navette entre leur lieu de résidence et le lieu où elles exercent leur emploi.

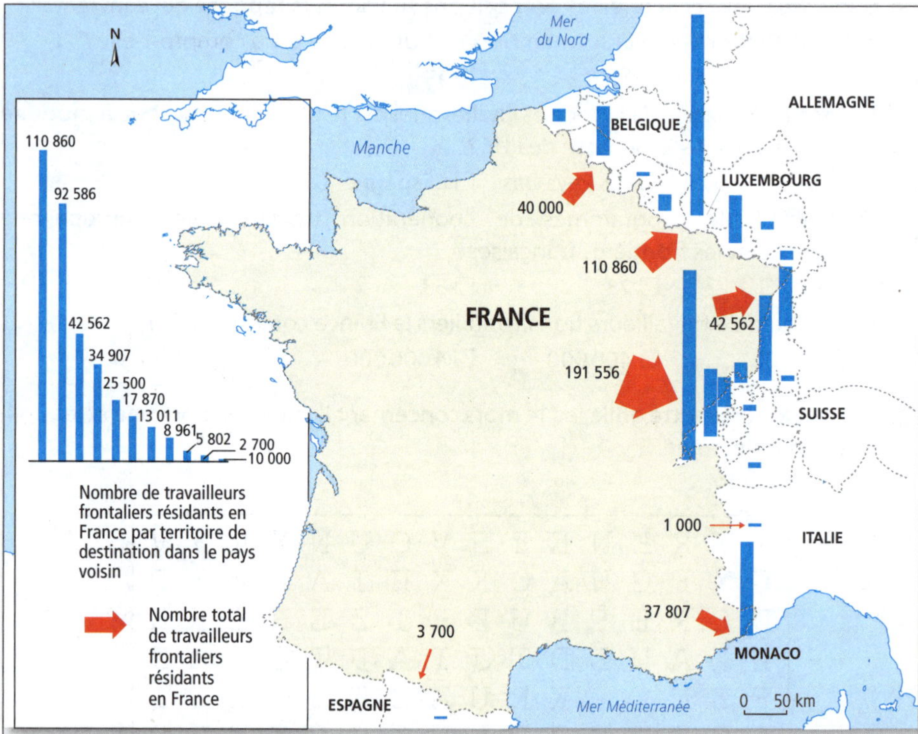

Source : Mission opérationnelle transfrontalière, 2021

Doc. **Les navetteurs transfrontaliers en 2021**

1. Quel est le premier pays de destination des travailleurs transfrontaliers ?

2. À combien de personnes ce flux quotidien correspond-il ?

3. Quels sont les deux pays frontaliers de la France qui reçoivent le moins grand nombre de navetteurs ?

4. Quelles sont les hypothèses que vous pouvez émettre pour expliquer les différences observées d'une frontière à une autre ?

Je vérifie mes connaissances

1 **a)** La dorsale européenne, c'est cet ensemble de régions très densément peuplées qui sont comprises entre le Sud-Est du Royaume-Uni et le Nord de l'Italie et qui concentrent l'essentiel des fonctions de commandement économique et politique de l'Europe. C'est un axe structurant d'importance majeure dans l'organisation spatiale du continent.

b) L'espace Schengen, c'est un espace de libre circulation des personnes créé par la convention de Schengen en 1985. Les frontières entre les États membres sont ouvertes et les frontières extérieures sont renforcées, en particulier dans un contexte où l'augmentation des flux de migrants et de réfugiés ainsi que les risques liés au terrorisme suscitent certaines inquiétudes.

c) Le principe de « cohésion sociale et territoriale » est un pilier des politiques menées par l'Europe. Il s'agit en effet de permettre de réduire les inégalités de développement entre les populations et les régions de l'UE. Les aides accordées portent sur la croissance économique et l'emploi dans les espaces les moins favorisés et concernent également la coopération transfrontalière, les disparités de richesse étant souvent plus importantes qu'en moyenne de part et d'autre des frontières intérieures de l'UE.

2 19 pays de l'UE ont adopté l'euro à ce jour : Allemagne, Autriche, Belgique, Espagne, Finlande, France, Irlande, Italie, Luxembourg, Pays-Bas, Portugal, Grèce, Slovénie, Chypre, Malte, Slovaquie, Estonie, Lettonie et Lituanie.

> **Remarque**
> L'euro est également la monnaie du Kosovo et du Monténégro, États qui ne font pas partie de l'UE mais sont candidats (officiels ou potentiels) à l'adhésion.

c) Le 4ᵉ pays le plus riche de l'UE, c'est l'Espagne.

c) Les frontières françaises sont concernées par 23 programmes de coopération transfrontalière sur la période 2014-2020, soit près de la moitié du total des programmes déployés en Europe (53). Grâce à sa position d'interface en Europe, la France métropolitaine possède des frontières terrestres avec 8 pays voisins : l'Espagne, la Belgique, la Suisse, l'Italie, l'Allemagne, le Luxembourg, Andorre et Monaco, soit un tracé de 2889 kilomètres. Avec les frontières que partagent ses territoires d'outre-mer, la longueur totale des frontières françaises atteint presque 4 100 kilomètres.

d) 400 000 actifs résidant en France traversent quotidiennement une frontière pour se rendre sur leur lieu de travail.

3

P	Y	R	E	N	E	E	S	V	Q	U	N	Y	R	F	V
U	X	F	G	W	A	O	K	X	H	I	A	E	F	I	P
U	C	R	E	F	B	U	E	R	I	Z	E	H	S	F	H
L	X	A	U	L	D	T	J	I	A	P	T	S	C	A	J
F	Z	N	E	P	K	R	U	A	B	U	D	G	E	T	L
I	E	C	W	E	G	E	E	W	X	S	C	E	E	H	S
A	A	E	L	E	V	M	S	K	M	C	I	E	T	F	I
F	I	N	I	S	T	E	R	R	E	H	S	W	I	M	O
A	Y	I	N	T	E	R	F	A	C	E	T	C	G	N	D
E	U	R	O	E	G	P	Y	I	R	N	H	O	U	V	Q
P	U	I	S	S	A	N	C	E	R	G	M	H	F	O	C
Y	I	F	U	O	A	X	O	Y	L	E	E	E	U	K	J
W	W	E	F	L	Y	I	J	U	Y	N	L	S	U	A	E
T	H	D	O	R	S	A	L	E	L	I	O	I	Q	N	C
E	J	E	H	O	C	M	L	I	Z	A	S	O	E	R	U
P	A	R	L	E	M	E	N	T	O	I	G	N	Z	Q	U

Vers le brevet

1 C'est vers la Suisse que s'oriente le flux de navetteurs le plus important.

2 Chaque jour, ce sont plus de 110 000 résidents français qui vont travailler dans cet État qui ne fait pas partie de l'UE.

Pour aller plus loin

Bien que la Suisse ne soit pas membre de l'UE, elle a signé dès 2004 la convention de Schengen autorisant la libre circulation des personnes sur son territoire.

3 L'Espagne et l'Italie accueillent un nombre extrêmement plus petit d'actifs français (de l'ordre de 1 000 à 4 000 personnes).

4 Il semble que le nombre de navetteurs dépende des différences de niveaux de vie et du dynamisme du marché de l'emploi de part et d'autre de la frontière. La richesse par habitant en Suisse est presque deux fois supérieure en moyenne à la richesse moyenne en France ; la richesse par habitant en France est supérieure de 20 à 30 % à la richesse moyenne en Italie ou en Espagne.

Conseil

Pour bien interpréter cette carte, attention à ne pas confondre dans la légende les flèches (qui représentent le sens et l'importance des flux) et les barres (qui montrent l'effectif des navetteurs dans la région d'accueil).

CHAPITRE 15

La France et l'Europe dans le monde

DE QUOI S'AGIT-IL ?

La France et l'Europe exercent une influence mondiale, en particulier dans les domaines culturel, géopolitique et économique. Leur rayonnement repose sur de multiples facteurs : la richesse de leur patrimoine, le dynamisme de leurs entreprises, leurs valeurs de démocratie et de liberté entre autres héritages reconnus comme universels… Cette influence s'exerce à toutes les échelles et selon des modalités variables.

Mais la mondialisation et l'émergence de nouvelles puissances remettent parfois en cause l'influence internationale de la France et de l'Europe. Malgré leur taille relativement modeste, celles-ci entendent néanmoins conserver un rôle majeur dans le concert des nations.

Pour continuer à peser sur les décisions des autres États et des organisations internationales, La France et l'Europe déploient donc des stratégies qui visent à maintenir ou à développer l'importance de leur « soft power ».

1 Une influence culturelle prépondérante

La France et l'Europe sont deux **puissances d'influence mondiale**. Leur place et leur rôle sur la scène internationale varient en fonction du domaine considéré.

A La culture française, une référence mondiale

1. Francophones et Français de l'étranger

Vidéo
La France dans le monde

- **La France est présente sous toutes les latitudes par son territoire**, mais aussi par sa langue qui se situe au **5e rang** mondial par le nombre de ses locuteurs. 279 millions de personnes dans le monde sont capables de s'exprimer en français : elles forment une communauté (la **francophonie**) répartie sur 102 pays et territoires.
- L'influence culturelle du pays est également relayée par plus de **3,5 millions de Français vivant à l'étranger**. Établis pour moitié hors d'Europe, leur nombre augmente depuis plusieurs années ce qui témoigne de l'ouverture de la France à la mondialisation.
- **Ces Français de l'étranger (ou « expatriés »)** sont autant de représentants de la culture française dans le Monde : ils y diffusent l'art de vivre « à la française ». Incarnant le prestige de la littérature, de la mode et du cinéma français, ils sont aussi localement les relais de l'influence des **firmes transnationales (FTN)** qui les emploient.

2. Des institutions nombreuses et réparties dans le monde entier

- **L'enseignement français à l'étranger** repose sur un réseau de plus de **500 établissements scolaires** implantés dans 136 pays et scolarisant 340 000 élèves (dont 60 % sont étrangers).
- La France dispose également de très nombreux instituts et centres culturels à travers le monde. Avec les alliances françaises, ils participent au rayonnement culturel national et contribuent au « **soft power** » français.

B La variété des cultures européennes, un facteur de rayonnement

Vidéo
La France : une puissance européenne et mondiale

1. L'Europe, un pôle culturel majeur

- L'Europe est riche d'une **très grande diversité culturelle et artistique** qui fait d'elle le **1er pôle touristique mondial**. En 2019, elle a accueilli près de

745 millions de visiteurs, soit plus de la moitié des flux touristiques internationaux.

- Héritages pour l'essentiel de la période coloniale, les langues européennes sont parlées sur tous les continents : espagnol en Amérique latine, anglais en Inde, français en Afrique…

2. Un rayonnement important au-delà de ses frontières

- Ses valeurs de **démocratie** et de **paix**, ainsi qu'un **niveau de vie élevé ou très élevé** en moyenne, en font une destination privilégiée pour les migrants. En 2019, 2,7 millions de personnes ont immigré dans un pays membre de l'Union ; 1,2 million ont émigré depuis l'UE, soit un solde migratoire net de + 1,5 million.
- Une offre exceptionnelle en matière de formation et d'éducation explique que l'UE soit par ailleurs le **1er foyer d'accueil mondial des étudiants étrangers**.

L'ESSENTIEL

Une influence culturelle prépondérante

- La France exerce une influence culturelle importante à l'échelle mondiale. Elle repose en particulier sur l'existence d'une communauté francophone de 279 millions de personnes et sur un réseau très dense d'écoles et de centres culturels.
- Le rayonnement culturel de l'Europe se manifeste à la fois dans l'attractivité qu'elle exerce auprès des touristes et des étudiants et dans l'utilisation de ses langues principales à l'échelle mondiale.

2 Faire face aux grands enjeux géopolitiques du monde contemporain

A La diplomatie et l'engagement militaire, une longue tradition française

1. Le rôle politique de la France dans le monde

- La présence internationale de la France bénéficie du **3e réseau diplomatique du monde**. Il compte 163 ambassades et 92 consulats.
- Le pays est également représenté dans toutes les grandes organisations internationales. Il dispose en particulier d'un siège permanent au Conseil de sécurité de l'**ONU** ; il est le 3e contributeur au budget de l'**OTAN**, derrière les États-Unis et l'Allemagne.
- Paris a accueilli, en 2015, la « COP 21 » où 195 États se sont engagés à réduire les émissions de gaz à effet de serre sur le long terme.

Sachez que...
La représentation diplomatique de la France à l'étranger représente environ 10 000 emplois sur les 15 000 personnes qui travaillent pour le Ministère des Affaires étrangères.

Doc. Ouverture de la COP 21 à Paris-Le Bourget en novembre 2015

2. Une activité militaire significative

- Grâce à l'importance de ses territoires ultra-marins, la France contrôle une **ZEE** (Zone économique exclusive) de 11 millions de km² (**2e rang mondial derrière les États-Unis**) dans laquelle elle assure une présence militaire permanente.
- L'armée française intervient sur de multiples théâtres d'opérations extérieures, notamment au Niger, en Syrie et en Irak. Plus de **6000 soldats** sont ainsi engagés dans ces interventions militaires ou dans les missions de maintien de la paix dans les régions de forte tension internationale.

B L'Europe, une puissance politique encore limitée

1. Une présence politique internationale initialement très faible

- **Des querelles internes au sein de l'UE** (association de 27 États indépendants) **ont limité le rôle politique international de l'Europe** dans toute la première partie de son histoire. Ainsi, définir une position commune face aux grands enjeux géopolitiques du monde contemporain n'a rien d'évident.
- **Depuis 2009, un haut représentant aux affaires étrangères** incarne l'UE dans toutes les conférences internationales. Ce haut représentant définit et conduit la **politique étrangère et de sécurité commune (PESC)** de l'Europe en lien avec les États membres. Désormais l'Europe parle officiellement d'une seule voix.

Sachez que...
Le haut représentant aux affaires étrangères est Josep Borrell. Cet Espagnol succède à la Britannique C. Ashton et à l'Italienne Federica Mogherini.

2. Une place qui s'affirme de proche en proche

- **La place de l'Europe sur la scène politique internationale est aujourd'hui plus visible**, comme en témoigne par exemple l'augmentation du nombre d'interventions militaires effectuées sous son contrôle.
- Son influence se manifeste dans le domaine de **l'aide publique au développement** : l'UE distribue à elle seule plus de la moitié des fonds destinés aux pays les plus pauvres dans le monde. Ses **ONG** à vocation humanitaire sont particulièrement actives.
- L'Europe développe par ailleurs des mesures de plus en plus ambitieuses dans le cadre de la **politique européenne de voisinage (PEV)**.

L'ESSENTIEL

Faire face aux grands enjeux géopolitiques du monde contemporain

- La France dispose d'un très large réseau d'ambassades. À son intense activité diplomatique s'ajoute un rôle militaire de premier plan dans de nombreuses régions du monde.
- L'influence géopolitique de l'Europe se développe progressivement. Elle se traduit par des interventions militaires, mais aussi par une aide humanitaire importante en faveur des populations les plus démunies et par d'actives politiques de rapprochement avec ses voisins.

COURS

3 Un rôle économique international de portée inégale

A L'Europe, 1re puissance économique mondiale

1. Un acteur majeur de la mondialisation

- L'Union européenne est l'un des pôles de la **Triade**. Puissance qui s'est développée sur le principe de libre circulation des marchandises, des capitaux et des services, **elle réalise près de 40 % des échanges à l'échelle de la planète.**
- L'UE est aussi une **grande puissance financière**. L'Euro garantit la stabilité des marchés, même en période de crise. Preuve de sa **vitalité économique**, elle reste à ce jour le plus grand émetteur et le plus grand récepteur d'**investissements directs à l'étranger** (IDE).

2. Une puissance économique qui repose sur des bases solides

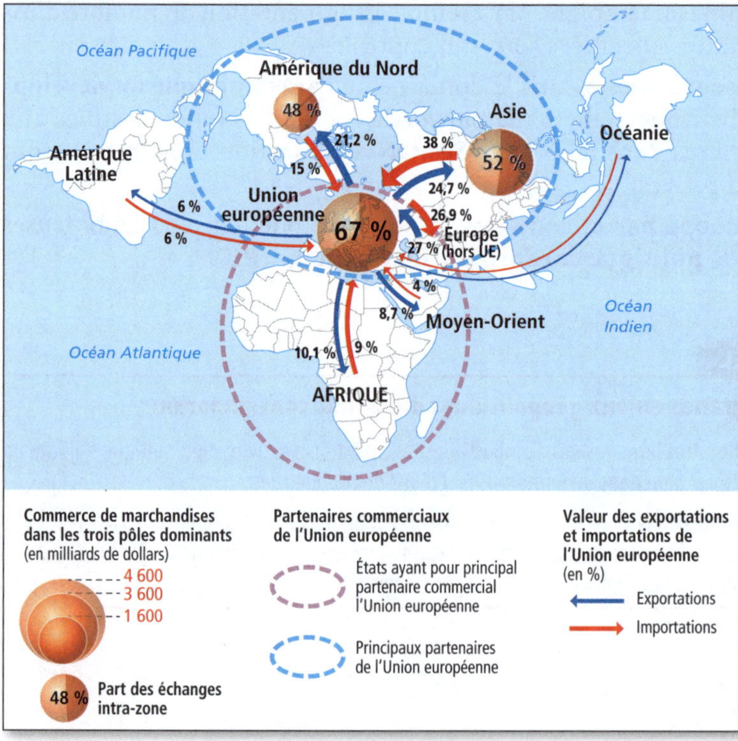

Doc. L'Europe, un géant du commerce mondial

• Forte d'une population de **448 millions d'habitants** à haut niveau de qualification, **l'Union européenne concentre le quart de la richesse mondiale**. Elle dispose d'une agriculture moderne et performante, d'activités industrielles variées et innovantes et de services qui s'exportent partout dans le Monde.

• La puissance économique de l'UE est relayée par un **réseau de firmes transnationales (FTN)** spécialisées en particulier dans les transports, la grande distribution et l'énergie.

Sachez que…
Shell, groupe pétrolier néerlandais, est la 1re FTN européenne et la 3e mondiale par son chiffre d'affaires. Total, 1er groupe français, se classe au 3e rang européen et au 11e rang mondial.

COURS

B La France, une influence économique réelle mais mise à mal

1. Une économie puissante…

• La France est aujourd'hui la **7e puissance économique mondiale**. Elle se situe au **3e rang européen** derrière l'Allemagne et le Royaume-Uni.

• Son économie est **ouverte sur l'Europe et sur le monde** : 20 000 entreprises étrangères employant deux millions d'actifs y sont implantées, 17 de ses grands groupes figurent parmi les 200 premières sociétés internationales.

• L'attractivité de la France repose sur une **image de marque positive** d'un point de vue scientifique et technologique, en particulier dans les secteurs de l'aéronautique et de la chimie.

2. … mais soumise à des difficultés

• Plus encore que certains autres pays européens, **l'économie française est fortement dépendante des importations de matières premières**.

• Confrontées à une **concurrence internationale de plus en plus vive**, certaines activités industrielles subissent de plein fouet les effets d'une **crise dévastatrice en termes d'emplois**. Le **solde commercial** du pays s'est sensiblement dégradé depuis une dizaine d'années ; il est aujourd'hui très largement déficitaire.

L'ESSENTIEL

Un rôle économique international de portée inégale

- L'Europe est une puissance économique majeure. Au-delà de la richesse qui s'en dégage, son rayonnement international se traduit par l'importance des IDE.
- La France demeure une puissance économique d'influence mondiale qui doit faire face à des difficultés variées du fait d'une concurrence internationale accrue.

ZOOM SUR...

La politique de sécurité et de défense commune de l'Europe

1 Le cadre institutionnel : la politique étrangère et de sécurité commune de l'UE

→ La **politique étrangère et de sécurité commune** de l'Europe a pour objectifs de sauvegarder ses valeurs, ses intérêts fondamentaux, sa sécurité, son indépendance et son intégrité mais aussi de préserver la paix, de prévenir les conflits et de renforcer la sécurité internationale.

→ À ce titre, et bien que ne possédant pas d'armée, l'**Europe est en mesure d'intervenir rapidement** grâce aux moyens mis à sa disposition par les États membres quand une mission est décidée à l'échelle intergouvernementale.

2 De multiples théâtres d'intervention possibles, y compris au sein de l'UE

→ **L'UE intervient sur trois continents** (en Europe, en Afrique et en Asie), soit dans le cadre d'opérations militaires (Bosnie-Herzégovine, Opération Atalante, Mali...), soit dans la gestion civile des crises (territoires palestiniens, Ukraine, Afghanistan...).

→ La **politique de sécurité et de défense commune**, instrument de la politique étrangère et de sécurité commune, comprend une **clause de défense mutuelle**, disposant que « au cas où un État membre serait l'objet d'une agression armée sur son territoire, les autres États membres lui doivent aide et assistance par tous les moyens en leur pouvoir ».

→ Ainsi, progressivement, l'**épaisseur géopolitique de l'Europe tend à se développer**.

3 L'exemple de l'opération Atalante

→ **L'opération Atalante a été mise en place en 2008** dans le but de lutter contre les actes de piraterie au large des côtes orientales de l'Afrique, dans le golfe d'Aden et dans l'océan Indien.

→ C'est la **première opération aéro-navale de l'UE**; elle associe les forces d'une quinzaine de pays européens.

→ Son efficacité est telle (le nombre d'attaques de pirates est passé de 168 à 4 entre 2008 et 2014) que le Conseil des Affaires étrangères de l'UE a décidé de la **prolonger jusqu'en décembre 2022**.

Doc. Intervention aéronavale européenne dans le cadre de l'opération Atalante

Mots clés

- **Francophonie** : communauté formée par ceux qui, à des degrés divers, utilisent la langue française.
- **FTN (firme transnationale)** : entreprise qui contrôle des filiales implantées dans plusieurs États et qui produit et réalise une part importante de son chiffre d'affaires en dehors du pays d'origine.
- **IDE (investissements directs de – ou à – l'étranger)** : capitaux placés par des entreprises étrangères dans un pays tiers ou par des entreprises nationales à l'étranger.
- **Influence** : capacité pour un territoire à diffuser ses atouts.
- **ONG** : Organisations non gouvernementales à but non lucratif comme la Croix-Rouge ou Médecins du monde.
- **ONU** : Organisation des Nations unies.
- **OTAN** : Organisation du Traité de l'Atlantique Nord. Alliance militaire sous commandement américain qui regroupe les États-Unis, le Canada et de nombreux États européens.
- **Politique étrangère et de sécurité commune (PESC)** : ensemble des principes mis en œuvre par l'UE afin de sauvegarder ses valeurs, ses intérêts fondamentaux, sa sécurité, son indépendance et son intégrité.
- **Politique européenne de voisinage (PEV)** : mesures mises en œuvre à partir de 2004 pour améliorer les relations entre les membres de l'UE et leurs voisins et renforcer la stabilité et la sécurité aux frontières de l'UE.
- **Puissance** : État qui se distingue par son poids territorial, économique et démographique ainsi que par son influence militaire, diplomatique ou culturelle dans le Monde.
- **Rayonnement** : influence exercée par un État ou un groupe d'États en raison de son prestige, de son image de marque positive ; il intègre l'attractivité que le territoire concerné exerce à l'égard de son environnement.
- ***Soft Power* (« puissance douce »)** : l'expression désigne la capacité d'influencer le comportement d'un acteur (un individu, un groupe, un État…) par des moyens non coercitifs, qu'ils soient culturels ou idéologiques.
- **Solde commercial** : écart positif (excédent) ou négatif (déficit) entre la valeur des exportations et celle des importations.
- **Triade** : ensemble des trois pôles (Amérique du Nord, Asie de l'Est, Europe occidentale) qui dominent l'économie mondiale et conduisent l'essentiel des politiques internationales majeures.
- **Zone économique exclusive (ZEE)** : espace maritime sur lequel un État côtier exerce sa souveraineté.

Chiffres clés

- L'Union européenne compte 27 États membres ; elle s'étend sur 4 millions de km² et est peuplée de 448 millions d'habitants.
- La France s'étend sur 670 000 km² (550 000 pour le territoire métropolitain) et compte 67 millions d'habitants (2,1 millions vivent outre-mer).
- La zone économique exclusive de la France couvre 11 millions de km², ce qui en fait la 2e puissance maritime du monde.
- La francophonie rassemble 279 millions de locuteurs ; la langue française est la 4e langue d'Internet, la 3e langue des affaires, la 2e langue d'information internationale dans les médias, la 2e langue de travail de la plupart des organisations internationales et la 2e langue la plus apprise aujourd'hui dans le monde.
- La France est représentée dans le monde par 163 ambassades et 92 consulats ; l'UE quant à elle compte 139 délégations internationales et siège dans les principales institutions mondiales (Nations unies, Union africaine, Organisation mondiale du commerce…).
- Les Européens (Français compris) ne représentent que 6 % de l'humanité mais produisent près du quart de la richesse mondiale.
- L'UE est la première puissance économique du monde ; elle réalise environ 40 % du commerce international.
- La France est le pays européen qui comprend le plus grand nombre de FTN (31) dans le classement des 500 plus gros chiffres d'affaires.

Document majeur

Doc. Les territoires ultra-marins de l'UE

*Les territoires ultra-marins de l'Europe sont les relais de leur influence à l'échelle mondiale (voir ci-après). On distingue les 26 «**pays et territoires d'outre-mer**» (PTOM), liés à un État membre de l'UE mais qui ne font pas partie intégrante de son territoire, des 9 «**régions ultra-périphériques**» (RUP) qui ont le même statut que toutes les autres régions européennes (zone Euro, élections au Parlement…).*

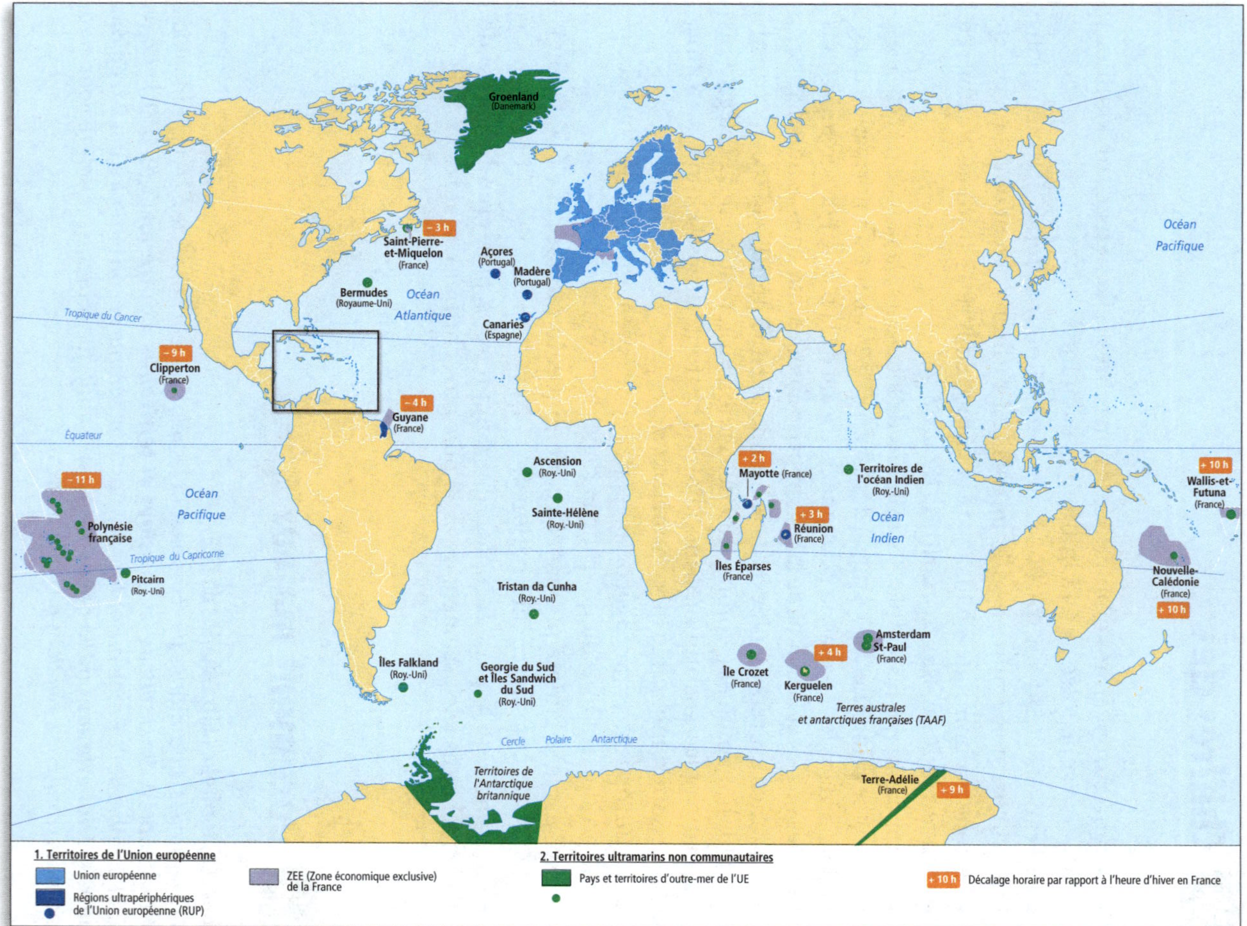
Groenland (Danemark)
– 3 h
Saint-Pierre-et-Miquelon (France)
Açores (Portugal)
Madère (Portugal)
Bermudes (Royaume-Uni)
Océan Atlantique
Canaries (Espagne)
Tropique du Cancer
– 9 h
Clipperton (France)
– 4 h
Guyane (France)
Équateur
Ascension (Roy.-Uni)
+ 2 h
Mayotte (France)
Territoires de l'océan Indien (Roy.-Uni)
+ 10 h
Wallis-et-Futuna (France)
– 11 h
Océan Pacifique
Polynésie française
Sainte-Hélène (Roy.-Uni)
+ 3 h
Réunion (France)
Océan Indien
Tropique du Capricorne
Pitcairn (Roy.-Uni)
Îles Éparses (France)
Nouvelle-Calédonie (France)
+ 10 h
Tristan da Cunha (Roy.-Uni)
Océan Pacifique
Amsterdam St-Paul (France)
+ 4 h
Îles Falkland (Roy.-Uni)
Georgie du Sud et Îles Sandwich du Sud (Roy.-Uni)
Île Crozet (France)
Kerguelen (France)
Terres australes et antarctiques françaises (TAAF)
Cercle Polaire Antarctique
Territoires de l'Antarctique britannique
Terre-Adélie (France)
+ 9 h
1. Territoires de l'Union européenne
Union européenne
Régions ultrapériphériques de l'Union européenne (RUP)
ZEE (Zone économique exclusive) de la France
2. Territoires ultramarins non communautaires
Pays et territoires d'outre-mer de l'UE
+ 10 h Décalage horaire par rapport à l'heure d'hiver en France

Je vérifie mes connaissances

1 Définissez les notions suivantes :
a) puissance ; **b)** soft power ; **c)** IDE.

2 Choisissez la proposition qui convient pour répondre aux questions suivantes :
a) Quelle est la superficie de la zone économique exclusive de la France ?
❑ 11 000 km² ❑ 550 000 km² ❑ 11 millions de km²
b) Combien y a-t-il de francophones aujourd'hui dans le monde ?
❑ 66 millions ❑ 279 millions ❑ 510 millions
c) Depuis quelle date la diplomatie européenne est-elle conduite par un haut représentant aux affaires étrangères ?
❑ 1957 ❑ 1992 ❑ 2009

3 Citez le nom de deux des 9 régions ultra-périphériques (RUP) de l'Europe.

4 Quels sont, en dehors de l'Europe, les autres membres de la Triade ?

Vers le brevet

Doc. 1. L'influence culturelle française menacée ?

« La culture constitue ce que la France et les Français possèdent de plus précieux. Le jeune couple de touristes japonais ne manquera surtout pas une photo devant le Café de Flore[1]. Les autocars de toutes les nationalités embouteillent les parkings des jardins de Claude Monet à Giverny. Et le professeur américain ne se lassera pas de relire Flaubert.

Certes tout cela n'est peut-être plus qu'un rêve nostalgique. La France depuis la Renaissance brille au firmament des lettres et des arts. Le 20e et le 21e siècles ont inventé une culture de masse dont les principaux inspirateurs ne se trouvent plus sur le vieux continent mais là où le Monde bouge le plus vivement, l'Amérique du Nord sans aucun doute, la Chine ou l'Inde peut-être, les pays du Sud probablement ».

Armand Frémont (géographe français), Portrait de la France, t.1, coll. « Champs », Flammarion, 2011.

1. Café de Flore : célèbre brasserie du quartier Saint-Germain-des-Prés à Paris.

1. Quelle est la nature de ce document (auteur, source, date) ?

2. Comment l'auteur qualifie t-il la culture française ? Sur quels exemples prend-il appui ?

3. Pourquoi ne s'agit-il plus peut-être qu'un « rêve nostalgique » ?

Doc. 2. **Affiche du 18e Festival du film de l'Union européenne en Malaisie (2017)**

1. Quelle est la nature de ce document ? À quel événement se rapporte-t-il ? Où et quand est-il organisé ?

2. Quels sont les éléments visuels qui font référence à l'Europe ?

3. Dans quelle mesure ce type de manifestation illustre-t-il l'influence internationale de l'Europe ?

Je vérifie mes connaissances

1 **a)** Une puissance est un État qui se distingue par son poids territorial, économique et démographique ainsi que par son influence militaire, diplomatique ou culturelle dans le Monde. Du fait de son histoire, la France est une puissance dont le rayonnement politique et culturel reste important malgré sa taille et malgré la concurrence exercée sur la scène internationale par les puissances émergentes.

b) Le « soft power », c'est la manière dont un État ou un groupe d'États peut exercer son influence par des moyens non contraignants, en dehors donc des moyens financiers et militaires qui constituent quant à eux, par opposition, le « hard power ».

c) Les IDE (investissements directs – à ou – de l'étranger) correspondent aux sommes que des investisseurs placent dans une autre économie que la leur; c'est un indicateur de bonne santé d'une économie. Ils permettent d'avoir une idée du rayonnement et de l'attractivité qu'un État exerce à l'égard de ses partenaires internationaux.

2 **a)** La ZEE française couvre 11 millions de km^2, ce qui fait de la France la 2e puissance maritime du Monde juste derrière les États-Unis.

b) La francophonie rassemble 274 millions de locuteurs répartis dans 102 pays et territoires à travers le Monde.

c) La politique étrangère de l'UE est incarnée par un « haut représentant » depuis 2009. Actuellement, la fonction est occupée par l'Espagnol Josep Borrell.

3 L'Union européenne compte 9 régions ultra-périphériques (RUP) : 5 sont françaises (la Guyane, la Guadeloupe, la Martinique, la Réunion et Mayotte), 1 est espagnole (les Canaries), 1 est néerlandaise (Saint-Martin), et 2 sont portugaises (les Açores et Madère).

4 Les deux autres pôles de la Triade, espace de commandement d'envergure mondiale, sont, avec l'Europe, l'Asie Orientale (et principalement le Japon) et l'Amérique du Nord (États-Unis et Canada).

Vers le brevet

Doc. 1 L'influence culturelle française menacée ?

1 Il s'agit d'un extrait de l'ouvrage du géographe Armand Frémont, *Portrait de la France*, publié en 2011.

2 Pour l'auteur, la culture « constitue ce que la France et les Français possèdent de plus précieux ». À l'appui de son propos, il choisit des exemples emblématiques de la culture française aux yeux des étrangers dans les domaines du patrimoine et du « bien vivre » (le Café de Flore), de la peinture et des arts de l'espace (Claude Monet), de la littérature (Gustave Flaubert).

Bon à savoir
Depuis 2010, la gastronomie française est inscrite sur la prestigieuse liste du patrimoine immatériel de l'humanité par l'UNESCO. Les traditions culinaires françaises sont ainsi officiellement reconnues comme un élément clé de l'identité culturelle du pays.

3 Armand Frémont a bien conscience que le rayonnement culturel de la France n'est plus ce qu'il était autrefois. L'influence française est en effet remise en cause par le développement de nouvelles pratiques culturelles, plus largement accessibles aux populations les plus modestes (« culture de masse »). L'Amérique du Nord (musique, séries télévisées, …) et l'Inde (productions cinématographiques), pour ne prendre que ces deux exemples, diffusent massivement leurs productions culturelles à l'échelle planétaire et contribuent ainsi au recul relatif de la culture française.

Doc. 2 Affiche du 18e Festival du film de l'Union européenne en Malaisie (2017)

1 Il s'agit d'une affiche éditée à l'occasion du 18e festival du film européen organisé à l'automne 2017 en Malaisie (Asie du Sud-Est).

2 Autour de la bobine, support de projection des films, on distingue des monuments majeurs du patrimoine européen : la tour Eiffel (Paris, France), la tour de Big Ben (Londres, Royaume-Uni), le Colisée (Rome, Italie), le Parthénon (Athènes, Grèce)… En bas de l'affiche, on voit également le drapeau européen.

Conseil
Pour repérer les informations essentielles ou émettre des hypothèses sur un document iconographique telle qu'une affiche, on peut prendre appui sur la technique des « **5 W** » : **Who** (qui) ? **What** (quoi) ? **When** (quand) ? **Where** (où) ? **Why** (pourquoi) ?

3 Le cinéma européen désigne les films produits par les États membres ; c'est dire s'il recouvre une très grande diversité. Il s'agit d'un art populaire qui attire chaque année davantage de spectateurs à travers le monde. La production cinématographique européenne, si elle est nettement moins importante en volume que la production américaine, connaît régulièrement de grands succès commerciaux et compte plusieurs vedettes de rang international de Juliette Binoche à Jude Law par exemple.

PARTIE III

Éducation civique

CHAPITRE 16

La citoyenneté française et européenne : principes, valeurs et symboles

DE QUOI S'AGIT-IL ?

La citoyenneté française est associée à la République française. Celle-ci, héritée de la période révolutionnaire, est constituée de valeurs, de principes et de symboles forts. Être citoyen c'est adhérer aux valeurs républicaines. La citoyenneté est liée à la possession de la nationalité française et donne accès à de nombreux droits. L'exercice de la citoyenneté se réalise dans le cadre d'un État démocratique, où les libertés fondamentales sont respectées. Par ailleurs, la citoyenneté française permet également d'acquérir la citoyenneté européenne.
Comment les citoyennetés françaises et européennes s'exercent-elles ? Quelles sont les valeurs, les principes et les symboles qui associent la citoyenneté française à la République ?

1 Les valeurs, les principes et les symboles de la République

A Qu'est-ce que la République française ?

1. Une communauté de citoyens

- **La République trouve ses racines dans la Révolution française.** La première République a été instaurée en septembre 1792. Depuis 1870, elle est devenue le régime politique des Français.
- **La République se compose de citoyens**. Ils forment une nation unie par la langue, l'histoire, la culture et des valeurs communes.

2. Un régime politique dans l'intérêt de tous

- **La République est une démocratie**, car le peuple, ou une partie, élit ses représentants. L'objectif de ce régime politique est l'intérêt général.
- **La République met en avant les libertés**, l'égalité devant la loi et la solidarité entre les citoyens. La Constitution organise les pouvoirs et fixe les grands principes.

Sachez que...
Nous sommes actuellement sous le régime de la Ve République, instaurée en 1958 par le président Charles de Gaulle.

B Des valeurs, des principes et des symboles forts

1. Les valeurs de la République

- **La République est fondée sur des valeurs.** Ces valeurs sont des idéaux auxquels les hommes se réfèrent et qu'ils souhaitent atteindre. Toutes ces valeurs sont inscrites dans la Constitution.
- **Trois valeurs composent l'idéal républicain.** La liberté, qui se décline en libertés individuelles et collectives. L'égalité, qui assure un traitement équitable de tous devant la loi. La fraternité, qui favorise la solidarité à l'égard de tous, par l'intermédiaire de l'État.

2. Les principes de la République

- **La République s'organise selon quatre grands principes**. Les principes sont des règles de conduite que la société s'est fixé. **La république est indivisible** : les lois s'appliquent partout sur le territoire et il n'y a pas de loi régionale. **La république est laïque depuis 1905** : l'État garantit à chacun la liberté de conscience et de culte. **La République est démocratique** : le peuple exerce sa souveraineté par le vote. **La République est sociale** : elle favorise l'accès aux soins pour tous avec la Sécurité Sociale, l'accès à l'éducation et tente d'améliorer les conditions des plus démunis.

- **Depuis 2000, de nouveaux principes sont inscrits dans la Constitution** : la décentralisation du territoire, la parité entre les hommes et les femmes dans l'accès aux mandats électoraux et le respect de la Charte de l'environnement.

3. Des symboles variés

- **Les symboles sont des représentations des valeurs et des principes de la République**. Ces symboles, qui sont reconnaissable par tous les citoyens, sont à la fois hérités de la Révolution française et des Républiques antérieures à la Ve.
- **Les symboles républicains sont nombreux**. Ce sont le drapeau tricolore, l'hymne national, la devise, la figure allégorique de Marianne, le jour de la fête nationale le 14 juillet. Le Panthéon est considéré comme un lieu de mémoire pour la République.

L'ESSENTIEL

Les valeurs, les principes et les symboles de la République

- La République française est à la fois une communauté d'hommes qui forment une nation et un régime politique dont l'objectif est l'intérêt commun.
- La République est fondée sur des valeurs fondamentales, s'organise selon quatre grands principes et s'incarne dans des symboles forts.

2 Nationalité, citoyenneté française et citoyenneté européenne

A La citoyenneté est liée à la nationalité

1. Avoir la nationalité…

- **La nationalité est un lien qui relie par le droit un État à sa population.** L'acquisition de la nationalité est définie dans le Code civil.
- **Un enfant est automatiquement français** si l'un de ses deux parents est français : la nationalité est acquise

Vidéo
Nationalité et citoyenneté

Sachez que…
Le Code civil, instauré par Napoléon Bonaparte en 1804, regroupe les règles qui définissent le statut des biens, des personnes et les relations entre elles.

dès la naissance par le droit du sang. En cas de parents étrangers, l'acquisition de la nationalité française par la naissance en France, le droit du sol, est soumise à des conditions de résidence.

- **L'acquisition de la nationalité** peut également être obtenue après l'avoir demandée, par un décret de naturalisation ; ou encore par un mariage entre une personne de nationalité française et un étranger.

2. ... donne accès à la citoyenneté

- **Une personne de nationalité française majeure est un citoyen**. La nationalité donne accès à de nombreux droits politiques.
- **Le droit de vote** donne au citoyen électeur la possibilité de choisir ses représentants lors des élections, et donc de participer à la vie civique de son pays.
- **Le droit d'éligibilité** permet au citoyen de se présenter comme candidat aux élections locales ou nationales. Il a également la liberté d'adhérer à un parti politique ou à une association.

Vidéo
Les élections en France

Doc. **Le rôle du citoyen dans la vie politique**

« Le citoyen est détenteur d'une part de la souveraineté politique. C'est l'ensemble des citoyens, constitué en "communauté des citoyens" qui, par l'élection, choisit les gouvernants. C'est l'ensemble des citoyens qui est à la source du pouvoir. C'est pourquoi les décisions prises par les gouvernants élus par eux doivent être exécutées. Les citoyens doivent obéir aux ordres des gouvernants, parce que ceux qui leur donnent ces ordres ont été choisis par eux et restent sous leur contrôle par l'intermédiaire des élections. »

Dominique Schnapper, « Citoyenneté », *Guide républicain*, Delagrave/SCÉRÉN, 2004.

B La citoyenneté française donne accès à d'autres droits

1. Différents types de droits

- **Des droits civils**. Ce sont les droits fondamentaux comme la liberté individuelle, la liberté d'expression et de conscience, l'égalité devant la loi, ou encore le droit à la propriété.
- **Des droits économiques et sociaux**. Les droits économiques portent sur le monde du travail, comme l'existence de contrat de travail, la liberté syndicale, ou le droit de grève. Les droits sociaux protègent et aident le citoyen : la retraite, les indemnités chômage et maladie. Toutefois le citoyen possède également des devoirs comme obéir à la loi ou payer ses impôts.

2. L'obtention et le développement de ces droits

- **Ces droits ont été obtenus lentement** et souvent avec l'appui de syndicats. Ils correspondent à des acquis issus de la Seconde Guerre mondiale selon lesquels l'État intervient dans le domaine social, dans le cadre de l'État-providence.
- **Certains droits ne sont pas réservés aux seuls nationaux**. De nombreux droits économiques, civils, sociaux et culturels s'étendent à l'ensemble de la population qui vit régulièrement du territoire français.

COURS

C La citoyenneté européenne accorde de nouveaux droits

1. Une citoyenneté européenne récente

- **Le traité de Maastricht en 1992** établit que tout individu ayant la nationalité d'un État membre de l'Union Européenne obtient la nationalité européenne.
- **L'identité européenne** passe par la possession de ce statut de citoyen européen. Le but de ce traité est donc de renforcer l'appartenance et l'implication des citoyens à l'échelle de l'Union.

2. Des droits supplémentaires pour le citoyen européen

- **Les citoyens élisent les députés qui siègent au Parlement européen**. Par ailleurs, les citoyens ont le droit de vote et d'éligibilité aux élections européennes et municipales dans leur pays de résidence.
- **Les citoyens européens peuvent se déplacer, étudier, travailler ou s'installer** dans n'importe quel pays européen : une pièce d'identité suffit.

L'ESSENTIEL

Nationalité, citoyenneté française et citoyenneté européenne

- L'acquisition de la nationalité française permet l'accès à la citoyenneté.
- La citoyenneté française donne la possibilité de jouir de nombreux droits.
- La citoyenneté européenne accorde à chaque citoyen de l'Union des droits supplémentaires.

ZOOM SUR...

Les droits du citoyen européen

1 Des droits politiques

→ **Le traité de Maastricht, signé en 1992,** permet à tout citoyen de l'Union qui vit dans un autre État membre que le sien de voter et d'être éligible aux élections municipales et à celles du Parlement européen.

→ **L'initiative citoyenne européenne (ICE),** introduite par le traité de Lisbonne en 2007, permet à un million de citoyens d'au moins sept États membres de demander à la Commission de faire une proposition législative sur un sujet précis.

Doc. **Les citoyens espagnols, italiens, polonais et portugais mettent en avant l'usage du droit de vote**

2 Des droits civils, économiques et sociaux

→ **Le citoyen européen bénéficie de la protection diplomatique** et consulaire, du droit de pétition et du droit de recours à un médiateur européen.

→ **La carte européenne d'assurance maladie** permet à chaque citoyen de bénéficier de la prise en charge de ses frais médicaux dans n'importe quel pays de l'Union européenne. Ceci est encore facilité depuis l'adoption de l'euro, utilisé aujourd'hui dans 19 pays.

Repères chronologiques

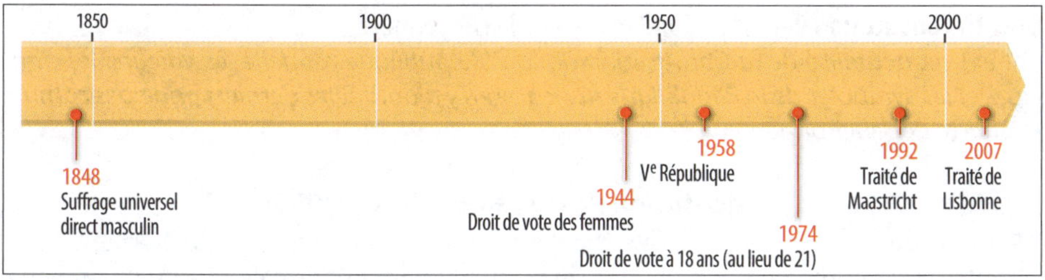

Mots clés

- **Citoyen** : personne qui a la nationalité du pays dans lequel il réside, ce qui donne accès à des droits et des devoirs.
- **Citoyenneté** : qualité d'une personne reconnue comme citoyen, qui dispose de droits civils et politiques.
- **Constitution** : loi fondamentale qui décrit les principes et le fonctionnement d'un État.
- **Démocratie** : régime politique dans lequel le peuple exerce un pouvoir, notamment par l'élection de ses représentants.
- **Droits civiques** : droits attachés au statut de citoyen : droit de voter et d'être élu.
- **Droit du sang** : la nationalité est transmise par un parent.
- **Droit du sol** : la nationalité est acquise par le fait d'être né sur le territoire sur lequel l'État exerce sa souveraineté, avec des conditions de résidence.
- **Électeur** : citoyen inscrit sur les listes électorales.
- **Éligible** : possibilité de se présenter à une élection, sous des conditions précises.
- **Laïque** : neutralité de l'État en matière religieuse. Les citoyens sont égaux devant la loi quelle que soit leur religion.
- **Nation** : ensemble de personnes qui vivent sur un même territoire, partagent la même culture et les mêmes lois.
- **Nationalité** : appartenance officielle d'une personne à un État.
- **Naturalisation** : procédure pour acquérir une nationalité autre que sa nationalité d'origine.
- **République** : régime politique dans lequel des représentants élus par les citoyens exercent le pouvoir.
- **Symbole** : chose ou personne qui incarne une idée, une valeur.

Document majeur

Doc. **La Constitution définit les fondements de la citoyenneté**

Cet extrait actualisé de la Constitution de la Ve République rappelle les valeurs, les principes et les symboles de la République française en y ajoutant les derniers principes comme la Charte de l'environnement.

Constitution de la Ve République (1958)

Préambule – Le peuple français proclame solennellement son attachement aux droits de l'homme et aux principes de la souveraineté nationale tels qu'ils ont été définis par la Déclaration de 1789, confirmée et complétée par le préambule de la Constitution de 1946, ainsi qu'aux droits et devoirs définis dans la Charte de l'environnement de 2004.

En vertu de ces principes et de celui de la libre détermination des peuples, la République offre aux territoires d'outre-mer qui manifestent la volonté d'y adhérer des institutions nouvelles fondées sur l'idéal commun de liberté, d'égalité et de fraternité et conçues en vue de leur évolution démocratique.

Article 1er – La France est une République indivisible, laïque, démocratique et sociale. Elle assure l'égalité devant la loi de tous les citoyens sans distinction d'origine, de race ou de religion. Elle respecte toutes les croyances. Son organisation est décentralisée. La loi favorise l'égal accès des femmes et des hommes aux mandats électoraux et fonctions électives, ainsi qu'aux responsabilités professionnelles et sociales.

Article 2 – La langue de la République est le français. L'emblème national est le drapeau tricolore, bleu, blanc, rouge. L'hymne national est « *La Marseillaise* ». La devise de la République est « Liberté, égalité, fraternité ».

Son principe est : gouvernement du peuple, par le peuple et pour le peuple.

Article 3 – La souveraineté nationale appartient au peuple qui l'exerce par ses représentants et par la voie du référendum.

Je vérifie mes connaissances

1 Quels sont les symboles de la République française ?

2 Présentez les différents droits du citoyen français.

3 Datez la Constitution de la Ve République.

4 Expliquez, dans un développement long, le lien entre la nationalité et la citoyenneté.

Vers le brevet

Doc. Frontispice du palais de justice de Paris

1. De quel bâtiment public s'agit-il ?

2. Quel symbole est visible sur cet édifice ? Sur quels autres bâtiments peut-on le voir ?

3. Expliquez chaque élément de la devise et donnez pour chacun un exemple.

4. En quoi ce symbole est-il aussi une valeur républicaine ?

Je vérifie mes connaissances

1 Les symboles de la République française sont nombreux : le drapeau tricolore, l'hymne national, la devise, la figure allégorique de Marianne, le jour de la fête nationale le 14 juillet.

2 Le citoyen dispose du droit de vote, d'être élu, d'adhérer à un parti politique ou à une association. Il jouit aussi de droits civils et de droits économiques et sociaux. Enfin, il dispose de droits comme citoyen de l'UE.

3 La Constitution de la Ve République date de 1958 et a été mise en place sous le septennat de Charles de Gaulle.

Conseil
Pensez à apprendre quelques dates incontournables du programme.

4 Avoir la nationalité française, ainsi que la majorité, permet d'acquérir le statut de citoyen. Sans la nationalité française, une personne ne peut accéder à la citoyenneté française. Le lien entre les deux statuts est donc très fort.

Vers le brevet

1 Il s'agit d'un édifice public, le palais de justice de la ville de Paris.

2 Le symbole visible est la devise républicaine « Liberté, Égalité, Fraternité ». Il s'agit d'une formule qui exprime un mot d'ordre, une pensée à suivre. La devise est inscrite sur le fronton de tous les édifices publics (mairies, écoles, etc.) ou encore sur le logo de la République.

Conseil
Observez bien tous les détails d'une photographie : cela peut vous donner de nombreux indices.

3 L'égalité représente une équité de traitement en droit : la loi est la même pour tous quelles que soient les origines sociales ou religieuses. Le suffrage universel est un exemple d'égalité. La fraternité représente la solidarité entre les citoyens. Le droit à la santé pour tous à travers l'assurance maladie est un exemple de fraternité. La liberté permet le respect de toutes les actions ou pensées qui ne nuisent pas à autrui. La liberté d'expression dans une démocratie est un exemple d'une forme de liberté.

4 Les éléments de la devise sont aussi des valeurs républicaines. Elles soudent la nation et représentent des obectifs à attendre.

Conseil
Identifiez bien les mots clés du cours. Sachez distinguer les valeurs des symboles.

CHAPITRE 17

Les principes d'un État démocratique

DE QUOI S'AGIT-IL ?

Un État démocratique est fondé sur la participation des citoyens à la vie politique, économique et sociale de leur pays. Ils jouent un rôle dans le fonctionnement des institutions, à travers le suffrage, leur engagement politique, syndical et associatif. La variété des médias favorise la construction d'une opinion publique. Et l'expression des opinions des citoyens lors de débats démocratiques est essentielle. Ainsi, les citoyens s'engagent individuellement et collectivement dans une démocratie.

Quels sont les principes d'un État démocratique ? Quels sont les liens entre la démocratie représentative et la création d'une loi ? Quel est le rôle de l'opinion dans le débat démocratique ?

1 La séparation des pouvoirs et les institutions démocratiques

A Les institutions de la Ve République

Vidéo
Les institutions françaises

1. Des institutions garanties par la Constitution

- **L'organisation de la Ve République** est fixée par la Constitution de 1958.
- **La Constitution a été révisée plusieurs fois afin de s'adapter aux transformations de la société**. Elle évolue encore dans le cadre du traité de Lisbonne en 2007, qui réorganise les institutions européennes.

Sachez que...
En 2000, le président Jacques Chirac proposa un référendum pour réduire le mandat présidentiel de sept à cinq ans.

2. Des pouvoirs séparés

- **La Ve République est un régime semi-présidentiel** dans lequel le Président, élu pour 5 ans au suffrage universel, promulgue les lois votées par le Parlement, est le chef des armées et peut dissoudre l'Assemblée nationale. Il partage le pouvoir exécutif avec le Gouvernement, qu'il nomme en respectant la majorité élue à l'Assemblée nationale ; il peut y avoir parfois une situation de cohabitation.
- **Le pouvoir législatif est assuré par le Parlement** qui vote les lois et contrôle le Gouvernement. Le Conseil constitutionnel contrôle la conformité des lois avec la Constitution. Les tribunaux et les magistrats sont chargés d'appliquer la loi.

Doc. La Constitution de la Ve République (1958)

« **Article 5** – Le président de la République veille au respect de la Constitution. Il assure, par son arbitrage, le fonctionnement régulier des pouvoirs publics ainsi que la continuité de l'État.
Article 8 – Le président de la République nomme le Premier ministre. Il met fin à ses fonctions sur la présentation par celui-ci de la démission du Gouvernement.
Article 10 – Le président de la République promulgue les lois. (...)
Article 12 – Le président de la République peut, après consultation du Premier ministre et des présidents des assemblées, prononcer la dissolution de l'Assemblée nationale.
Article 15 – Le président de la République est le chef des armées.
Article 20 – Le gouvernement détermine et conduit la politique de la nation. Il dispose de l'administration et de la force armée. Il est responsable devant le Parlement. (...)
Article 24 – Le Parlement vote la loi. Il contrôle l'action du Gouvernement. Il évalue les politiques publiques. Il comprend l'Assemblée nationale et le Sénat. »

COURS

B La loi et la démocratie représentative

- **La loi est l'expression de la volonté générale** des citoyens par l'intermédiaire de leurs représentants élus. L'initiative de la loi peut venir à la fois du Gouvernement et des parlementaires : députés et sénateurs. Le Gouvernement prépare des projets de loi et les parlementaires des propositions de loi.
- **Le projet de loi est examiné par l'Assemblée nationale.** Tous les députés peuvent s'exprimer ; ils votent d'abord pour chaque article et ensuite votent sur l'ensemble du texte. Une fois adopté, le texte est transmis à la seconde assemblée : le Sénat.
- **Le Sénat examine le texte et peut le modifier**, la loi fait donc la navette entre le Sénat et l'Assemblée nationale jusqu'à ce que les parlementaires soient d'accord. Le projet de loi est adopté lorsqu'il est voté par les deux assemblées.
- **La loi est promulguée par le président de la République.** Cette loi entre en vigueur après sa publication au Journal Officiel.

C Les partis politiques

1. Qu'est-ce qu'un parti politique ?

- **Les partis** sont des associations qui ont pour but la conquête et l'exercice du pouvoir et qui rassemblent des citoyens partageant un même projet politique. Ils disposent d'un texte officiel qui précise leur organisation interne.
- **Les débats et l'élaboration du programme ont lieu dans le cadre de congrès**, qui réunit les représentants des adhérents et des militants.

2. Les partis animent la vie politique

- **Le multipartisme** permet au citoyen de voter pour le candidat du parti dont les idées sont les plus proches de ses convictions. La diversité des partis politiques garantit le pluralisme politique et la liberté d'opinion.
- **Les partis** peuvent soutenir la politique mise en place, avec les partis de la majorité parlementaire, ou s'y opposer et faire d'autres propositions politiques.

Sachez que...
En 1971, le président François Mitterrand créa le Parti socialiste. L'Union pour un mouvement populaire (UMP) a été créée par le président Jacques Chirac en 2002.

D La participation du citoyen

1. Une implication dans la vie politique

- **Le droit de voter** est le premier moyen d'action du citoyen ; il permet l'exercice de la souveraineté nationale par l'élection des représentants au suffrage direct et indirect. Le citoyen est aussi éligible.
- **Le citoyen peut participer à des débats publics**, comme au sein de la Commission nationale du débat public, ou encore s'impliquer dans la vie démocratique de sa commune ou de son quartier en participant aux différents conseils.

2. Une implication dans la vie sociale

- **Le citoyen peut s'engager dans une association.** Il peut faire du bénévolat, signer des pétitions et participer à des manifestations. Cet engagement peut-être de différentes natures : lutte contre les discriminations, pour la protection de l'environnement ou la défense des sans-papiers, etc.
- **De nouveaux moyens de participation** apparaissent avec l'utilisation d'internet et des réseaux sociaux, et donnent naissance à une démocratie électronique ou e-démocratie.

Doc. La e-démocratie

« Les rouages traditionnels de la contestation sont dépassés, et même volontairement exclus. Internet, grâce à l'échange en temps réel (réseaux sociaux et chats), a permis l'émergence spontanée d'une contestation franche et radicale, un ras le bol d'une génération. [...] C'est un outil qui permet de se passer complètement des structures habituelles : réunions, tracts, délégués, porte-paroles… [...]

La communication se fait en ligne, les manifestants ont même installé une Webcam pour suivre en direct les rassemblements. [. . .] Les Indignés français se sont retrouvés Place de la Bastille et comptent bien faire de ce lieu symbolique un rendez-vous quotidien. »

« Les indignés : un mouvement né sur le web », *L'Humanité*, 23 mai 2011.

L'ESSENTIEL

La séparation des pouvoirs et les institutions démocratiques

- Les institutions de la Vᵉ République sont garanties par la Constitution de 1958.
- La répartition des pouvoirs s'organise à l'échelle de l'État, des collectivités et de l'UE.
- La variété des partis politiques assure le dynamisme et la vie de la démocratie.

ZOOM SUR...

La laïcité

1 La France est un État démocratique laïc

→ **La laïcité est un principe qui garantit la neutralité de l'État** dans le domaine religieux. Aucune religion n'est favorisée ou imposée.

→ **Depuis la loi de 1905, l'État est séparé des différentes Églises :** catholiques, protestantes et juives.

→ **La Laïcité est le cadre qui garantit la liberté de conscience** pour les citoyens.

→ **Chaque citoyen peut croire ou ne pas croire**. Et la laïcité permet la coexistence de plusieurs religions dans un même État démocratique.

2 Le principe de Laïcité à l'école

→ **Depuis 1881-1882, les lois de Jules Ferry** ont rendu l'école gratuite, laïque et obligatoire. Plus tard le personnel enseignant devait être laïc et non plus religieux.

→ Depuis 2004, **une loi interdit le port de signes religieux** ostentatoires à l'école.

→ **La laïcité à l'école permet le respect des religions de chacun.** La laïcité permet une autonomie de la pensée car elle protège les élèves du prosélytisme religieux et évite toute pression sur les autres.

→ C'est donc une **culture du respect**.

La France est **une République indivisible, laïque, démocratique et sociale**. Elle assure l'égalité devant la loi, sur l'ensemble du territoire. Elle respecte toutes les croyances.

La République laïque organise **la séparation des religions** et de l'État. L'État est neutre à l'égard des convictions religieuses ou spirituelles. Il n'y a pas de religion d'État.

LA RÉPUBLIQUE EST LAÏQUE

La laïcité garantit **la liberté de concience** à tous. Chacun est libre de croire ou ne pas croire. Elle permet la libre expression de ses convictions, dans le respect de celles d'autrui et dans les limites de l'ordre public.

La laïcité permet l'exercice de la citoyenneté, en conciliant **la liberté de chacun** avec **l'égalité et la fraternité** de tous dans le souci de l'intérêt général.

La République assure dans les établissements scolaires le respect de chacun de ses principes.

Doc. La République est laïque

2 L'engagement syndical

A La diversité des syndicats

- **Les syndicats sont autorisés depuis la loi de 1884.** Ils regroupent salariés, travailleurs indépendants et chefs d'entreprise pour défendre leurs intérêts professionnels. Ils permettent de défendre collectivement ou individuellement les droits économiques et sociaux des citoyens adhérents tant au niveau national qu'à l'échelle de l'entreprise.
- Par le biais de leurs délégués, ils assurent un **rôle de communication important** au sein de l'entreprise. Le **droit d'adhérer à un syndicat** et de défendre ses intérêts par l'action syndicale a été affirmé dans la Constitution de 1946 auquel se réfère le préambule de la Constitution de 1958.
- **Les salariés d'une entreprise organisent des élections professionnelles.** Les délégués du personnel représentent les salariés et vérifient l'application du droit du travail dans l'entreprise. Les plus grandes entreprises doivent se doter d'un comité d'entreprise.
- Le **financement des syndicats** est assuré par les cotisations que les adhérents versent à leur syndicat, par les entreprises et grâce à des subventions publiques.

B Comment les syndicats agissent-ils ?

- **Il existe un grand pluralisme syndical en France**, et tous les syndicats possèdent des points de vue différents. Ils ont un rôle d'information et de représentation dont le but est la défense des intérêts de leurs adhérents. La plupart des **syndicats de salariés** sont regroupés en confédérations, comme la Confédération générale du travail (CGT), la Confédération française démocratique du travail (CFDT), la Confédération générale des cadres (CGC) et Force ouvrière (FO).

> **Sachez que...**
> Le Medef (Mouvement des entreprises de France) est une organisation patronale qui représente les dirigeants des entreprises françaises.

- Les **syndicats d'employeurs** existent aussi, comme le Mouvement des entreprises de France (MEDEF).
- **Leurs modes d'action sont variés.** Dans l'entreprise, ils peuvent réunir les salariés, afficher des documents et des tracts syndicaux. Les syndicats peuvent négocier avec l'État ou les employeurs, mais aussi organiser des grèves qui s'accompagnent généralement d'une manifestation destinée à faire connaître à l'opinion les motivations du conflit.

• Certaines catégories de personnel ont l'obligation d'assurer, même en période de grève, un **service minimum** (agents hospitaliers, agents de la navigation aérienne, transports en commun).

Doc. Manifestation des employés de Philips, à Dreux, contre la fermeture de leur usine (2009)

L'ESSENTIEL

L'engagement syndical

- Le citoyen peut s'impliquer dans la vie sociale en adhérant à un syndicat.

3 Le rôle de l'opinion dans le débat démocratique

A La diversité et le rôle des médias

1. Le pluralisme des médias

- **La loi de 1881 autorise la liberté de la presse.** Cette liberté d'expression et de communication des informations est essentielle dans une démocratie.
- **Les médias sont nombreux.** Le pluralisme des médias s'exprime par la diversité des titres (*Le Figaro*, *Le Monde*, *L'Express*…) et par la diversité des supports (la télévision, la presse, Internet et la radio). Les médias doivent être indépendants du pouvoir ou de toutes formes de pressions politiques.
- **L'information doit être exacte** et demeure encadrée par des lois, des règles de déontologie (Charte de Munich) et par des institutions comme la CNIL pour Internet et le CSA pour l'audiovisuel.

Doc. **Les médias sont-ils indépendants ?**

« L'intervention des actionnaires ? L'actionnaire contrôle la gestion, définit la stratégie, surveille le management. Il ne souhaite pas commenter le contenu du journal. La pression des pouvoirs ? Rarissime et facile à repousser. Un ministre appelle pour se plaindre. Le journal en tient compte ou non, selon les arguments qu'on lui oppose. […] L'influence des annonceurs[1] ? Elle est réelle, mais faible. On accroît certaines rubriques, comme la mode ou la consommation dans l'espoir d'attirer les budgets publicitaires. Et nous devons appliquer la même règle à tout le monde, annonceur ou non. »

Laurent Joffrin, *Média paranoïa*, Coll. « Médiathèque », © Éditions du Seuil, 2009.

1. **Annonceur** : entreprise faisant de la publicité dans le journal.

2. Médias et opinion publique

- **Les médias diffusent des débats de société et apportent des informations** qui permettent aux citoyens de se forger une opinion sur des sujets variés. Les médias sont ainsi des outils qui façonnent l'opinion publique.
- **Internet est un média incontournable.** Les citoyens s'informent plus grâce à l'accès instantané de l'information, la variété des sources et la mutualisation des informations.
- **Son usage pose de nouvelles questions** : la gratuité, la validité et le contrôle des informations.

B Les sondages d'opinion

1. Mesurer l'opinion publique

- **L'opinion publique peut être mesurée grâce à des sondages.** Il s'agit de techniques qui visent à donner une indication quantitative de l'opinion d'une population en interrogeant un échantillon représentatif de cette population.
- **Les thèmes des sondages sont divers** : politiques, économiques, sociaux ou écologiques. Les méthodes de calcul des sondages varient souvent.

2. L'utilisation des sondages

- **L'usage de ces sondages est objet de débats.** Ils peuvent influencer l'opinion publique et certains ne respectent pas des règles scientifiques.
- **La loi de 2002 règlemente les sondages.** Il est interdit de publier un sondage la veille d'une élection. Les instituts doivent expliquer comment leur sondage a été réalisé.

Doc. La méthode utilisée pour les sondages

	Sondage 1	Sondage 2
Sondeur	TNS Sofres	Ifop
Commanditaire	EDF	Europe Écologie Les Verts (EELV)
Diffusion	Publié par *Les Échos*	Devait rester confidentiel
Dates	15 et 16 mars 2011	15 au 17 mars 2011
Méthode	Par téléphone	Questionnaire en ligne
Public	Échantillon de 1 000 personnes, représentatif de la population française âgée de 18 ans et plus.	Échantillon de 1 008 personnes, représentatif de la population française âgée de 18 ans et plus.

L'ESSENTIEL

Le rôle de l'opinion dans le débat démocratique

- Les médias, par leur variété, informent le citoyen et aident à la construction d'une opinion citoyenne.
- Les sondages tentent de mesurer l'opinion publique sur certains sujets.

ZOOM SUR…

Les médias et la vie démocratique

1 Les médias : moyens d'expression dans une démocratie

→ Les médias sont soumis à une **éthique**, c'est-à-dire l'exactitude de l'information, le respect de la vie privée et la vérification des sources.

→ **L'État encadre les médias**, grâce à des organismes de contrôle comme le **Conseil supérieur de l'audiovisuel** (CSA). Il garantit l'égalité d'accès à l'information, le pluralisme de l'information et le respect de la liberté d'opinion.

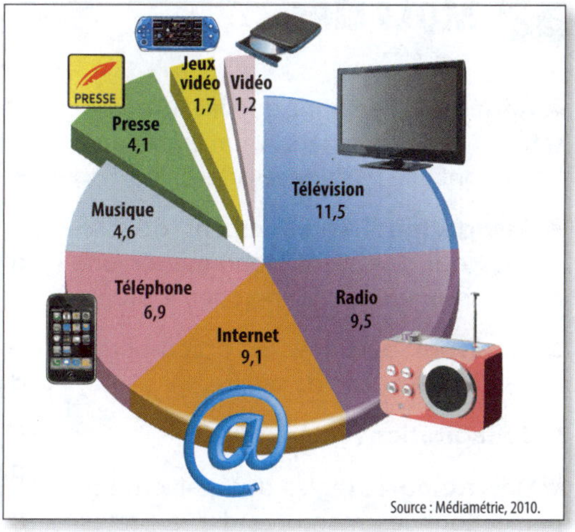

Doc. Nombre de contacts médias et multimédias privilégiés par les jeunes adultes, par jour et par personne

2 Les médias et leurs limites pour la démocratie

→ Ils doivent être **transparents vis-à-vis du pouvoir politique**. Tout gouvernement a besoin pour fonctionner d'une part de secret, or le débat démocratique, lui, exige une transparence des médias.

→ Il existe des **risques de manipulations**. Le financement privé des médias peut entraîner une modification de l'information. Les médias doivent rester indépendants.

→ **Les médias ne sont pas égaux**. La télévision et Internet touchent plus de citoyens et sont parfois accusés de simplifier les débats et de faire une course à l'audience, limitant ainsi le débat démocratique.

Repères chronologiques

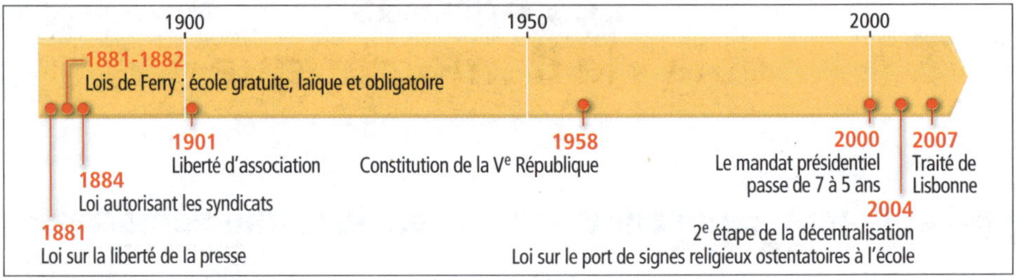

Mots clés

- **Adhérent** : personne qui paie une cotisation à une association, un parti politique dont elle partage les idées.
- **Association** : regroupement de personnes qui s'unissent pour mener une action commune sans chercher le profit.
- **Bénévole** : personne qui accomplit un travail sans recevoir de salaire.
- **Cohabitation** : voir p. 124.
- **Déontologie** : règles que doivent respecter tous les membres d'une profession (journalistes, médecins…).
- **Gouvernement** : le Premier ministre et l'ensemble des ministres.
- **Laïcité** : neutralité de l'État en matière religieuse
- **Loi** : texte officiel qui réglemente un aspect de la vie dans une société démocratique.
- **Majorité parlementaire** : ensemble des partis politiques qui ont la majorité des sièges à l'Assemblée nationale.
- **Médias** : moyens qui permettent de porter des informations à la connaissance du public.
- **Militant** : adhérent d'une association, d'un parti politique qui s'engage activement dans les actions menées par le parti.
- **Opinion publique** : façons de penser d'une population donnée.
- **Parlement** : il est constitué de l'Assemblée nationale et du Sénat.
- **Partis** : associations qui ont pour but la conquête et l'exercice du pouvoir dans lesquelles les personnes partagent le même projet politique.
- **Pluralisme** : existence de plusieurs opinions politiques.
- **Syndicat** : association de défense des intérêts économiques, moraux et sociaux de travailleurs qui exercent dans la même branche professionnelle.

Document majeur

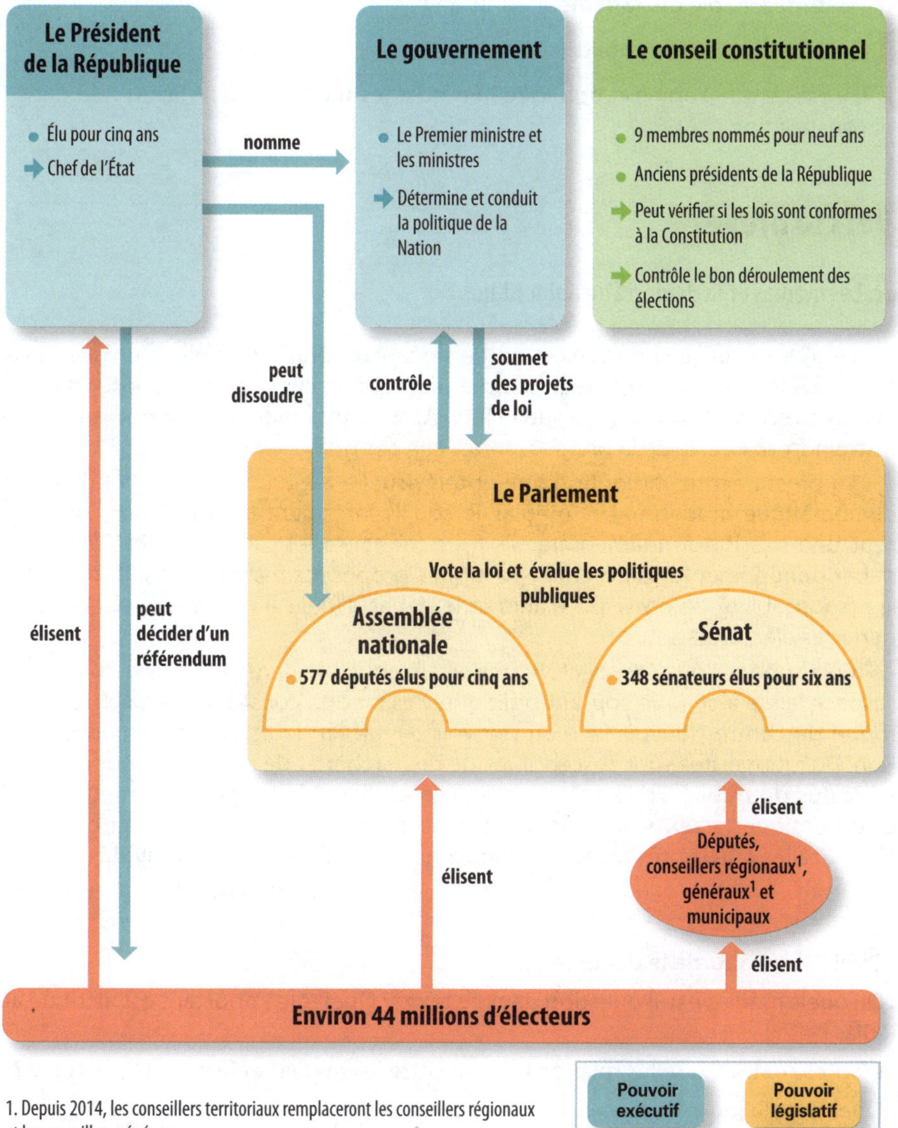

1. Depuis 2014, les conseillers territoriaux remplaceront les conseillers régionaux et les conseillers généraux.

Doc. Les institutions de la Ve République

Je vérifie mes connaissances

1 Expliquez le terme de laïcité.

2 Présentez le rôle du Parlement européen.

3 Qu'est-ce qu'un parti politique ?

4 Qu'est-ce que l'opinion publique ? En quoi les médias jouent-ils un rôle dans sa construction ?

Vers le brevet

Doc. Les médias et la démocratie aujourd'hui

« Aujourd'hui, la communication ne se conçoit plus à l'échelle d'un seul pays et le développement de la technologie permet aux citoyens de disposer d'informations venues d'autres pays que le leur. Aussi la tentation anti-démocratique de restreindre la liberté de la presse n'aurait-elle pas grand sens.

La presse écrite, radiophonique et télévisuelle est un outil essentiel de la vie démocratique moderne. Les médias lorsqu'ils informent la population, remplissent une mission fondamentale : ils font connaître les faits qui sont l'enjeu du débat politique et les différentes politiques proposées par les partis. Ils ont aussi la responsabilité de porter et d'animer le débat d'idées, notamment pendant les périodes électorales.

Cela suppose qu'ils respectent un certain équilibre dans le temps de parole ou l'espace laissé à chaque courant politique. Les médias constituent également une forme de contre-pouvoir face au pouvoir d'État. Par leurs capacités d'investigation, les journalistes sont susceptibles de rechercher et de mettre au jour des faits inconnus du public. En favorisant ainsi l'émergence de la vérité, les médias sont d'authentiques acteurs de la démocratie. Ils doivent toutefois respecter certaines règles, telles que la présomption d'innocence et la vie privée des individus. »

Extrait du site de l'Assemblée nationale.

1. Quel thème aborde le document ?

2. De quels médias est-il question dans ce texte ? Quel rôle important est attribué aux médias ?

3. D'après l'extrait, quelles relations y a-t-il entre les médias et le monde politique ?

4. Quel rôle du journaliste est ici mis en avant ?

5. Expliquez, de manière développée, quel est le rôle des médias dans une démocratie.

Je vérifie mes connaissances

1 La laïcité est la neutralité religieuse d'un État. Aucune religion n'est favorisée.

2 Le Parlement européen est une institution transnationale représentant les peuples des États membres de l'Union européenne. Dans chaque pays de l'UE, des citoyens peuvent se présenter aux élections européennes pour devenir député au Parlement. Les députés votent les lois européennes (directives et règlements) qui s'appliquent en France et dans toute l'Union.

> **Conseil**
> Vous devez connaître les grandes institutions de l'Union européenne.

3 Les partis politiques sont des associations de citoyens qui partagent des idées politiques communes. Les citoyens peuvent être adhérant ou militant d'un parti. L'objectif des partis est présenter un programme et des candidats aux différentes élections.

4 L'opinion publique est l'ensemble des convictions et des valeurs plus ou moins partagées par la population d'une société donnée à un moment précis. Les médias informent, mais ne renseignent que sur une partie de la réalité, et peuvent tendre à uniformiser les opinions si le citoyen ne prend pas de recul critique.

Vers le brevet

1 Ce document est un extrait du site officiel de l'Assemblée nationale. Il traite des relations entre les médias et la démocratie.

> **Astuce**
> Le titre d'un document indique souvent le thème qu'il traite.

2 Dans ce texte, il est question de presse écrite, radiophonique, télévisuelle, et de manière indirecte d'Internet. Leur rôle est de servir d'outil à la vie démocratique moderne pour informer, au mieux, les populations.

3 Les médias mettent en lumière les différents débats politiques et les pistes politiques proposées. Les médias sont donc des outils du pluralisme politique. Les médias peuvent donc servir de tribune pour les échanges et les débats politiques de la société. Par ailleurs, les médias forment un contre-pouvoir à la vie démocratique en donnant des informations diverses aux populations.

4 Le rôle du journaliste est très lié à celui des médias puisque, si le média est l'outil pour informer, le journaliste est la source de l'information. C'est lui qui doit chercher la vérité dans l'information et la retranscrire le plus justement possible, comme sa charte de déontologie l'indique.

5 Les médias sont des moyens d'expression et de communication essentiels dans une démocratie. Leur variété est importante car elle garantit et traduit une représentation des divers courants de pensée qui existent dans une société. Les médias forment l'opinion publique, diffuse des idées mais ils doivent être soumis à des contrôles. Des règles de respect de la vie privée, de la confidentialité de certaines informations et de fiabilité des sources doivent être respectées.

Astuce

Pensez à bien connaître le sens des mots clés du cours, afin de pouvoir les expliquer plus facilement.

CHAPITRE 18

La défense nationale et la paix dans le monde

DE QUOI S'AGIT-IL ?

Les problèmes de la paix et de la guerre dans le monde poussent les États à nouer des traités et à coopérer ensemble à l'échelle internationale. Les causes des guerres dans le monde sont variées : une frontière, l'exploitation de ressources, des oppositions religieuses ou ethniques, la domination d'un territoire... Face à ce contexte, la France conclue des accords européens et internationaux pour protéger la paix et ses intérêts.

Quels enjeux sont liés à la paix et aux guerres dans le monde ? Comment la France organise-t-elle sa défense nationale face aux menaces ? De quelles façons les citoyens s'impliquent-ils dans cette défense ?

1 Le problème de la paix et de la guerre dans le monde

A Des organisations internationales pour assurer la paix

- **L'ONU, créée en 1945**, regroupe presque tous les États de la planète (193) et œuvre pour la paix entre les États et la sécurité des populations. Elle intervient par des opérations de maintien de la paix avec les casques bleus, et par des aides humanitaires.
- **L'ONU est une institution** constitué d'une Assemblée générale et d'un Conseil de Sécurité où siège de façon permanente les principales puissances mondiales ayant droit de veto, et qui prend des résolutions. Le Secrétaire général représente l'ONU dans le monde.

B Une paix internationale fragile et souvent menacée

- **La paix n'est pas seulement l'absence de guerre**, c'est l'ensemble des conditions politiques, économiques et de sécurité qui permettent d'éviter l'apparition de la violence.
- **La sécurité collective** des États est complétée par l'idée d'une sécurité humaine des individus.
- **Les conflits et les catastrophes menacent la paix et la stabilité de certaines régions.** Le Moyen-Orient, l'Afghanistan ou la Somalie sont par exemple des régions sous tension. Ailleurs, la prolifération nucléaire et les dictatures mettent en danger la paix (Corée du Nord, Syrie, Iran…).
- **Les conflits touchent les civils**, parfois tués, déplacés ou réfugiés.

L'ESSENTIEL

Le problème de la paix et de la guerre dans le monde

- La paix et la sécurité dans le monde sont souvent menacées.
- Les organisations internationales interviennent lors de conflits et tentent de maintenir la paix.

2 La défense et l'action internationale de la France

A La France face aux risques ; les missions de la défense

Vidéo
La défense en France

- **Les missions de la défense** consistent à assurer la sécurité du territoire et à protéger la population française contre toute forme d'agression, en France et à l'étranger.
- **Depuis 1960, une stratégie de dissuasion est basée sur l'arme atomique.** La France s'appuie sur une armée professionnelle : Armée de terre, de l'air, Marine et Gendarmerie.

B Défense globale et participation du citoyen à la défense

Vidéo
La France dans la défense européenne

- **La France organise sa défense à plusieurs échelles.** Elle est membre permanent au Conseil de sécurité de l'ONU, membre de l'OTAN et est engagée par la clause de solidarité, vis-à-vis de l'Union européenne, dans le cadre de la Politique Européenne de Sécurité et de Défense (PESD).
- **La France est engagée militairement** dans le cadre de l'OTAN (en Afghanistan) et de l'ONU (en Côte d'Ivoire et au Mali).
- **La défense est l'un des devoirs du citoyen.** La fin du service militaire a accentué la professionnalisation des armées. En 2013, les jeunes accomplissent un parcours de citoyenneté qui commence en 3e et se termine par la Journée de Défense et Citoyenneté (JDC).

L'ESSENTIEL

La défense et l'action internationale de la France

- L'instabilité internationale oblige la France à se protéger des risques et des menaces.
- La défense globale touche tous les domaines de la société et permet aux jeunes de s'y impliquer.

COURS

ZOOM SUR...

La participation du citoyen à la défense nationale

1 De la conscription à l'armée de métier

➜ **Le citoyen joue un rôle central dans la défense du pays.** Le service militaire obligatoire, instauré en 1798, a été supprimé en 1997, en raison du contexte géopolitique qui a vu s'éloigner la menace d'une guerre sur son territoire.

➜ **Les missions de la défense ont été réorientées vers une professionnalisation des armées.** Aujourd'hui, les campagnes de recrutement sont nombreuses. L'armée s'est considérablement modernisée, les moyens matériels sont plus perfectionnés : les chars, les hélicoptères comme le Cougar ou le Fennec et le drone de reconnaissance au contact (DRAC).

2 Un devoir du citoyen : la JDC

➜ **En 1997, une Journée d'Appel et de Préparation à la Défense (JAPD)** a été instaurée pour permettre aux filles et aux garçons d'effectuer une sensibilisation à la défense. Depuis 2010, cette journée est remplacée par une Journée Défense et Citoyenneté (JDC) qui est intégrée dans un parcours de citoyenneté.

➜ **Le parcours de citoyenneté se compose de trois étapes** : un enseignement de la défense en 3e et en 1re, le recensement à partir de l'âge de 16 ans, et la Journée défense et citoyenneté.

Doc. Affiche du ministère de la Défense sur le parcours de citoyenneté (2012)

Repères chronologiques

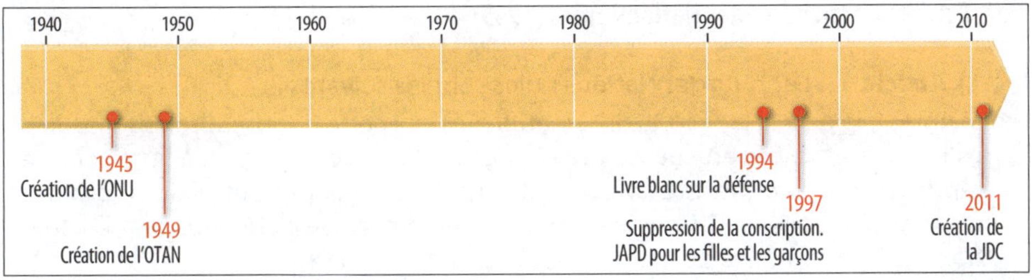

Mots clés

- **Casques bleus** : force de maintien de la paix composée de soldats des États membres de l'ONU.
- **Conseil de sécurité de l'ONU** : composé de 15 membres dont 5 permanents et 10 élus par l'Assemblée générale pour un mandat de deux ans, il prend des résolutions.
- **Défense** : mission de l'État qui consiste à protéger le territoire et sa population contre toute forme d'agression.
- **Déplacés** : personnes forcées de changer de région à l'intérieur d'un même pays.
- **Droit de véto** : droit de bloquer une décision. À l'ONU, il est détenu par les 5 membres permanents du conseil de sécurité : États-Unis, Russie, Chine, Royaume-Uni, France.
- **ONU** : Organisation des Nations unies, dont le siège est à New York.
- **Opérations de maintien de la paix** : interventions militaires et civiles, qui vont de l'interposition entre les combattants, grâce à des soldats reconnaissables à leurs casques bleus, jusqu'à l'imposition de la paix.
- **OTAN** : Organisation du traité de l'Atlantique Nord. Créée en 1949 et dirigée par les États-Unis, c'est une alliance militaire du bloc occidental pendant la guerre froide. Aujourd'hui elle est composée de 28 États.
- **Parcours de citoyenneté** : étapes suivies par le futur citoyen afin de préparer son devoir de défense du territoire.
- **Prolifération nucléaire** : multiplication des pays détenant ou cherchant à détenir l'arme nucléaire.
- **Réfugiés** : personnes obligées de fuir leur pays et de franchir une frontière pour assurer leur survie.
- **Résolution** : nom donné aux décisions prises par le Conseil de sécurité de l'ONU.
- **Risque** : possibilité d'un événement considéré comme un danger sur des populations vulnérables.
- **Sécurité collective** : système international dans lequel les États assurent la paix en se garantissant mutuellement leur sécurité : si l'un est attaqué, les autres le soutiennent militairement.
- **Stratégie de dissuasion** : stratégie militaire qui consiste à montrer sa supériorité en force pour ne pas avoir à s'en servir.

Document majeur

Doc. Extraits de la Charte des Nations unies (1945)

« **Article 1** – Les buts des Nations unies sont les suivants :

1. Maintenir la paix et la sécurité internationales et à cette fin : prendre des mesures collectives efficaces en vue de prévenir et d'écarter les menaces à la paix et de réprimer tout acte d'agression ou autre rupture de la paix, et réaliser, par des moyens pacifiques (...) l'ajustement ou le règlement de différends ou de situations (...) susceptibles de mener à une rupture de la paix ;
2. Développer entre les nations des relations amicales fondées sur le respect du principe de l'égalité de droits des peuples et de leur droit à disposer d'eux-mêmes (...) ;
3. Réaliser la coopération internationale en résolvant les problèmes internationaux d'ordre économique, social, intellectuel ou humanitaire (...) ;

Article 39 – Le Conseil de sécurité constate l'existence d'une menace contre la paix, d'une rupture de la paix ou d'un acte d'agression et fait des recommandations ou décide quelles mesures seront prises (...).

Article 41 – Le Conseil de sécurité peut décider (...) l'interruption complète ou partielle des relations économiques et des communications ferroviaires, maritimes, aériennes, postales, télégraphiques, radioélectriques et des autres moyens de communication, ainsi que la rupture des relations diplomatiques.

Article 42 – Si le Conseil de sécurité estime que les mesures prévues à l'Article 41 seraient inadéquates ou qu'elles se sont révélées telles, il peut entreprendre, au moyen de forces aériennes, navales ou terrestres, toute action qu'il juge nécessaire au maintien ou au rétablissement de la paix et de la sécurité internationales.

Je vérifie mes connaissances

1 Quelles sont les missions de la défense nationale française ?

2 Expliquez ce qu'est la Journée de Défense et Citoyenneté.

3 Citez deux organisations internationales dont la France est membre.

Vers le brevet

Doc. L'armée de terre française en mai 2009 en Guyane dans une opération de lutte contre l'orpaillage

1. Décrivez la photographie. Dans quelle région se situe la scène ?

2. Quels éléments permettent de savoir que ces hommes appartiennent à l'armée de Terre ?

3. Que font ce militaires ? À quelle menace doivent-ils faire face ?

4. À quelle grande activité de la défense nationale leur mission est-elle reliée ?

CORRIGÉS

Je vérifie mes connaissances

1 Les missions de la défense sont d'assurer la sécurité du territoire et de protéger la population française contre toute forme d'agression, en France comme à l'étranger.

2 C'est une journée de sensibilisation à la défense pour permettre aux filles et aux garçons de connaître les objectifs de la défense en France et les valeurs qu'elle défend.

3 La France est l'un des 5 membres permanents du Conseil de sécurité de l'ONU, et elle est également membre de l'OTAN.

Conseil
Il faut bien connaître les institutions internationales et savoir reconnaître leur logo.

Vers le brevet

1 Cette photographie montre deux militaires français en train de surveiller l'intérieur de la forêt équatoriale de la Guyane. L'un des deux soldats surveille les environs, tandis que l'on devine l'autre en train d'observer la forêt à l'aide de jumelles. La scène se situe en Guyane, qui est un Département et Région d'Outre-mer français (DROM).

2 Ces hommes appartiennent à l'armée de terre française car ils portent des vestes et des treillis de couleurs kaki et marrons, qui sont les tenues de camouflage des militaires français.

Conseil
Soyez attentifs aux tenues des militaires afin de mieux les identifier. Servez-vous également des informations contenues dans le titre du document.

3 Ces militaires surveillent la forêt, car ils doivent identifier les zones d'orpaillage (recherche et exploitation artisanale de l'or) clandestin qui constituent une menace pour l'État français et déstabilisent l'économie locale. La photographie montre une opération sur le terrain. La cible de l'opération demeure avant tout ceux qui assurent la logistique des sites illégaux. Les sites d'orpaillage clandestin sont identifiés grâce à l'appui de l'Office national des forêts (ONF) et du parc amazonien de Guyane.

4 La présence de ces militaires s'explique par la nécessité de surveillance et de protection des intérêts de la France. La sécurité du territoire est assurée par l'armée de Terre, qui est prête à intervenir rapidement. L'armée de Terre est l'acteur majeur de la sécurité des Français. Elle possède 5 grands rôles stratégiques : protéger, face à une agression, les populations, gagner, stabiliser, normaliser une situation et aider les populations.

Astuce
Remémorez-vous bien le cours sur la défense de la France.

Cahier
Spécial Brevet

DESCRIPTION DE LA NOUVELLE ÉPREUVE

- **La nouvelle épreuve du brevet** a été proposée pour la première fois en juin 2018. Les informations données ci-dessous sont extraites de **l'arrêté du 27 novembre 2017**.
- **L'épreuve d'Histoire, Géographie et Enseignement moral et civique** est évaluée sur 50 points. Elle comporte trois exercices pour une durée de **2 heures**.

Exercice 1 : Analyser et comprendre des documents (20 points)

■ Ce premier exercice se compose **d'un ou de plusieurs documents** en relation avec les programmes d'histoire ou de géographie ; il vise à évaluer les capacités de l'élève à **comprendre un document** en utilisant les méthodes et connaissances fondamentales vues tout au long de l'année au sein des programmes des différentes matières.

■ **Les questions** qui accompagnent les documents ont pour objectifs de guider l'élève pour évaluer ses capacités à **dégager le sens des documents**, à **prélever les informations** adéquates pour **comprendre l'intérêt** mais aussi les limites des documents.

Exercice 2 : Maîtriser différents langages pour raisonner et utiliser des repères historiques ou géographiques (20 points)

■ **Un développement construit** sur un thème donné dans les consignes et de longueur correspondant aux attentes des correcteurs est attendu de la part du candidat. Il devra **mettre en œuvre toutes ses connaissances et bien les sélectionner** pour répondre le plus précisément possible au sujet donné.

■ **Un second exercice faisant appel à un autre langage** peut éventuellement être prévu. Il s'agit de remplir une frise, un croquis ou un schéma, en respectant les consignes données.

Exercice 3 : Mobiliser des compétences relevant de l'Enseignement moral et civique (10 points)

■ **Une situation pratique** sera proposée au candidat ainsi qu'**un ensemble de questions en relation avec la situation**. L'élève devra comprendre le cas décrit mais aussi **mettre à profit toutes les connaissances acquises tout au long de l'année** pour répondre correctement.

QUELQUES CONSEILS POUR RÉUSSIR

1 Pendant l'année

■ Apprenez régulièrement les **repères** d'histoire et de géographie vus pendant l'année.

■ Entraînez-vous à **localiser des lieux sur des fonds de carte** et à associer des événements à des dates précises.

■ Identifiez pour chaque chapitre les **notions clés**, les **personnages essentiels**, les **grandes idées** du cours ainsi que les **dates** incontournables.

■ Élaborez des **fiches de cours** pour chacun des chapitres.

■ En géographie, pensez à bien **revoir les croquis** vus pendant les cours et à les refaire. Il faut bien **comprendre comment se construit une légende**.

■ Entraînez-vous à lire plusieurs sortes de documents (graphiques, affiches, textes, etc.) et demandez-vous quel est le sens général du document.

■ Réalisez régulièrement les **sujets d'entraînement au brevet**, puis aidez-vous de la correction pour vous imprégner de la méthode et du déroulement de l'épreuve.

2 Le jour de l'épreuve

Matériel et gestion du temps

■ **Munissez-vous** toujours d'une **règle** et de **crayons de couleur**.

■ **Vous disposez de 2 heures :** l'exercice 1 et l'exercice 2 doivent prendre **environ 45 minutes chacun**, et l'exercice 3 **environ 25 minutes**. Il restera 5 minutes pour vous relire et éviter au maximum les fautes d'orthographe.

■ **Soyez attentif** au **barème des questions** : développez davantage celles qui peuvent vous rapporter le plus de points.

■ **Ayez confiance** en vous, le travail de toute une année portera ses fruits.

Les questions

■ Prenez le temps de **bien lire les questions** et **soyez précis dans vos réponses**. Par exemple, si on vous demande de citer « trois mesures », veillez à bien en citer trois.

■ **Utilisez le plus possible les mots clés** appris en cours. N'hésitez pas à expliquer les notions demandées, ou à présenter un personnage si on vous le demande. Montrez que vous avez des connaissances précises.

Les exercices sur les documents

■ **Observez et lisez attentivement les documents.** N'oubliez pas les légendes des cartes. Analysez les chiffres, notez les détails d'une photographie ou d'un dessin en lien avec le sujet.

■ **Soyez attentif** aux **dates**, aux **lieux de production** et aux **auteurs des documents**, à l'**espace** en géographie, cela peut vous donner des informations précieuses pour bien répondre aux questions.

■ Certaines questions vous demandent de **prélever des informations dans les documents**, d'autres de **vous servir de vos connaissances** pour répondre à la question, d'autres encore d'**analyser les informations** données par les documents. **Soyez attentif aux intitulés des questions et des consignes.**

Rédaction de la synthèse

■ Pour la synthèse, qui demande un **développement construit** un peu plus long (20 lignes, comme c'est indiqué dans le sujet), **pensez à structurer votre propos**. Vos idées doivent s'organiser par thèmes.

■ **Pensez à utiliser** un **vocabulaire précis** appris en cours.

L'exercice faisant appel à un autre langage

■ Cet exercice peut être un **croquis**, un **schéma** ou une **frise chronologique**.

■ **Mémorisez** les différentes sortes de **figurés** (linéaires, ponctuels) et pensez à varier les couleurs et leur intensité, selon le phénomène à représenter.

■ **Lisez bien la consigne :** si on vous demande de tracer, il ne faut pas colorier ; si on vous demande de localiser, il faut le faire avec précision sur la frise chronologique.

SUJET TYPE BREVET

Énoncé

Exercice 1 : analyser et comprendre des documents (20 points)

Doc . Extraits du discours prononcé par Joseph Goebbels le 18 février 1943 au Palais des Sports de Berlin

« Dix ans de national-socialisme ont suffi pour exposer au peuple allemand le sérieux du danger du bolchevisme à l'Est. Maintenant, chacun comprend pourquoi nous avons tant parlé de combattre le bolchevisme lors de nos rassemblements du parti à Nuremberg. Nous avons élevé nos voix pour mettre en garde notre peuple allemand et le monde, en espérant éveiller l'humanité à l'ouest de la paralysie de l'esprit et de la volonté dans laquelle elle est tombée. Nous avons tenté de lui ouvrir les yeux face aux dangers horribles du bolchevisme de l'est, qui a déjà assujetti près de 200 millions de personnes à la terreur des juifs qui préparaient une guerre agressive contre l'Europe. [...] Ceci explique donc, soit dit en passant, nos politiques à l'égard des juifs. Nous percevons la juiverie comme étant une menace directe à toute nation. Nous n'avons rien à faire de ce que font les autres peuples face à ce danger. Ce que nous faisons pour nous défendre nous regarde et ainsi, nous ne tolérerons pas d'objection des autres. La juiverie est une infection contagieuse. Les nations ennemies peuvent soulever des protestations hypocrites contre nos mesures contre les juifs et pleurer des larmes de crocodile, mais ça ne nous empêchera pas de faire ce qui est nécessaire. L'Allemagne n'a pas l'intention de céder face à cette menace, mais a plutôt l'intention de prendre les mesures les plus radicales, si nécessaires, en temps opportun.

[...] Les Britanniques prétendent que le peuple allemand est las de se battre. Je vous le demande : êtes-vous prêts à suivre le *Führer* comme la phalange de la patrie, en vous tenant derrière ceux qui combattent derrière la *Wehrmacht*[1], et à continuer à faire la guerre avec une détermination sauvage et en bravant imperturbablement le destin jusqu'à ce que la victoire soit à nous ? (*Clameur : Oui !*) [...] Les Britanniques prétendent que le peuple allemand résiste aux mesures de guerre totale prises par le gouvernement. Et qu'il ne veut pas la guerre totale, mais la capitulation. Je vous le demande : voulez-vous la guerre totale ? Si c'est nécessaire, voulez-vous une guerre plus totale et plus radicale encore que ce que nous pouvons imaginer, même aujourd'hui ? (*Clameur : Oui !*) [...] Je vous le demande : êtes-vous prêts, à partir de maintenant, à jeter toutes vos forces pour mettre à la disposition du front de l'Est les hommes et les munitions dont il a besoin, afin de porter au bolchevisme un coup mortel ? (*Clameur : Oui !*) »

1. L'armée allemande.

1 Décrivez le contexte du texte : à quelle période fut-il prononcé ? Quelle est alors la situation de l'Europe ? Quel événement marquant l'a précédé ?

2 Identifiez dans le texte le régime politique de l'Allemagne et expliquez en quoi il consistait.

3 Rappelez la définition de « guerre totale ». Puis relevez les citations du texte qui correspondraient à chacun des éléments de cette définition.

4 Comment le texte illustre-t-il l'antisémitisme nazi ? Où en était la politique antisémite nazie en février 1943 ?

5 À quoi voit-on que la Seconde Guerre mondiale fut une guerre entre propagandes ennemies ?

Exercice 2 : maîtriser différents langages pour raisonner et utiliser des repères historiques ou géographiques (20 points)

1 Sous la forme d'un développement construit d'une vingtaine de lignes, expliquez pourquoi et comment il convient d'aménager les territoires français.

2 Complétez la légende de ce document en indiquant à quel domaine de l'aménagement du territoire correspondent les mesures représentées sur la carte.

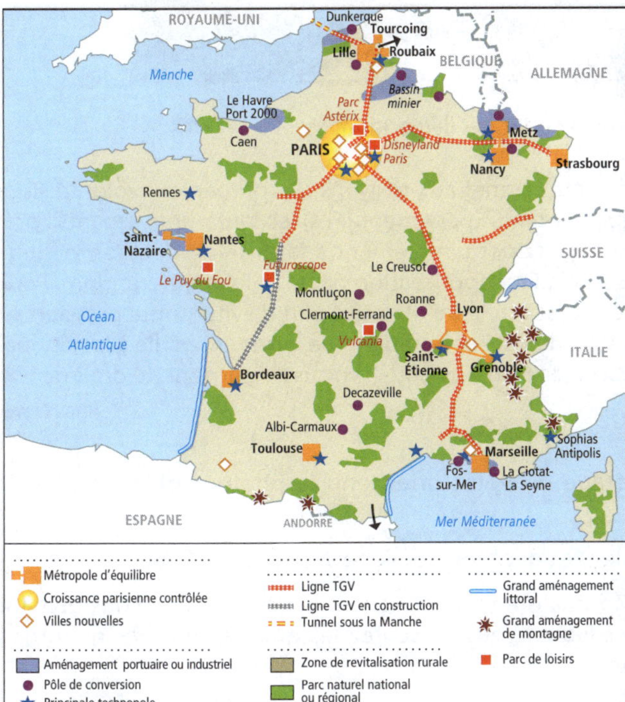

Exercice 3 : mobiliser des compétences relevant de l'enseignement moral et civique (10 points)

Doc 1. **Le vote aux élections régionales de 2015**

Doc 2. **Droit de vote et principes démocratiques**

Le droit de vote permet aux <u>citoyens</u> d'exprimer leur volonté. Ils peuvent ainsi élire leurs représentants (parlementaires) et leurs gouvernants (président de la République), et participer directement à la prise de décision politique lorsqu'un texte est présenté à leur approbation par la voie du <u>référendum</u>. Pour être démocratique, le vote doit être égal et secret afin d'éviter toute pression sur le résultat. En France, le droit de vote est, en principe, étroitement lié à la nationalité. En effet, seules les personnes de nationalité française disposent du droit de vote.

http://www.vie-publique.fr/

1 À quelle étape du vote correspond la photographie ? Pourquoi le vote est-il secret ?

2 Expliquez le sens des mots soulignés.

3 Vous êtes journaliste et la rédaction de votre journal vous demande d'écrire un article dans lequel vous présentez les grands principes qui organisent un État démocratique.

Corrigé

Exercice 1 : analyser et comprendre des documents

1 Ce discours fut prononcé pendant la Seconde Guerre mondiale. En février 1943, l'Allemagne nazie occupait la quasi-totalité de l'Europe. Seuls le Royaume-Uni (« les Britanniques ») et l'URSS (« le bolchevisme ») la combattaient. Cependant, l'Allemagne venait de subir une défaite importante à Stalingrad, face aux Soviétiques. Ce contexte justifie le discours ici prononcé par Joseph Goebbels : comme ministre de l'Information et de la Propagande, il doit galvaniser les Allemands.

2 Le régime politique de l'Allemagne est alors le « national-socialisme », ou nazisme. Le nazisme est un totalitarisme, c'est-à-dire un régime fondé sur un parti politique unique qui s'incarne dans un chef suprême (ici, le *Führer*), sur le contrôle et l'encadrement de toute la population et de toutes les activités du pays et sur une terreur de masse destinée à forcer la population à adhérer à l'idéologie dominante. Le nazisme se caractérise aussi par l'ambition de forger un homme nouveau sur les critères raciaux d'une prétendue pureté aryenne qui s'incarnerait dans les Allemands. Dans cette perspective, l'ennemi défini par le régime est le peuple juif, considéré comme une menace : le texte évoque « une infection contagieuse ».

3 Une guerre totale est un conflit armé qui se déroule à l'échelle planétaire, qui mobilise toutes les ressources des sociétés en guerre et qui vise l'anéantissement de l'ennemi, souvent défini d'un point de vue idéologique.

L'échelle planétaire	« mettre en garde notre peuple allemand et le monde, en espérant éveiller l'humanité à l'Ouest »
La mobilisation des ressources	« continuer à faire la guerre avec une détermination sauvage » « mesures de guerre totale prises par le gouvernement » « jeter toutes vos forces pour mettre à la disposition du front de l'Est les hommes et les munitions dont il a besoin »
L'anéantissement de l'ennemi	« nous avons tant parlé de combattre le bolchevisme » « Nous percevons la juiverie comme étant une menace directe à toute nation » « prendre les mesures les plus radicales » « porter au bolchevisme un coup mortel »

4 Les Juifs sont présentés comme une race inférieure, car « juiverie » est un terme péjoratif, et comme une menace à éradiquer. En février 1943, l'extermination des Juifs a largement commencé : depuis 1939, la Shoah par balles a fait 1 million de victimes ; en janvier 1942, la conférence de Wannsee a lancé la

« solution finale » ; les camps d'extermination, par exemple Auschwitz, ont commencé à fonctionner dès 1940. Il est cependant symptomatique que Goebbels ne parle pas explicitement d'extermination : il n'est question que de « mesures radicales », sans plus de précision.

5 Le discours de Goebbels correspond aux canons de la propagande nazie : on y trouve les thèmes classiques de la lutte contre l'ennemi bolchevique et juif ainsi que le culte de la personnalité autour de Hitler. Mais la propagande britannique apparaît également : les Alliés tentaient en effet de mener en Europe une propagande visant à démoraliser les Allemands et leurs soutiens en annonçant la défaite de l'Allemagne. On voit bien à cela que la Seconde Guerre mondiale fut aussi une guerre psychologique.

Exercice 2 : maîtriser différents langages pour raisonner et utiliser des repères historiques ou géographiques

1 Les inégalités économiques et sociales caractérisent le territoire français à toutes les échelles. Qu'il s'agisse du niveau de revenu, de l'accès aux services ou de la qualité du cadre de vie, elles ont tendance à s'aggraver sous l'effet conjugué de la métropolisation et de la mondialisation. Elles s'accentuent en particulier entre la métropole et l'outre-mer, entre le centre et la périphérie des aires urbaines et plus généralement entre l'ensemble des régions : la concurrence entre les territoires est de plus en plus vive du fait de l'intégration européenne et des mutations du système productif. La suprématie de Paris, des grandes métropoles du Sud et de l'Ouest du pays et des espaces qui bien reliés à la dorsale européenne se renforce au détriment des espaces enclavés, en proie à des restructurations économiques majeures ou à un déclin démographique durable.
Ces inégalités socio-spatiales ne sont pas compatibles avec le principe d'égalité entre les citoyens du pays. Depuis 1963 avec la création de la DATAR, l'État met donc en œuvre des politiques d'aménagement du territoire qui ont pour objectif de réduire les disparités et de permettre à l'ensemble des Français de vivre dans des conditions comparables quel que soit leur lieu de résidence. Son action est relayée par les collectivités territoriales et par l'Union européenne qui jouent un rôle de plus en plus important dans la définition et dans l'application de ces politiques. Leurs intérêts n'étant pas toujours compatibles avec ceux des entreprises et des citoyens, les projets d'aménagement suscitent souvent de vifs débats entre les acteurs concernés. C'est le cas en particulier quand ils concernent les infrastructures de transport (création de lignes à grande vitesse) ou l'environnement (construction de barrages, installation d'éoliennes).

Le manque de moyens financiers et la nécessité de raisonner en prenant appui sur les principes du développement durable ajoutent à la complexité de la situation : les perspectives d'aménagement du territoire semblent actuellement assez incertaines…

2 Voir chapitre 12 p. 205.

Exercice 3 : mobiliser des compétences relevant de l'enseignement moral et civique

1 La photographie correspond au moment où le citoyen dépose son bulletin dans l'urne. En France, le vote est secret car il permet au citoyen d'exprimer librement son opinion, sans crainte de jugement ou d'influence.

2 Le citoyen est une personne qui détient des droits politiques et civils, mais aussi des obligations envers l'État. Le référendum est une procédure de vote qui permet au Président de la République de consulter directement les électeurs sur un projet de loi, qui ne sera adopté qu'en cas de réponse positive. Les citoyens ne peuvent choisir qu'entre deux bulletins : oui ou non.

3 Un État démocratique est reconnaissable grâce à plusieurs éléments. Tout d'abord, les citoyens sont égaux en droits devant la loi. Cela signifie que tous sont soumis aux mêmes lois, quelles que soient leurs origines sociales, et que tous participent à la vie politique en votant aux différentes élections. Les principes d'égalité et de liberté sont fondamentaux. Ensuite, un État démocratique veille à séparer trois pouvoirs : le pouvoir de faire les lois (législatif), le pouvoir de les appliquer (exécutif) et le pouvoir de les faire respecter (judiciaire). Si deux de ces pouvoirs sont détenus par une même personne, comme c'était le cas sous la monarchie, la liberté des citoyens peut être menacée. Enfin, la démocratie implique l'existence d'une vie politique dans laquelle toutes les opinions peuvent s'exprimer, c'est le pluralisme politique.

INDEX

A

Abstention 124
Accords de Matignon 42
Adhérent 278
AFD 217
Agriculture productiviste (ou intensive) 176
Agritourisme 189
Al-Qaida 107
Alternance 124
Aménités environnementales 189
Antiparlementarisme 42
Antisémitisme 63
Approfondissement 93-107
Archipel 217
Armistice 20-63
Artificialisation 158
Aryens 42
Association 278
Atoll 217
Autodafé 42
Autonomie 82
Axe 63

B - C

Baby-boom 138
Bénévole 278
Birésidentialité 189
Blitzkrieg ou « guerre éclair » 63
Bolchevik 20
Camps de concentration 63
Camps d'extermination 63
Casques bleus 287
CFM 158
Citoyen 263
Citoyenneté 263
Coalition 42
Cohabitation 124-278
Cohésion sociale et territoriale 233
Collaboration d'État 63
Collectivisation 42
Collectivités territoriales 204
Colonisation 107
COM 217
Communisme 20
Compétitivité 204
Conflit d'usage 158-189
Conseil de sécurité de l'ONU 287
Constitution 263
Conventions collectives 42
Coopération transfrontalière européenne 233
Couronne périurbaine 158
Culture de masse 42

D

DATAR 204
Décolonisation 82
Défense 287
Dékoulakisation 42
Délocalisation 176
Démocratie 263
Démocratie parlementaire 43
Démocraties populaires 82
Déontologie 278
Déplacés 287
Déprise 176
Déserts médicaux 189
Désindustrialisation 138
Détente 82
Développement durable 204
Discontinuité 217
Discrimination 138
Dissolution 124
Dissuasion nucléaire 82
Dorsale européenne 233
Droit de véto 82-287
Droit du sang 263
Droit du sol 263

Droits civiques 263
DROM 217

E

Économie de subsistance 217
Économie présentielle 158-189
Écoquartier 204
Écoquartier ou « quartier durable » 158
Einsatzgruppen 63
Élargissement 93
Électeur 263
Éligible 263
Enclavement 217
Endiguement 82
Épuration 124
Espace vital 43
Espace Schengen 233
Étalement urbain (ou périurbanisation) 158
État islamique 107
Eugénisme 43
Exode 64
Exode rural 189

F - G

Facteur de localisation 176
Fédéralistes 93
Fédération 93
Féminisme 138
Filière agro-alimentaire 176
Finisterre 233
Fonds européens structurels et d'investissement (FESI) 233
France libre 64
Francophonie 248
FTN 248
Génocide 20-64
Gentrification 158
Goulag 43
Gouvernement 278
Guerre de mouvement 20
Guerre de position 20
Guerre totale 20-64

H - I

Hyperpuissance 107
IDE (investissements directs de - ou à - l'étranger) 248
Indépendance 82
Influence 248
Insularité 217
Intégration économique 93
Intégration régionale 217
Interface 176-233

K - L

Kolkhose 43
Koulak 43
Laïcité 278
Laïque 263
LGV 204
Ligues 43
Loi 278

M

Maquis 64
Majorité parlementaire 278
Marché commun européen 93
Médias 278
Métropolisation 158-176
Migrations pendulaires 158
Milice 64
Militant 278
Mobilité 158
Monde multipolaire 107
Mondialisation 107
Mouvement des non-alignés 82
Mouvement de résistance 64
Mutinerie 20

N - O

Nation 263
Nationalité 263
Nationalisation 124
Naturalisation 263
Néo-colonialisme 82
Néorural(e) 189
Nettoyage ethnique 107
ONG 248
ONU 248-287
Opérations de maintien de la paix 287
Opinion publique 278
Organisation supranationale 93
OTAN 82-248-287

P

Parcours de citoyenneté 287
Parité 138
Parlement 278
Partis 278
« Plafond de verre » 138
Plan Marshall 83-93
Planification 43
Pluralisme 278
Politique étrangère et de sécurité commune 248
Politique européenne de voisinage (PEV) 248
Politiques d'aménagement des territoires 204
Productivisme 138
Productivité 176
Prolifération 107
Prolifération nucléaire 287
Puissance 248

Q - R

QPV 204
Rayonnement 248
Référendum 124
Régime parlementaire 124
Régime à exécutif fort 124
Regroupement familial 138
République 263
Réseau de résistance 64
Résolution 287
Ressources halieutiques 217
Risque 287
RUP 217

S

Sécurité collective 83-108-287
Sécurité sociale 124
Société de consommation 138
Société post-industrielle 138
Soft Power (« puissance douce ») 248
Solde commercial 248
« Solution finale » 64
Soviet 20
STO 64
Stratégie de dissuasion 287
Suffrage universel direct 124
Suffrage universel indirect 124
Superpuissance 83
Symbole 263
Syndicat 278

T - U

Technopôle 176
Terrorisme 108
Tertiarisation 138
Totalitarisme 43
Tranchée 20
Trente Glorieuses 124-138
Triade 248
UNESCO 217
Unilatéralisme 108
Unionistes 93

V - Z

Ville mondiale 204
Violence de masse 20
Zone d'Aménagement Concerté 204
Zone économique exclusive 248

N° de projet : 10278757 - Achevé d'imprimer en mai 2022 par Bona S.p.A. à Turin en Italie